Mischa Bach
Rattes Gift
OstFrieslandKrimi

Handlung und Personen dieses Romans sind erfunden. Auch wenn die Orte wie die echten aussehen und manches Gebäude, manche Institution aus der Realität Eingang in die Geschichte gefunden hat, wären sämtliche Ähnlichkeiten mit wirklichen Ereignissen und Menschen rein zufällig.

Prolog oder April, die Erste

Damit hat sie nicht gerechnet. Jedenfalls nicht so, nicht hier, nicht jetzt, nicht auf diese Art. »Wir haben ihn. Und Ihren Wagen«, hat der Mensch aus Hameln, ein POK Berentz, am Telefon gesagt.

»Wen? Wie?«, will Charlie ausrufen, bevor sie begreift, schluckt, sich fängt. »Danke für die Information. Ein loses Ende weniger, das ist gut. Ich komme, sobald es geht.«

Sachlich und kühl kommt ihre Antwort, genau so, wie man es von Charlotte Kamann, Kriminalhauptkommissarin beim LKA in Hannover, Spezialistin für besondere Fälle, erwartet. Sie hat den Hörer noch nicht ganz aufgelegt, da fegt sie bereits mit einer einzigen Bewegung die Papiere von der Tischplatte in die ansonsten akribisch aufgeräumte Schublade und greift nach der Lederjacke, die über ihrem Schreibtischstuhl hängt. Während sie sich in die Jacke windet, gleichzeitig den Autoschlüssel vom Tisch zu fischen versucht, schließt sie die Schublade mit einem beinahe eleganten Hüftschwung. Das ist zu viel Energie für das oberste Blatt Papier. Es rutscht raus und segelt zu Boden. Charlie achtet heute nicht auf solche Kleinigkeiten. Auf dem Weg zur Tür tastet sie die Lederjacke routiniert nach den üblichen Inhaltsstoffen ab: Dienstmarke und -waffe, Papiere und Handschellen, alles ist da, wo es hingehört. Nur Charlies Gedanken sind alles andere als geordnet. Sie muss sich zwingen, nicht zu laufen oder gar zu rennen. Das wäre zu auffällig.

»Ich muss noch mal los«, ruft sie im Vorbeigehen in Richtung Kara beziehungsweise deren Büro. Im Türsturz steht ein Kollege, dessen breites Kreuz den Blick auf Karas Arbeitshöhle verdeckt, in der Technik und Topfpflanzen zu einem wilden Natur- und Computerchaos zusammenwuchern. Wer da steht, realisiert Charlie nicht. Sie hätte

auch nicht sagen können, ob er einen Anzug trägt oder ob Kara ihr etwas hinterherruft. Sie hat nur noch einen Gedanken: Sie muss nach Hameln, und das sofort.

Sofort – hübscher Plan! Von Hannover nach Hameln muss selbst die Polizei die Landstraße nehmen. Mag sein, dass man zu den meisten Zeiten an den meisten Tagen des Jahres hier keine mehrspurigen Autobahnen braucht. Doch es ist nicht nur Freitagnachmittag, es ist der Beginn des ersten frühsommerlichen Wochenendes im April, das die Wetterfrösche den regen- und windgeplagten Niedersachsen versprochen haben. Alle haben sich aufgemacht, so kommt es Charlie vor, alle haben sich gegen sie verschworen. Ihre Überholmanöver auf der B 217 werden immer gewagter, je näher sie Hameln kommt. Sie muss die Polizeiinspektion erreichen, solange POK Berentz noch Dienst im Gewahrsam hat. Und vor allem muss sie dort wieder raus sein, bevor selbst dem letzten Dorfpolizisten klar wird, welche Rolle sie in diesem Spiel hat.

Mist, am Telefon hat sie völlig vergessen, nach dem Hund zu fragen … Allerdings, was würde das ändern? Einen Plan B hat sie nicht. Kein Wunder, sie hat ja nicht mal eine echte Vorstellung von dem, was jetzt auf sie zukommt beziehungsweise worauf sie da gerade zusteuert, mit Vollgas und aller Macht. Alles in ihr rast, und zugleich dauert es eine gefühlte Ewigkeit, bis sie mit ihrem unauffälligen, silberfarbenen Dienstwagen den Parkplatz der Polizeiinspektion erreicht. Da, ein freier Platz nahe des Eingangs, das ist gut, das könnte sich nachher als nützlich erweisen. Sie stellt das Auto ab und läuft die paar Stufen zur Eingangstür hoch. Dort kommen ihr bereits die ersten Uniformierten der Tagesschicht entgegen, gut gelaunt, weil nun ihr Wochenende beginnt. Charlie grüßt im Vorübergehen. Die Uniformierten tun es ihr nach. Bei aller Hektik und Anspannung, die sie innerlich zu zerreißen droht, strahlt KHK Charlotte Kamann natürliche Autorität und Kompetenz aus, und ihre verbindliche, korrekte Art geht für Höflichkeit und sogar Freundlichkeit durch. Umgänglich ist die drahtige 32jährige ja auch, jedenfalls solange man ihr nicht in die Quere kommt oder sie ob ihrer dunklen, kurzgehaltenen Locken partout für ein Engelchen halten will. POK Berentz macht diesen Fehler nicht. Er vollbringt sogar das Kunststück, zu Charlie entsprechend ihres Ranges aufzusehen, obwohl er einen Kopf größer ist. Charlie streckt ihm die Rechte entgegen und hält mit der Linken die Dienstmarke hoch: »Moin, moin. Kamann, LKA. Sie sind POK Berentz, der mich dankenswerterweise so rasch angerufen hat?«

Der Uniformierte wird ob des Lobes rot und schüttelt mit stummem Enthusiasmus Charlies Hand. Liebe Güte, ein Jungspund, ist das gut oder schlecht für sie? Egal, ihr rennt die Zeit davon.

»War doch klar«, findet Berentz seine Stimme wieder. »Nicht nur, dass er Ihren Wagen geklaut hat, die Fahndung nach ihm steht doch im Zusammenhang mit Ihrem ... – mit dem aktuellen großen Fang des LKA. Davon haben sie alle geredet, alle. Einerseits tragisch und dann doch wieder ... – Sie haben ganze Arbeit geleistet, unter wirklich widrigen Bedingungen, das muss man bewundern und das tut auch jeder. Also dachte ich, bei allem, was Ihnen da ... – passiert ist – da sollten Sie die Erste... «

»Stimmt genau, das haben Sie ganz prima gemacht«, unterbricht Charlie, wobei das Lob nur notdürftig ihre Ungeduld verdeckt. »Wo ist er? Und wo ist ...«

»Also, Ihr Auto ist bei der KTU«, legt POK Berentz dienstbeflissen erneut los. »Der Kerl – also, der Verdächtige – hatte ja Rauschmittel dabei ...«

»Er. Florian Berger. Nicht der Wagen. Wo ist er?« Charlie hat Mühe, sich zu bezähmen. »Dass der Wagen untersucht werden muss, ist mir klar. Aber ich brauche ihn – seine Aussage – für die Ermittlungen. Das Ganze ist ein Riesendurcheinander, und, wie gesagt, ich bin froh und dankbar über jede Nebenlinie dieses Schlamassels, die ich abhaken kann. Deshalb – ich weiß auch, dass ich Ihnen eine Menge zumute, so kurz vor dem Wochenende und dann auf dem ganz kleinen Dienstweg … dennoch, ich muss ihn mitnehmen, es hilft ja alles nichts.« Charlie sieht, wie sich der Blick des jungen Polizisten hinterm Tresen verändert, und stoppt ihren Redeschwall. Merkt er etwas? Ist sie mit ihrer Improvisation zu weit gegangen? Hat sie sich verheddert, gar unbewusst etwas verraten? Sie strafft die Schultern und sieht ihrem Gegenüber fest in die Augen. Bluffen kann sie, das weiß sie, und es funktioniert auch diesmal. POK Berentz räuspert sich und schüttelt den Kopf, als habe sie ihn ertappt, als wäre es nicht sie, die …

»Kein Problem. Er ist in Zelle 12«, sagt er in ihr wildes Gedankenkarussel hinein und greift nach dem Zellenschlüssel. »Ich komme mit, wenn Sie …«

Ohne das Ende seines Satzes abzuwarten, nimmt Charlie ihm den Schlüssel aus der Hand. Sie hofft, ihr Lächeln geht als kollegial durch und nicht als Krampfknitter im Gesicht eines höheren Dienstgrades: »Danke, den Weg find ich allein. Machen Sie die Papiere fertig. Bitte. Ich muss ihn heute Abend noch nach Hannover bringen.« Noch ein Lächeln, ein Kopfnicken, und schon ist sie auf dem Weg zum Zellentrakt im Gewahrsam der Polizeiinspektion Hameln-Pyrmont.

*

Damit hat er nicht gerechnet. Nicht so, nicht hier, nicht so schnell. Gut, er hat sich, wie so oft, vorab keinen Kopf über mögliche Folgen seines Handelns gemacht. Ratte hat sich gelangweilt, so allein in der fremden Stadt, wo er außer ihr niemanden kennt. In Hannover war er zuvor nur zwei, drei Mal: bei den Chaostagen nämlich. Das erste Mal muss ewig her sein, mindestens zehn Jahre. Da hatte er seinen allerersten Iro und ging noch zur Schule, wenigstens theoretisch und manchmal sogar praktisch. Das letzte Mal – puh, er weiß gar nicht mehr genau, wann, also, in welchen Jahren er dort dabei gewesen und wie er jeweils dorthin gekommen ist. Damals war die Stadt nichts als die Kulisse für eine rauschhafte Straßenschlacht oder hätte es sein sollen, denn was genau gelaufen ist, daran kann er sich beim besten Willen nicht mehr erinnern. Jetzt – jetzt ist Hannover einfach eine Stadt, so ein graues Ding, fraglos größer als sein Heimatkaff Leer, eine Großstadt und die Landeshauptstadt eben, und doch weiß er hier nichts mit sich anzufangen. Wie denn auch? Er hat sein ganzes Leben hinter sich zurückgelassen, für sie, mit ihr, und nun hockt er hier, auf ihrem Sofa, in ihrer Wohnung, ihrem Leben. Dummerweise passt außer ihr nichts davon zu ihm. Und seit sie wieder arbeitet, hat er viel zu viel Zeit und nichts zu tun. Heute früh kam ihm in den Sinn, Henry anzurufen, der seine einzige Verbindung nach Friesland, nach Hause ist. Vielleicht hätte der eine Idee für ihn, vielleicht würde der ihn auf andere Gedanken bringen, ihm irgendwie klarmachen, dass seine Entscheidung für sie und das neue, andere Leben die richtige gewesen ist. Und, ja, ein bisschen vermisst will er auch werden. Doch sein Freund hat gleich mit den ersten Fragen den wunden Punkt getroffen, einfach so, wie immer: Wie es Ratte geht, was Sache ist, ob es läuft, zwischen ihr und ihm, ob es klappt, so ohne … alles eben. Nicht ganz ohne alles, muss Ratte zugeben, nur wisse er nicht, wo er hier was zu rauchen herbekommen soll. Hier hat er keinerlei Kontakte und wann er das letzte Mal ausgerechnet ein Bedürfnis nach Gras verspürt hat, weiß er nicht mehr. Jetzt aber – sie kann er ja wohl kaum nach einer Quelle fragen, die Stadt ist ihr Revier und damit zu riskant. Aber sonst kennt er doch niemanden in der Stadt und schon gar nicht außerhalb, auf dem platten Land drum herum. Kein Problem, hat Henry gemeint, solang's nur das ist. Er hat als Krankenpfleger (und nicht nur als solcher) so manches Krankenhaus im Land kennengelernt, und nebenbei ist er mit den Rotzgeiern auf den verschiedensten Punk- und Indie-Festivals gewesen. Er kennt sich aus, wo Ratte verzweifelt: Mit all den Bädern und Kurkliniken gibt's rund um Hameln genug Menschen, die vor lauter Langeweile einen Joint nach dem anderen qualmen. Und weil das Zeug längst nicht in jedem Vorgarten wächst, braucht es Menschen, die für den Nachschub sorgen. Henry hat Ratte ein paar Namen genannt, sie haben noch ein paar Takte gequatscht und das war's. Das heißt, das wär's gewesen, hätte Ratte nicht direkt wieder zum Hörer gegriffen. Gleich der erste auf Henrys Liste ist zu Hause und hat nichts gegen einen neuen Kunden. Der Typ hat keine Eile, er hat das ganze Wochenende Dienst in der Kurklinik.

Es wäre die Gelegenheit für ein romantisches Wochenende zu zweit gewesen. Noch vor ein paar Tagen hat sie ihm von dem Wasserschloss erzählt, wo man im Sommer Theaterstücke sehen könne, und von dem Italiener geschwärmt, gleich dort ums Eck, der die besten Linguini diesseits der Alpen macht. Sie hätte sich sicher gefreut, hätte Ratte die paar Stunden gewartet, um ihr einen Wochenendausflug nach Bad Pyrmont vorzuschlagen. Doch ihm fiel die Decke jetzt auf den Kopf, und sie wäre frühestens in sechs Stunden wieder zu Hause. Der Routenplaner dagegen behauptete, er könne es locker in drei Stunden schaffen. Eben das Zeug geholt, 'nen Kaffee mit dem Typen getrunken, und er ist wieder zurück, bevor sie nur ihr Büro verlassen hätte. Außerdem wäre er beschäftigt und es bestünde keine Gefahr, dass sie was merkt. So hat er sich das gedacht. Denn er ist sich nicht sicher, wie sie das sehen würde mit dem Gras und überhaupt.

So weit die Theorie, in der weder Geschwindigkeitskontrollen noch eine alte Fahndung irgendeine Rolle gespielt *haben. Dummerweise sieht die Praxis ganz anders aus. Nun sitzt er hier, mal wieder in einer Zelle, und weiß nicht: Was haben die Bullen diesmal gegen ihn in der Hand – außer seiner alten Bewährung, dem neuen Gras, dem Fahren ohne Führerschein, dem »gestohlenen Wagen« und dem überraschenderweise noch offenen Haftbefehl aus Leer? Jetzt geht es nicht mehr um Geschmacksfragen – es ist bei ihr schwer vorherzusehen, welche potenziellen Rausch- und Suchtmittel sie akzeptabel finden und welche sie in Bausch und Bogen verdammen wird. Oh Fuck, wieso hat er schon wieder spontan losgelegt und das Denken erst angefangen, als ihm die Enge der Zelle im Gewahrsam jeden Handlungsspielraum genommen hat? Was wird sie zu all dem sagen, wie wird sie reagieren? Sauer ist sie mit Sicherheit – verdammt, er ist wirklich ein Idiot, denkt er zum x-ten Mal in den paar Stunden, die er hier drinnen sitzt.*

Und dann geht die Tür auf und er kann es kaum glauben: Sie! Ausgerechnet sie!

»Halt dich zurück«, zischt sie ihn an, und setzt ihr allerstrengstes, unnahbarstes Bullettengesicht auf.

»Florian Berger«, sagt sie, »ich nehme Sie jetzt mit nach Hannover und erwarte, dass Sie keinen Widerstand leisten und keine Dummheiten versuchen. Ihre Hände, bitte.« Er streckt sie aus, ihr entgegen, und hat Mühe, das Grinsen zu unterdrücken, als sie mal wieder, schon wieder ihre Handschellen um seine Handgelenke zuschnappen lässt.

*

Sie packt ihn eine Spur zu hart am Arm und schiebt ihn abrupt aus der Zelle, stößt ihn fast von sich. Besser ist das, sonst ohrfeigt sie ihn noch für sein Grinsen oder brüllt ihn für seine Dummheit an. Damit hat sie nicht gerechnet – so viele Emotionen, so plötzlich, und das mitten – mitten im Einsatz, sozusagen, mittendrin eben, hier, unter den Argusaugen der Kollegen. Gut, jetzt, in diesem Moment, ist niemand zu sehen oder – schlimmer noch – sieht sie. Wer treibt sich schon freiwillig an einem sonnigen Freitagnachmittag im Zellentrakt herum. Gut, sehr gut, vorn am Tresen steht POK Berentz noch immer allein. Sie geht mit festem Schritt auf ihn zu, schiebt ihren Gefangenen vor sich her. Sie unterdrückt den Drang zu rennen und versucht, den dröhnenden, treibenden Herzschlag zu ignorieren. Den kann niemand außer ihr sehen oder hören. Wie es in ihr aussieht, das bekommt niemand mit, egal, wie es sich anfühlt. So viel hat sie bei den paar verdeckten Einsätzen mitbekommen. Nur – bisher wusste sie stets Hagen irgendwo da draußen, nur ein Zeichen, einen Anruf entfernt. Und sie wusste ihn auf ihrer Seite, selbst, wenn er ihre Methoden nicht immer billigte. Er stand hinter ihr, komme, was wolle. Bis … nein, nicht daran denken. Das gehört nicht hierher. POK Berentz spricht sie an, aber sie versteht nicht, was er sagt. Sie sieht nur das Klemmbrett mit den Papieren, sie schaut drauf, aber es könnte Chinesisch sein oder Altägyptisch. Egal, niemand liest solche Standardformulare wirklich. Sie will ihren Kugelschreiber aus der Jacke fischen, da sieht sie, dass Berentz ihr schon seit Sekunden seinen offeriert. Sie lächelt, nickt, murmelt ein »Danke«, nimmt den Stift, unterschreibt, legt den Stift aufs Klemmbrett und schiebt dem Uniformierten alles zusammen über den Tresen hin. Im Augenwinkel sieht sie die Ablösung kommen. Eine junge Frau, die wohl nicht zum ersten Mal spät dran ist. Sie eilt im Laufschritt den Gang entlang, zieht gekonnt ihren Pferdeschwanz gerade und versucht dann, ihre Krawatte zu richten. Charlie setzt ihr Vorgesetztengesicht auf, grüßt die Frau knapp, verabschiedet sich mit einem Kopfnicken von POK Berentz und schiebt ihren Gefangenen aus der Tür. Nur noch wenige Meter, dann sind sie beide draußen. Geschafft. Da steht ja ihr Wagen. Niemand hindert sie daran wegzufahren. Nur – wohin jetzt? Ohne Auftrag ist das Leben eine verflucht komplizierte Angelegenheit.

Januar oder der Eingang ins Labyrinth

Der klapprige VW-Bus war am JuZ an der Friesenstraße vorbeigefahren, ohne anzuhalten. Auch am Bahnhof, wo an diesem schmuddeligen Januarabend kaum mehr was los war, hatte er seine Fahrt nicht verlangsamt. Im Industriegebiet an der Nesse, dort, wo die großen, grauen Hallen den Blick auf den Hafen verstellten, stoppte das mit dem Anarchie- und anderen szenetypischen Punkzeichen besprühte Gefährt immerhin für die Länge einer selbstgedrehten Zigarette, bevor es zögernd die beinahe großstädtische Kulisse mitten im friesischen Leer wieder verließ. Wundervoll hässliche Betonflächen nützten nichts, wenn sie niemand – außer den verbliebenen Arbeitern – ansah. Damit waren sie so unbrauchbar wie all die sauberen Eigenheime, die schmucken Backsteinbauten, eben die ganze verfluchte Friesenidylle. Also war der Bulli immer weitergefahren, bis er schließlich das Nichts hinter Tennisanlage und Schrebergärten erreichte. Leer und verlassen stand er nun da, während seine Insassen – ein dünner, junger Mann in zerfetzter Jeans, bemalter Lederjacke und ausgelatschten Docs, und eine undefinierbare Promenadenmischung, die nur auffiel, weil sie im Gegensatz zu allen anderen punkerbegleitenden Vierbeinern Leers schmutzbraun statt nachtschwarz war – ein paar Straßenecken weiter nahe der *Fetenscheune* auf ihre Art beschäftigt waren.

Hier gab es keine Idylle, das hätte auch nicht zum »harten« Ruf der derzeit angesagtesten Diskothek der Stadt gepasst: ein rechteckiger Kasten, der dank Farbgebung und Elchkopf im Comicdesign eher an ein schwedisches Möbellager denn eine Scheune erinnerte, drumherum Parkplätze, gesichert mit flutlichtbewehrtem, übermannshohem Stahlzaun, der einem Kriegsgefangenenlager alle

Ehre gemacht hätte. Dennoch strömten jedes Wochenende die Besucher in Scharen hierher. Schönheit liegt eben im Auge des Betrachters. Für Ratte war die leere Wand nahe der *Fetenscheune* eine riesige Leinwand und Lusche, sein Hund, hätte auf feinsten Kissen nicht besser geruht als auf seines Herrchens altem Rucksack am Rand der Straße. Ratte war ganz in seine Spray-Arbeit versunken. Schritt für Schritt, Farbe für Farbe, Schicht für Schicht entstand der Schriftzug der Punkband *Rotzgeier*, dazu das Logo eines Indie-Festivals bei Wilhelmshaven und – aber gerade, als er zur nächsten Zeile des Schriftzugs ansetzen wollte, bellte Lusche einmal leise. Ratte steckte die Spraydose in die Jacke und zog den Reißverschluss hoch. Ohne hinzusehen, nahm er Lusche den Rucksack ab, den der ihm schwanzwedelnd präsentierte. Zwei, drei Schritte zur Seite, und die beiden waren im dunlen Schatten eines Mauervorsprungs verschwunden. Die Straße lag leer, scheinbar verwaist.

Erst jetzt hätte ein menschlicher Beobachter das Auto hören und sehen können, das sich der Straße mit der großen, nun nicht mehr ganz so leeren Wand näherte. Ein paar Meter weiter bog es auf den nicht mal halb gefüllten Parkplatz der *Fetenscheune* ein. Das Licht ging aus, das Motorengeräusch erstarb, und alle vier Türen des etwas angejahrten Wagens flogen auf. Zwei Pärchen stiegen aus, lachend, nichts ahnend, weder das Graffiti noch sonst etwas in ihrer Umgebung weiter beachtend. Nein, die vier hatten nur Augen füreinander und für den kurzen Weg zur Diskothek.

Charlies Augen dagegen klebten am Bildschirm ihres Laptops, das im Hinterzimmer des *Toutes Françaises* so deplatziert wirkte wie sie selbst: Mit ihrem edlen Kaschmirpulli und der teuren Lederjacke passte sie wahrlich nicht zum abgenutzten Linoeleumboden, dem alten Holzschreibtisch, dessen Kanten durch jahrelange Abnutzung abgerundet waren, sowie den Aktenschränken aus schlecht furniertem Sperrholz unbestimmter Farbe. Angesichts all dieser Überreste aus den 50er und 60er Jahren wirkte der klobige Bürorechner, mit dem Charlies Laptop per Netzwerkkabel verbunden war, geradezu wie ein Ausbund an Modernität – und das, obwohl das Ding sicher eine ganze Weile vor der Jahrtausendwende zusammengeschraubt worden war. Charlie war froh, unter den Kabeln, die Kara ihr mitgegeben hatte, passende gefunden zu haben, mit denen sich wenigstens eine erste, sozusagen oberflächliche Verbindung zwischen den beiden Geräten herstellen ließ. Ob diese reichen würde, ob sie so an das rankäme, was sie alle so dringend suchten, konnte sie noch nicht sagen. Wirre Datenketten rauschten über den Bildschirm des Laptops, und das einzig Lesbare darunter war immer wieder nur *Data String not found*.

Charlie seufzte. Das konnte dauern. Musik wäre jetzt gut, eine italienische Oper oder etwas Moderneres, vielleicht französische Chansons von Patricia Kaas. Ganz automatisch griff sie nach ihrer Jacke, um ihren geliebten CD-Player hervorzuziehen. Sie mochte weder IPods noch sonstige MP3-Player, hässliche, winzige Plastikteile, die sie an den Insulin-Pen ihrer Mutter erinnerten. Musik war mehr als ein Haufen Daten, die man sich irgendwo herunterlud. Natürlich wusste Charlie, dass ihre geliebten Klangwelten auf den Silberscheiben auch nur aus den allfälligen Einsen und Nullen bestanden, aus denen heutzutage alles zu bestehen schien, das nicht reine Materie war. Dennoch – CDs konnte man anfassen, sie waren reale Objekte, man konnte sie sammeln und sehen, sie aufbewahren und archivieren. Jedenfalls theoretisch. Praktisch war das gerade unmöglich, denn in ihrer Lederjacke war nichts: Stimmt, der CD-Player hatte, wie die CDs, in ihrem weißen Golf bleiben müssen. Keine USB-Sticks, keine

CD- oder DVD-Brenner, kein WLAN, darauf hatte ihr Auftraggeber Torben bestanden. Sie sollte ihm Zugang zu den Daten verschaffen, die bislang den reibungslosen Ablauf aller Geschäfte von *Toutes Françaises – Französisches für Friesland, Friesisches für Frankreich* garantiert hatten, ohne diese Daten zu kopieren, zu stehlen, weiterzuverkaufen oder dergleichen. Um das zu gewährleisten, hielt er sich so weit wie möglich an das Credo des verstorbenen Buchhalters und Computerexperten der Firma, der stets darauf bestanden hatte, Vernetzung sei etwas für Spinnen und Spinner, nicht aber für Export-/Import-Geschäfte, bei denen es um weit Berauschenderes als Foie gras, Champagnertrüffel und Bordeaux der Extraklasse ging.

Tja, und so saß Charlie nun hier, in dem schäbigen Büro, vor dem Uraltrechner des Drogenrings und dem Laptop, das Kara zwar nach Torbens Anforderungen abgespeckt, doch zugleich entsprechend der Ziele der dahinterliegenden LKA-Ermittlung aufgemotzt hatte. Nur an Musik für Charlie hatte sie nicht gedacht. Also konnte sie nichts tun, als ab und zu nach Programmaufforderung *Enter* zu drücken, dem Rattern der Laufwerke zu lauschen und wieder und wieder *Data string not found* zu lesen ...

Die beiden Pärchen fanden nach kurzer Diskussion mit dem Türsteher, was sie suchten, nämlich Einlass in die *Fetenscheune*. Einen Moment lang brandete die Tanzmucke lauthals in die Nacht, dann fiel die Tür hinter ihnen zu. Ratte atmete auf und trat aus dem schwarzen Schatten seines Verstecks an der Mauer. Er blickte zum Wagen, mit dem die vier gekommen waren – der war alt genug, deren Eltern gehört zu haben, und damit zu alt für funkgesteuerte Zentralverriegelung und anderen technischen Schnickschnack. Interessiert näherte sich der junge Mann dem Auto, das ganz am Rand des Parkplatzes stand. Ein Blick ins Innere, ein Blick auf die Umgebung, zugleich den großen Schraubenzieher aus der anderen Jackentasche gezogen und angesetzt. Ein kurzer, gezielter Schlag und das Schloss der Beifahrertür hatte es hinter sich. Ratte stand einen Augenblick still und lauschte. Nichts zu hören außer den gedämpft wummernden Bässen der Diskothek. Niemand zu sehen. Also öffnete er die Tür und stieg ein. Wieder kam der Schraubenzieher zum Einsatz, wieder dauerte es nur Sekunden, dann war auch dieses Werk getan. Noch eben die CD aus dem Schacht des Radio/ CD-Players gezogen – eine selbstgebrannte Musikscheibe – und auf den hinteren Sitz geworfen, ausgestiegen, die Tür geschlossen, das war's. Oder war es doch fast, denn nachdem Ratte seine Beute im Rucksack verstaut hatte, fiel sein Blick wieder auf die Wand mit dem halbfertigen Graffiti. Da war noch was zu erledigen, denn ohne Datum nützte der Name des Festivals unter dem der Punkband so gut wie nichts. Als sei nichts geschehen, legte Ratte den Rucksack wieder hin und Lusche nahm seinen Platz ein, während sein Herrchen zur Spraydose griff.

Charlie streckte sich beim Fenster des Büros und unterdrückte ein Gähnen. Stundenlange Konzentration am Rechner hatte ihren Preis, dachte sie, und rieb sich den Nacken, während sie einen Blick nach draußen warf. Vom *Emspark*, dem Einkaufsparadies auf der anderen Seite der Nüttermoorer Straße, blinkte es rhythmischbunt herüber, doch bei geschlossenen Fenstern blieb die Karaoke-Version des Fetenklassikers *I will survive* nahezu vollständig außer Hörweite. Charlie streckte sich erneut, fast schon gelangweilt, als sie plötzlich innehielt, weil sie etwas im Augenwinkel sah: Etwas hatte sich auf dem Display verändert! Sie stürzte zum Rechner und bemerkte kaum, dass im selben Augenblick die Tür zum Büro geöffnet wurde. Ein schlanker, großer Mann, gutaussehend, wenn man auf Solariumsbräune und regelmäßiges

Kraft- und Ausdauertraining stand, kam mit einer bauchigen Milchkaffeetasse herein. Torben konnte durchaus charmant sein, wenn er wollte oder es für nötig befand.

»Wow«, sagte Charlie, und drehte sich nun doch zu dem Mann um, »ein Auftritt wie aufs Stichwort.« Sie deutete aufs Display: Das Suchprogramm hatte angehalten, blinkend verwies es auf seinen Fund: »*sauber.**« blinkte es dort. Dahinter stand unterlegt der Pfad zu einer versteckten Datei.

»Heißt das, wir kommen der Sache näher?« Torben stellte die Tasse neben dem Laptop ab. Sie nickte und lächelte, war aber schon wieder ganz bei der Arbeit. Sie rief ein Decryptoprogramm auf und gab den Pfad ein, den das Suchprogramm ausgeworfen hatte. Mehrere Fenster öffneten sich nahezu gleichzeitig, durch die in rasendem Tempo Hexadezimalzahlen rauschten. Charlie griff nach der Kaffeetasse und lehnte sich zufrieden zurück. So übel lief es doch gar nicht. Kara hatte recht und Hagen unrecht gehabt: Sie war nicht die schlechteste Besetzung für die Rolle der Computerexpertin gewesen.

»Danke für den Kaffee, Torben«, sagte sie und bemerkte im selben Augenblick, sie war schon wieder allein in dem schäbigen, kleinen Büro. War vielleicht auch besser so.

*

Ratte war ebenfalls zufrieden mit seiner Arbeit. Er stopfte die Spraydosen in seinen Rucksack und trat ein paar Schritte von der Wand zurück. Lusche tänzelte schwanzwedelnd um ihn herum. Plötzlich schob sich ein roter Polo ausgerechnet hier an den Straßenrand und rollte fast über Rattes Füße, der einen Satz nach hinten machte.

»Idioten«, zischte er und schulterte den Rucksack. Dem Wagen entstiegen zwei Männer, jung, ungefähr in seinem Alter, aber definitiv besser gekleidet, besser genährt und auch ganz sicher besser drauf.

»Pass doch auf, Penner«, motzte ihn der Beifahrer an.
Doch dessen Begleiter zog ihn weg. »Lohnt nicht«, meinte der Fahrer nur, und schloss den Wagen ab.

Ratte ließ die beiden nicht aus den Augen, die erst provozierend beziehungsweise misstrauisch zu ihm herüberblickten, bevor sie ihm den Rücken zuwandten und überbetont lässig Richtung *Fetenscheune* abzogen. War wohl noch zu früh für eine der berühmt-berüchtigten Parkplatzschlägereien, die den Ruf der Discothek entschieden mitprägten.

Lusche knurrte, wurde jedoch auf Rattes Handzeichen sofort still und setzte sich, wobei er die beiden im Visier behielt. Sein Herrchen warf derweil einen Blick Richtung Polo: Pech gehabt, hier blinkte es nicht nur rot, als gäbe es eine Alarmanlage, nein, das Bedienfeld des Radios und/oder CD-Players war abmontiert. Auch sonst lag nichts im Wagen, das irgendeinen Aufwand, irgendein Risiko wert gewesen wäre. Ratte gab Lusche ein weiteres Zeichen. Dann zogen sie gemeinsam ab, weg von der Diskothek, rüber zu den Schrebergärten, wo der Bulli im Dunkel auf sie wartete.

*

Immer noch flirrten und flackerten lange Reihen wirrer Hexadezimalzahlen über den Bildschirm des Laptops. Die große Milchkaffeetasse war längst leer. Charlie rieb sich die Augen, griff sich in den Nacken, schaute auf die Uhr. Es gab hier nichts zu tun, der Rechner kam prima ohne ihre Aufsicht klar. Sie musste mal raus aus diesem Büro, sonst würde sie noch verrückt und ihre Blase würde platzen. Das müssten selbst ihre Auftraggeber verstehen.

Das Büro lag im ersten Stock des Lagerhauses, der so etwas wie eine das ganze Gebäude umlaufende Galerie war. Zur Außenseite hin lagen verschiedene Büros; in der Mitte konnte man hinunter in die Halle selbst blicken. Dort unten im Erdgeschoss herrschte zu dieser späten Stunde höchst geschäftiges Treiben. Mehrere Lieferwagen mit der Aufschrift *Toutes Françaises* wurden zur Zeit beladen. Charlie nahm davon kaum Notiz, wie sie auch die Aktivitäten in den beiden hellerleuchteten Glaskästen auf der ihrem Büro gegenüberliegenden Seite der Galerie zu ignorieren versuchte. In dem einen wurde Heroin und Kokain verschnitten, um sogleich in Dosen verpackt mit den Paletten echter oder zumindest legaler französischer Spezialitäten unten im Erdgeschoss verladen zu werden. Das andere »Aquarium« war das Büro des Chefs. Torben stand dort mit einem Mann mittleren Alters, den Charlie hier noch nie gesehen hatte – und den sie auch jetzt nicht wirklich in Augenschein nehmen konnte, weil er der Glaswand und damit ihr den Rücken zuwandte. Er war wütend, wie seine Gestik zeigte. Torben sagte etwas, doch auf dem Gang war nichts zu hören, und die Kunst des Lippenlesens gehörte leider nicht zu Charlies Spezialgebieten. Die der Verstellung schon: Sie nickte Torben, der sie in diesem im Moment entdeckte, freundlich zu und ging weiter, rasch, wie man halt als Frau zur Toilette ging. Der andere Mann im Glaskasten reagierte ebenfalls sofort und machte einen Schritt zur Seite, so dass ihn ein Schrank gänzlich der Sicht vom Umgang aus entzog. Es war gar nicht nötig, dass Torben nun seinem scheuen Besucher zuliebe obendrein die Lamellenjalousie zuzog. Schade, aber man konnte nicht immer Glück haben in diesem Geschäft, dachte Charlie, und betrat die Damentoilette.

*

Ratte war gedanklich schon auf dem Heimweg, als er bei einer roten Ampel etwas so Abgefahrenes entdeckte, dass er gar nicht anders konnte, als zum Emspark zu fahren: Wer außer Mr. JJ wäre auf die Idee gekommen, die trocken-protestantischen Friesen mit einem Karaoke-Fest auf die kommende Karnevalssaison einzustimmen? Das jedenfalls stand auf dem Plakat am Straßenrand – heute Abend, mitten im hässlichsten Januarwetter, hatte der das Karaoke-Zelt auf dem Parkplatz des Emsparks aufstellen lassen und seine Leeraner Mitbürger zum »ausgelassenen Mitfeiern« aufgerufen. Ob das gut gehen würde? Seit Mr. JJ alias Jamal Janned der Liebe wegen aus Kenia nach Ostfriesland gezogen war, sprühte der selbsternannte Geschäftsmann nur so vor Ideen, doch häufig scheiterte er an der Ausführung. Mal vergaß er, sich für irgendeine Open-Air-Veranstaltung die erforderliche Genehmigung bei der Stadt zu holen, dann wieder fehlten die mobilen Toiletten, das Wetter spielte nicht mit oder aber er schätzte den friesischen Geschmack falsch ein. Letzteres schien heute Abend nicht das Problem, denn als Ratte mit dem Bulli auf die Nüttermoorer Straße einbog, war der Parkplatz des Emsparks proppenvoll. Rund ums Zelt war jeder Meter zugeparkt und der Lautstärke nach zu urteilen, grölte grad ein kompletter Damenkegelklub *YMCA* mit. Das klang schräg, aber auch so, als sei es die perfekte Ablenkung für Rattes abendliche Arbeiten. Also setzte er den Blinker und fuhr in das kleine, dem Emspark gegenüberliegende Industrie- und Gewerbegebiet am Nüttermoorer Sieltief, das knapp ein Dutzend Betriebe, darunter einen Steinmetz, eine Schreinerei, einen Auto- und einen Motorradhandel sowie einige Lagerhallen und Büros beherbergte. In der hintersten Ecke, knapp vorm namensgebenden Sieltief, stellte Ratte den Bulli in einer unbeleuchteten, erst halb fertigen Lagerhalle ab und stieg samt Hund und Rucksack aus. Während das Tier mit der Nase am Boden die Gegend erkundete, schaute sein Herrchen sich nach einer neuen »Leinwand« um. Der einstmals weiße Putz des *Toutes Françaises*, das sich damit von den umgebenden Backsteinbauten abhob, war durchaus verlockend, doch Ratte würdigte die Import-/ Exportfirma keines zweiten Blickes. Ein paar Schritte weiter hatte der Steinmetz sein Gelände mit einer fast mannshohen Mauer umgeben. Jungfäulich hellgrau schimmerte diese, als hätte man sie eben erst verputzt – oder wenigsten reinigen lassen. Irgendwas musste hier geplant sein, denn die Lagerhalle der Schreinerei auf der gegenüberliegenden Seite war über und über mit Graffiti unterschiedlichen Alters bedeckt. Rattes Werk dagegen hätte die Wand für sich, zumindest anfänglich. Das war der Traum jeden Sprayers.

Doch zuerst musste er sich die drei Autos anschauen, die bei der Laterne parkten: In den ersten beiden waren die Radioschächte leer, und im dritten, einem weißen Golf, gab es nur ein Billigstgerät. Ratte wollte sich schon abwenden, als er stutzte und einen zweiten Blick riskierte: Im Kassettenschacht des Radios steckte eine Kassette, aus der ein Kabel hing. Ein zweites Kabel zur Stromversorgung war in den Zigarettenanzünder eingestöpselt. Das ließ nur einen Schluss zu, was das nachlässig über die Mittelkonsole geworfene Tuch in dem ansonsten penibel aufgeräumten Wagen zu bedeuten hatte …! Ratte setzte den Rucksack ab und griff zum Schraubenzieher. Im Handumdrehen stand die Tür offen. Er hob das Tuch – Seide, ganz zart, es roch nach einer Frau, fand er, bevor er es zur Seite legte. Darunter kam ein CD-Walkman zum Vorschein, der mittels des Kabelsalats im Radio-/ Kassettenteil als Auto-Hifi-Anlage diente. Der Walkman war mit einem Bild bedruckt; es konnte gut und gerne ein Sammlerobjekt sein. Ratte ließ es in den Rucksack gleiten und griff nach den Kabeln, um das Zubehör einzusammeln, als Lusche anschlug. Verdammt, was … – Er schaute auf und sah, wie an der entfernteren Straßenecke ein Streifenwagen einparkte und zwei Beamte ausstiegen, die sich zu Fuß vorsichtig dem Golf näherten. Ratte schaute einen Augenblick zu den beiden Männern rüber, während seine Hände gekonnt den Rucksack schlossen, dann stieg er aus.

»Moin«, sagte er, als sei nichts. Ruhig sollten seine Bewegungen wirken, selbstverständlich. Einen Augenblick lang schien es, als gelänge der Bluff. Dann merkte er, wohin die Polizisten starrten – er hatte den Schraubenzieher noch in der Hand! Er drehte sich um, rannte los, den Rucksack halb über die linke Schulter geworfen, den Schraubenzieher noch immer in der rechten Hand.

»Hey! Halt! Stehen bleiben, sofort stehen bleiben!«, brüllte der eine Polizist, während sein Kollege zum Streifenwagen zurücklief. Ratte hielt sich nicht damit auf, einen Blick über seine Schulter zu riskieren. Dass Lusche an seiner Seite war, wie immer, wusste er auch so.

*

»Ja, weiß ich, ist aber trotzdem so. Ich hatte auch nicht damit gerechnet, dass es so schnell gehen würde. Kann nicht mehr lang dauern, ist auf jeden Fall heut Nacht gegessen, denk ich. Also, wohin soll das Zeug – Okay: kara.croft@enigma.com ... typisch ... Moment.« Charlie stoppte ihren Redefluss und schaute auf. Was nicht viel brachte, denn die Verschläge von Damentoiletten sahen überall gleich aus. Wenn man drinnen auf dem geschlossenen Klodeckel hockte, war es höchstens die Frage, ob es irgendwelche Schmierereien auf den weiß-grauen Platten gab. Hier gab es keinen Lesestoff, aber zu hören war so manches: Die Tür zum Waschraum wurde geöffnet. Schritte näherten sich Charlies Verschlag.

Sie stand auf, betätigte die Klospülung und wartete einen kleinen Augenblick. Die Schritte im Vorraum entfernten sich. Doch das Türgeräusch blieb aus.

»Genau: Dreimal Spezial, mit Artischocken. In einer halben Stunde. Klingeln Sie durch, ich komm dann

23

raus«, sagte sie laut und deutlich ins Handy und legte auf. Sie streckte den Rücken durch, steckte das Telefon in die Hosentasche, straffte ihre Haltung einatmend noch einmal, fast wie eine Schauspielerin vor ihrem Auftritt, atmete aus und öffnete im selben Moment die Tür, als sei nichts, rein gar nichts geschehen.

»Hallo, Lukas. Fürchtet Torben, ich fall ins Klo oder rutsch auf der Seife aus, dass er mir seinen Wachhund nachschickt?«, sagte sie, ohne den durchtrainierten, dunkelhaarigen Mann anzusehen, dessen zusammengewachsene Augenbrauen seinen zumeist misstrauischen bis schlecht gelaunten Gesichtsausdruck betonten. Er stand hemdsärmlig neben den Waschbecken, die Arme vor der Brust verschränkt, aber die Waffe im Schulterholster war dennoch sichtbar. Was garantiert Absicht war, so viel wusste Charlie nach den paar Tagen mit ihm und seinem Chef. Das Spiel konnte sie auch spielen. Sie gab sich unbeeindruckt von seinen Machoposen, tat so, als bemerkte sie nichts Ungewöhnliches an dieser menschlichen Bulldogge mitten in der Damentoilette. Sie wusch sich die Hände am Becken gleich neben ihm.

»Ich hoffe, Torben mag Artischocken. Du weißt schon, diese kleinen grünen Dinger, voller Vitamine, Spurenelemente und solchen Sachen ... dieses Zeug zum Essen, du weißt schon, du kannst dich doch nicht nur von Steaks und Anabolika ernähren«, plauderte sie vor sich hin, während sie sich das Seifenwasser von den Fingern spülte und den Raum im Spiegel über dem Waschbecken im Blick behielt. »Artischocken sind übrigens auch in Frankreich sehr beliebt ... Darf ich?« Sie griff zum Papiertücherspender hinter dem Bodyguard. Er wich eine Millisekunde zu spät aus, um höflich zu wirken, doch Charlie ignorierte das wie sein bedrohliches Schweigen. Gründlich trocknete sie ihre Hände und ordnete dann einhändig ihre Locken.

»Oder hat Torben Pizza verboten, von wegen zu unfranzösisch?«, fragte sie in die Stille hinein und warf das zerknüllte Papier in den Papierkorb neben Lukas. Mist. Daneben. Sie überlegte, ob sie ihn zum »Apportieren« auffordern sollte, bückte sich dann jedoch selbst und hob elegant das Papier vom Boden auf.

Lukas nutzte die Gunst der dafür nötigen vorgebeugten Haltung und fischte das Handy aus ihrer Hosentasche.

»Pizza nicht. Fremde Handys bei der Arbeit schon.« Er hielt das Handy hoch, rief den Wahlspeicher auf. *Pizza Pronto* stand im Display. Charlie sah das, streckte ihm die Hand entgegen. Lukas schüttelte den Kopf und steckte das Telefon ein, das in seiner Pranke winzig wirkte. »Später. Vielleicht. Wenn Torben sagt, es ist okay.«

»Wenn Torben sagt, es ist okay«, äffte Charlie ihn nach. »Mann, brauchst du seine Erlaubnis auch zum Scheißen?«

»Nein«, sagte Lukas, und öffnete ihr die Tür auf den Gang. Er wartete, dass sie begriff und unter seinem ausgestreckten Arm durchging. »Aber du.«

*

Die beiden Polizisten hatten sich auf eine kurze Verfolgung des Diebes samt seines Hundes eingerichtet. Schließlich war er zu Fuß und sie hatten den Wagen. Doch dann stürzten sich die Flüchtigen todesmutig auf die Nüttermoorer Straße, auf der nach dem Ende der Karaoke-Fete nun Hochverkehr herrschte. Bremsen quietschten, ein Hupkonzert erscholl, der Streifenwagen steckte eingekeilt auf der Mittellinie der Straße zwischen einem Lieferwagen und zwei, drei Personenwagen fest. Hilflos mussten die Beamten zusehen, wie der Punker mit seinem Vierbeiner in der Blechlawine beim Festzelt gegenüber verschwand.

Wütend riss der uniformierte Beifahrer seine Tür auf, und rammte sie beinahe dem Lieferwagen in die Motorhaube. »Das darf doch nicht wahr sein«, schickte er den

Flüchtenden entgeistert hinterher, dann wandte er sich an seinen Kollegen: »Nun tu doch was!«

Der hatte inzwischen das Fenster heruntergefahren, um den Umstehenden Anweisungen zu erteilen und so das Verkehrshindernis, das sie alle gemeinsam bildeten, wieder aufzulösen. Anscheinend hatten die anderen Fahrer Besseres zu tun, als zu gaffen – oder mehr getrunken, als ihnen gut tat, denn es dauert nur ein paar Sekunden, bis zumindest so viel Platz um den Streifenwagen entstanden war, dass der Beifahrer die Tür öffnen und rausspringen konnte. Der Beamte überquerte die Straße im Laufschritt, lief zielstrebig den vom Parkplatz strömenden Menschen entgegen.

»Hey, mach nicht so einen Aufriss«, rief sein Kollege ihm aus dem Wagen hinterher. Immerhin hatte er es gegen den Strom der Blechlawine auf den Emsparkplatz geschafft. »Der ist längst über alle Berge.«

Doch der andere hörte nicht zu. Der lief an den Fahrzeugen vorbei, leuchtete mit seiner Maglite mal in diesen Wagen hinein, mal jenen Strauch an.

Ratte hielt den Atem an. Er hockte am Boden hinter den schweren Winterreifen eines neumodischen SUVs, dessen Besitzer anscheinend noch zu tun hatte. Das Licht tastete sich immer näher an ihn und Lusche ran, und er wollte doch nicht, dass ihn der weiße Dampf seines Atems verriet, der auch den wütenden Streifenpolizisten am Ende der Taschenlampe umtanzte wie ein frecher Geist.

»Wo steckt er, verdammt, das kann doch nicht sein!«, rief sein Verfolger und sah aus, als hätte er am liebsten mit den Fuß auf dem Boden gestampft wie ein wütendes Kind.

»Komm schon«, rief sein Kollege, dem dieser Auftritt vor so viel Publikum sichtlich peinlich war »das bringt doch eh nichts. Selbst wenn – es ist arschkalt, du frierst dir erst sonst was ab und hinterher der Papierkram … Das lohnt doch alles nicht für so 'nen Autoknacker.«

»Ich hasse die Kerle«, antwortete der andere, kam aber zum Wagen zurück. »Weißt du, wie oft ich wegen denen meiner Tochter schon 'n neues Autoradio kaufen durfte?!« Er stieg ein und knallte die Tür zu.

»Hilfe!«

Die Arme über den Kopf in weit ausholender Geste schwenkend, lief ein Mann in Lederkluft auf das Polizeifahrzeug zu.

»Hilfe!«, rief er nochmals, dann ließ er zur Bekräftigung seine Pranken auf die Motorhaube runtersausen. »Meine Frau – das Baby ... Ich glaube, das Baby kommt! Und mein Wagen springt nicht an! Kommen Sie mit, sie ist dort drüben, ihr ist beim Toilettenwagen schlecht geworden!«

Die hintere Tür wurde von innen aufgestoßen, der werdende Vater sprang hinein, der Polizeisirene ging los und, in der Tat, die anderen Autos machten Platz, bildeten eine Gasse, so dass der Streifenwagen die paar Meter zum WC-Wagen beim Zelt vorpreschen konnte.

Ratte schaute ihnen kopfschüttelnd hinterher. Dann kam er aus der Hocke hoch, schulterte den Rucksack und ging zwischen all dem Blech zurück ins Gewerbegebiet auf der anderen Seite der Nüttermoorer Straße, zurück ins schützende Dunkel der halbfertigen Lagerhalle, wo der schrill bemalte Bulli auf sie wartete. Lusche zog sofort wieder schwanzwedelnd seine Schnüffelkreise. Ratte verstaute den Rucksack mit der Beute im Wagen, dann fischte er seinen Tabaksbeutel raus und begann, sich eine Zigarette zu drehen. Beide, Hund und Herrchen, benahmen sich fast so, als seien sie nach Hause gekommen. Nach der Verfolgungsjagd hatten sie die Ruhe weg. Oder doch nötig. Zumal es plötzlich ganz still war. So still, dass das flackernde Licht hinter den Fenstern im blättrig-weißen Büro- und Lagerhaus gegenüber fast schon laut wirkte.

*

Obwohl Charlie fieberhaft arbeitete, fühlte sie sich klar und ruhig. Ihr Programm hatte den Code geknackt, so dass die Daten des Buchhalters offen im Plain Text vor ihr lagen. Lange Zahlenkolonnen, die verdächtig nach Bankleitzahlen und Kontonummern aussahen, Passwörter obendrein, dazu Überweisungen samt Daten und jede Menge Initialen, hinter denen sich das verbarg, was alle – nicht nur Torben, sondern auch Charlie und ihre Kollegen beim LKA – am meisten interessierte: Namen. Namen von Kunden und Lieferanten des Drogenrings, Namen auch von Helfern und Helfershelfern, von Komplizen, insbesondere aber, so hoffte sie, die Namen des oder der Bestechlichen in den Reihen ihrer Kollegen im Drogendezernat vor Ort.

Dass es eine undichte Stelle, ein geschmiertes Rädchen im Getriebe beider Seiten, geben musste, war klar. Leer lag nah an den Niederlanden, nah auch am Meer, an den Wasserstraßen. Leer war damit für Schmugglerringe fast aller Art interessant. Und nicht nur solche, bei denen es um illegale Drogen ging, pflegten sich einen unschuldigen Anstrich zu geben. Doch derartige Schutzschilde waren temporärer Natur. Irgendwann zerbröselten sie, erweckten Verdacht, bis schließlich die Polizei ermittelte. Manchmal brauchte es mehrere Anläufe, bis genügend Beweise für Hausdurchsuchungen und die eine oder andere Festnahme da waren, manchmal reichte das schon den Tätern, und sie gestanden oder verschwanden. Manchmal reichte es dem Richter nicht. Auch das kam vor, war nicht weiter ungewöhnlich, einfach ein Teil des Spiels, wenn man es denn so nennen wollte. Doch die Geschäfte des *Toutes Françaises* waren unter Torbens Vorgänger zu lange zu gut gelaufen. Sicher, auch hier hatte es Verdachtsmomente und Ermittlungen gegeben, mehr als einmal waren dabei Durchsuchungsbefehle und vorläufige Festnahmen herausgekommen. Doch weiter ging nichts, denn das *Toutes Françaises* und seine beiden Chefs waren sauber, zumindest beweistechnisch. Dass sie nun samt ihres Buchhalters und Computerspezialisten verschwunden waren, dass Torben jetzt an ihre Stelle getreten war, sprach Bände – war aber ohne Leichen (die man vermutlich in einem Spülfeld hatte verschwinden lassen) nur ein weiteres Indiz. Damit das so blieb, damit alles floss wie gehabt, nur eben die Sahne in seiner Tasche landete, genau dafür brauchte Torben die Daten, die seine Vorgänger so sorgfältig gehütet hatten.

Und Charlie wusste, sie war kurz davor. Die entscheidenden Beweise standen vor ihr auf dem Bildschirm. Doch jetzt war wahrlich weder Zeit noch Ort, die Daten zu sichten. Jetzt musste all das gesichert und aus Torbens Reichweite geschafft werden. Sie zog eine Diskette aus ihrer Laptop-Tasche und steckte sie ins Laufwerk des alten Bürorechners. Sie musste grinsen, als sie die einzige Datei, die bislang auf dieser Diskette war, ins Rootverzeichnis des Drogencomputers kopierte: comp.hiv – so hatte Kara ihren Virus genannt. Na ja, Hagen, ihrer beider Chef und Charlies derzeit einzige Nabelschnur in ihr reales Leben, hatte als Tarnung den Pizzaservice gewählt. Man konnte bloß hoffen, er käme nie auf die Idee, selbst Hand anzulegen. Er gehörte zu den Menschen, denen selbst kochendes Wasser anbrannte. Von daher: Wie sich wer nannte, wenn es undercover ging, das hatte manchmal was von Wunschdenken oder einem Mantra. Aber Karas Virus war womöglich in der virtuellen Realität des Rechners tatsächlich so unheilbar wie HIV in der 3-D-Welt. Allerdings hätte sich Charlie ihren Tarnnamen – Mareen Steinberg – wohl kaum selbst gegeben. Nun denn. Ob als Charlie oder als Mareen, sie hatte Wichtigeres zu tun, als sich unnütze Gedanken zu machen. Sie startete einen weiteren Kopiervorgang auf dem Bürorechner, der die geknackten Dateien auf die Diskette beförderte. Laut rappelnd und ratternd arbeitete der Rechner vor sich hin. Wäre das eine gute Gelegenheit …?

Charlie stand auf und ging zur Tür. Sie lauschte, öffnete die Tür einen Spalt breit, lauschte erneut, spähte hinaus. Alles ganz normal, jedenfalls soweit es diesen Ort und diesen Abend betraf. Die meisten waren mit ihrer Arbeit fertig. Der Glaskasten auf der gegenüberliegenden Seite des Umgangs, der als Drogenlabor benutzt wurde, war nun ein schwarzer Fleck ohne Licht und Leben. Auch unten in der Halle war es inzwischen weitgehend still und leer – die Ladehelfer hatten sich in Lieferwagenfahrer verwandelt, sofern sie nicht zum Wachpersonal gehörten. Und wo immer sich das befand, abgesehen von dem Kerl in der Pförtnerloge beim Haupttor blieben diese Leute für Charlie unsichtbar. In Torbens Glaskastenbüro waren die Lamellenjalousien immer noch geschlossen, so dass er und sein geheimnisvoller Besucher für Charlie nur als Schattenrisse zu sehen waren. Sie wäre zu gern rübergegangen, um sich selbst ein Bild zu machen. Doch das war zu riskant. Aber so nützte der Ausblick nichts – Torbens Besuch trug einen Mantel und war von durchschnittlicher Größe und Statur. Keine besonderen Kennzeichen. Aber wer außer Cyrano de Bergerac wäre noch als Schattenriss unverkennbar gewesen?

»Was wird das? Schon fertig?«

Das war Lukas, der unvermutet an sie herangetreten war. Abgehackt wie immer sprach er, als wolle er damit seine seltsam hohe Tonlage kaschieren. Charlie zuckte zusammen und schüttelte den Kopf.

»Ich kann nicht immer nur in dem Ding da hocken«, sagte sie und deutete mit dem Kopf ins Büro, während sie ihm zugleich den Blick in den Raum verstellte. Hoffte sie zumindest, denn er sollte nicht sehen, was sich auf den Rechnern tat. Obwohl – das Rattern und Rappeln hatte aufgehört.

»Ich muss weitermachen«, sagte Charlie und schlug Lukas die Tür vor der Nase zu.

In der Tat, die Kopie war fertig. Und was nun? Sollte sie Karas Warnungen zum Trotz versuchen, von hier aus ins Internet zu gehen? Wer weiß, wann sie heute hier rauskäme und was Torben sie mit »nach Hause« nehmen ließe. In den letzten zwei Tagen hatte sie zwar so manches technische Gerät, Werkzeug und auch Software herbringen, jedoch nichts wieder mitnehmen dürfen. Außerdem tastete Lukas sie jeden Tag zwei Mal ab – einmal, wenn sie ankam, das zweite Mal, wenn sie ging. Wenn er dabei die Diskette fände, wär's das gewesen.

Auf dem Bürorechner hatte sie das Icon eines Internetbrowsers gefunden – ein uralter Netscape, aber das spielte keine Rolle. Wichtig war nur, dass das zur Modembuchse passte – beides brauchte man nur, wenn man damit die Möglichkeit schuf, ins Internet zu gehen, oder? Und im Büro gab es ein Telefon samt Dose. Einen Versuch war's wert. Was sollte schon groß passieren ...

Gedacht, getan. Kabel hatte sie ja reichlich dabei. Ein Einwahlprogramm fand sie nicht, also klickte sie den Browser an. Offline-Modus, stand dort. Das war zu befürchten gewesen, doch dann öffnete sich ein weiteres Fenster mit einem automatischen Einwahlprogramm, das ihr verschiedene Anbieter vorschlug. Sie klickte irgendeinen an, hörte, wie das Modem wählte und wollte sich befriedigt zurücklehnen, als der Wählvorgang abbrach: *No Dialtone* blinkte es. Verdammt – das konnte nur eines heißen! Mit der einen Hand beförderte sie die Diskette aus dem Laufwerk, mit der anderen betätigte sie die Maus, suchte und fand das Fenster mit dem Virus wieder und startete comp.hiv. Das Rufen aus dem Glaskasten gegenüber und die eiligen Schritte, die sich auf dem Gang näherten, waren nicht zu überhören.

Charlie griff nach ihrer Jacke, zog sie über und wollte sich ihr Laptop schnappen. Mist, das Ding hing noch an den Kabeln zum Bürorechner! Doch sie hatte keine Zeit mehr, es runterzufahren oder abzustöpseln, denn in diesem Moment riss Torben die Tür auf. Er sah sie, sah die Jacke, das Laptop, begriff und zog seine Waffe.

»Nein«, schrie Charlie, und warf ohne zu zögern das Laptop in seine Richtung. Er wich überrascht aus, das gab ihr Zeit, zum Fenster zu stürzen und es zu öffnen. Das krachende Zerbersten des Notebooks übertönte, was immer Torben ihr zu- oder vielmehr hinterherrufen mochte. Wenn er das denn tat. Sie machte den Fehler, sich auf dem Fenstersims noch einmal umzudrehen, statt gleich aus dem ersten Stock ins unbekannte Dunkel zu springen.

»Halt«, brüllte Torben nun, und drückte ab.

*

Ratte hätte nicht sagen können, was er zuerst wahrgenommen hatte: Den Schrei, der eigentlich zwei Schreie kurz hintereinander war, oder den Knall. Gebannt starrte er auf das Fenster im ersten Stock des Lagerhauses gegenüber. Dort kam der Lärm her, dort stand plötzlich diese Frau im Fenster. Halb mit dem Rücken zu ihm, den Blick nach innen gewandt, wo es immer lauter wurde, stand sie da, für den Bruchteil einer Sekunde. Dann eine plötzliche Bewegung, schwer nachzuvollziehen, erst im Rückblick als Schusswirkung zu entschlüsseln. Sie griff sich an die Schulter, verlor das Gleichgewicht, und fiel. Kurz gelang es ihr, sich im Fallen außen ans Fensterbrett zu krallen, doch offenbar reichte ihre Kraft nicht. Sie stürzte nach unten, ins Dunkel. Ein Mann erschien am Fenster, er fuchtelte mit einer Waffe und schaute suchend in die Nacht.

»Sie muss da draußen sein!« rief er. »Los, raus, findet sie, verdammt!« Dann verschwand er aus dem erleuchteten Viereck des Fensters. Was immer er noch brüllte, war nicht mehr zu verstehen. Undefinierbarer Lärm und unverständliches Geschrei drangen aus dem Lagerhaus.

Die Frau rappelte sich inzwischen unten wieder hoch. Taumelnd, orientierungslos, mit letzter Kraft rettete sie sich dorthin, wo es ihr wohl instinktiv am sichersten schien: in den dunklen Toreingang der halbfertigen Halle gegenüber, genau auf Ratte lief sie zu.

»Scheiße«, murmelte der und trat seine Zigarette aus. Gerade rechtzeitig, um die Frau aufzufangen, die sonst vor seinen Füßen zusammengebrochen wäre. Ganz schön schwer, dachte er, dabei war sie nicht groß und schon gar nicht dick, nur eben bewusstlos, kein Lebendgewicht, sozusagen.

Lusche war beim ersten Lärm bereits an seine Seite geeilt. Jetzt schnüffelte der Hund neugierig an der Frau und wedelte mit dem Schwanz. Erwartungsvoll blickte er sein Herrchen an. Der schaute noch einmal rüber zum *Toutes Françaises*, wo jetzt hörbar das große Rolltor geöffnet wurde. Ohne weiter zu zögern, schleppte er die Frau zum Bulli und legte sie auf dem schaumstoffgepolsterten Teil der hinteren Ladefläche ab. Er schmiss die Schiebetür zu, riss die Fahrertür auf, stieß beinahe mit dem Hund zusammen, aber es ging gut. Lusche kannte ihn und den Bulli ja lang genug. Ratte startete das Ding und stieß zurück in Dunkel, nach hinten, weg vom *Toutes Françaises*, weg auch von den bewaffneten Männern, die jetzt auf ihn zustürzten. Der eine, der mit dem Vierkantschädel und der Bodybuilderstatur, zielte bereits auf den Bulli. Ratte wendete mit Vollgas, das wirbelte genug Baustellenstaub und Dreck auf, so dass der Kerl hustend verriss und in den Nachthimmel schoss.

»Lukas, verdammt, lass das, hol den Wagen«, hörte er die Stimme des Mannes, den er zuvor im Fenster des Lagerhauses gesehen hatte. Der andere wollte protestieren, so sah es jedenfalls im Rückspiegel aus, musste aber erneut husten. Ratte grinste in sich hinein, als er Gas gab und um die nächste Ecke in der Nacht verschwand. Die Verfolger der Frau waren fürs Erste zu harmlosen Comicfiguren im Rückspiegel geschrumpft.

An Comicfiguren mochten auch die Gestalten erinnern, die sich wenig später um den Bulli versammelt hatten. Der stand nun im Niemandsland zwischen Leer und Westoverledingen. Früher, noch bevor Otto Wiese in Breinermoor und Evert Heeren in Leer das Geschäft mit den Second-Hand-Rohstoffen vollständig unter sich aufgeteilt hatten, war das Gelände ein gutgehender Schrottplatz gewesen. Stadt und Gemeinde hatten sich sogar gestritten, wer die Gewerbesteuern kassieren dürfte. Doch bevor die »Stadt«- »Land«-Steuerfrage endgültig geklärt werden konnte, erkrankte der einstige Schrotthändler Sievert Grusinga. Und mit dem Verfall seiner Gesundheit verfielen auch die Geschäfte, der Schrottplatz und das Interesse der beiden Kämmerer, die plötzlich weise auf rechtliche bis gerichtliche Schritte zur Klärung der Ortszugehörigkeit verzichteten. Heute lebte hier Sieverts kleiner Bruder und Alleinerbe Heme, genannt Henry, zusammen mit seinen Freunden. Schließlich war das Haus, das mit seinem ersten Obergeschoss sogar den höchsten der es umgebenden Schrottberge überragte, allemal groß genug, um als »Autonome Zone« und »Home of the *Rotzgeier*« sämtliche Bandmitglieder samt allfälligen Besuchern zu beherbergen. Zumal – wer sonst hätte zwischen alten Autos und Alteisen mitten in der Kulisse eines vergessenen Filmes der Mad-Max-Reihe leben wollen?

Charlie wohl kaum. Aber Charlie fragte auch niemand, sie war vielmehr das stumme, weil bewusstlose Zentrum der eigentümlichen Szene. Sie lag noch immer auf der schaumstoffgepolsterten Ladefläche des VW-Busses, nur dass jetzt Henry neben ihr kniete und sie untersuchte. Die anderen standen gleich einem Haufen Comicfiguren oder Gestalten von einem anderen Stern, aus einer anderen Zeit, drumherum. Zoff starrte ins Unbestimmte und fuhr sich nur gelegentlich durch seinen schwarz-grünen Stachelkopf. Er hatte wohl mal wieder nicht schlafen können, unwahrscheinlich, dass er sich komplett bekleidet samt auf den Rücken geschobener E-Gitarre auf die Matratze gehauen hatte. Auch Glatze, ein Hüne, dessen Haarpracht auf ein millimeterkurzes blaues Anarchie-A mitten auf dem Hinterkopf reduziert war, sah müde aus, dennoch konnte er den besorgten Blick nicht von Henry und der bewusstlosen Frau im Bulli nehmen. Geli dagegen war nervös und überdreht wie immer. Er stapfte von einem Bein aufs andere, räusperte sich, grummelte, machte Geräusche und nervte damit vor allem Minka, seine gerade mal sechzehnjährige Freundin. Die stand schlotternd neben ihm, kein Wunder, die abgeschnittene Jeans und der übergroße Pulli waren nicht die passende Bekleidung, um an einem friesischen Wintermorgen draußen rumzustehen. Warum nahm der Blödmann sie nicht in den Arm und hielt sie warm? Wie bescheuert konnte man sein, dachte Ratte, aber das dachte er oft, wenn es um Geli ging. Bunny und Kippes, zwei Besucher der *Rotzgeier*, standen ein Stück abseits und spielten mit Lusche, soweit der das zuließ.

Ratte lehnte an der Schiebetür des Busses, rauchte, und versuchte, niemanden anzusehen und schon gar nicht irgendwie besorgt auszusehen. Die relative Stille kam ihm furchtbar vor, das machte ihn rattig, konnte Henry nicht langsam ... – warum waren sie gleich alle rausgestürmt und zum Wagen gekommen, als er hier ankam? Umwege war er gefahren, fast eine halbe Stunde lang, schätzte er. Er hatte sicher sein wollen, dass ihm niemand folgte. Aber ewig ausweichen, abtauchen, war nicht drin gewesen, denn die Frau, die ihm da vor die Füße gefallen war, der dunkelgelockte Engel mit dem Kugelloch irgendwo an der Schulter, das Wesen, das ihm all das eingebrockt hatte – sie hatte vermutlich nicht so viel Zeit.

»Glatter Durchschuss, denk ich«, sagte Henry endlich, und zog der Frau behutsam die Lederjacke über die rechte Schulter und das blutige Loch im Oberarm unterm Kaschmirpulli.

»Du hast echt den Arsch offen«, fuhr Geli Ratte an, »wie kannst du jemand mit 'nem Kugelloch hierher schleppen?!«

Ratte reagierte nicht. Minka zog Geli am Ärmel.

»Was?!« blaffte der.

Doch sie kam nicht zum antworten, denn Zoff war schneller: »Warum haste sie nicht gleich ins Krankenhaus gebracht? Musste immer alles hierher schleppen?!«

Ratte sah stur Henry bei seiner Untersuchung zu. Der hatte inzwischen den Oberkörper der Frau auf der Unterlage abgelegt und ihren Pulli samt T-Shirt hochgezogen. Darunter kamen dunkle Flecken, Folgen des Fratersturzes wohl, zum Vorschein. Das sah nicht gut aus, dass so was verflucht wehtun konnte, wusste Ratte aus eigener Erfahrung. Er wandte sich ab – und fand sich praktisch in Zoffs Gesicht wieder, weil der einen Schritt auf ihn zu gemacht hatte. Ratte hob die Arme, ließ sie wieder sinken, seufzte, zuckte mit den Achseln, und als das alles nichts half, ihn immer noch alle böse beziehungsweise genervt aber allemal fragend anstarrten, antwortete er: »Was hätt ich denen sagen sollen? ‚Schuldigung, bin ich drüber gestolpert, als ich am Emspark 'n Auto aufgebrochen hab?'«

»Was?« Während Zoff stumm den Kopf schüttelte und einen Schritt zurückmachte, als wollte er sagen, dir ist eh nicht mehr zu helfen, war Geli kurz davor, sich mit Ratte zu prügeln.

»Nur damit ich das richtig seh: Erst gehste auf 'ne

Klautour, dann rennste den Bullen in die Arme, worauf du über die Alte hier fällst, und die schleppste dann hierher? Dir hamse doch ins Hirn geschissen!«

Inzwischen hatte Henry seine Untersuchung beendet. Er stand auf und kam nach vorn zur Schiebetür. Minka trat von der anderen Seite an Geli heran und zog ihn erneut am Arm.

»Geli«, sagte sie beschwichtigend.

»Was? Kotz dich aus!«, schoss er zurück.

Minka warf ihm einen wütenden Blick zu und wandte sich dann demonstrativ an Henry: »Was ist denn nun mit ihr?«

Henry öffnete den Mund, doch diesmal war Ratte schneller: »Sag bloß nicht, sie muss in ein Krankenhaus. Sie ist … also sie kam direkt auf mich zu, ich mein', *bevor* sie umgekippt ist, also … keine Ahnung, ob sie mich gesehen hat. Und ich mein', Scheiße, *wenn* sie mich gesehen hat, nach dem Ding mit der Streife …«

»Dann kannste auch gleich selbst zu den Bullen gehen«, beendete Zoff den Satz für ihn. »Oh Mann, du hast echt ein Händchen für Ärger!«

Einen Moment lang herrschte betretenes Schweigen, das Henry schließlich brach. »Ich glaub nicht, dass sie in ein Krankenhaus muss. Überleben wird sie's auch so.«

Er schaute von einem zum anderen. Ratte wirkte, als sei ihm eine Zentnerlast von den Schultern genommen, Minka lächelte befreit, Glatze schaute nachdenklich und Zoff nickte langsam.

Nur Geli war nicht überzeugt: »Seid ihr jetzt alle übergeschnappt?! Das ist doch nicht euer Ernst, ihr könnt sie doch nicht hierbehalten wollen, das ist doch …«

Henry unterbrach ihn, sachlich, bestimmt, mit der Autorität des Experten, der er als gelernter Krankenpfleger war: »Für ein paar Tage wird's schon gehen. Was sie außer Ruhe braucht, kann ich aus dem Krankenhaus besorgen, kein Problem. Und sobald sie wieder halbwegs auf dem Damm ist, verschwindet sie. Ist das klar, Ratte?!«

Er sah seinen Freund auffordernd an, bis der schließlich nickte. Das schien das Zeichen zu sein, auf das Glatze gewartet hatte. Er schob die anderen beiseite und griff sich Charlie, hob sie auf, als sei sie ein Kind oder eine Puppe. Die anderen machten Platz, damit er sie ins Haus schaffen konnte, allein Geli passte das nicht. Er trat Glatze in den Weg. Aber der hatte sich nun mal entschlossen, also würde er sich nicht aufhalten lassen. Mit ruhiger Gewissheit, die so nur große und kräftige Menschen haben, schaute Glatze auf Geli runter: »Mach keinen Zwergenaufstand. Wenn Minka was passieren würde, würdest du dann wollen, dass sie einfach liegen bleibt?«

Geli trat zur Seite. Glatze trug die bewusstlose Frau auf seinen Armen zum Haus. Die anderen samt Kippes und Bunny, die das Ganze wie ein bizarres Schauspiel durchaus interessiert, doch leicht distanziert beobachteten, folgten ihm. Ratte kletterte noch einmal in den Bulli, um seinen Rucksack rauszuholen. Er stutzte, denn auf der Schaumstoffmatratze, da, wo die Frau gelegen hatte, lag ein kleines, viereckiges Plastikobjekt: eine 3,5-Zoll-Diskette musste das sein, seit seiner Schulzeit hatte er so etwas nicht mehr gesehen. Kopfschüttelnd steckte er das Ding in die Hosentasche, pfiff nach Lusche und lief den anderen hinterher, die bereits das Haus erreicht hatten. Er hatte es plötzlich eilig, wollte wissen, wie es weiterging, und außerdem war ihm inzwischen scheißkalt. Jedenfalls hoffte er, dass das der Grund für das Zittern war. Schnell rein ins Haus …

… doch so schnell ging's nicht. Vor dem Eingang hatte sich Geli postiert, immer noch sauer auf ihn, aber das war ja nichts Neues. Er packte Ratte am Arm: »Wenn's nicht wegen Henry wär, wenn's nicht sein Haus wär, wärst du schon lang nicht mehr hier«, zischte er.

Ratte machte sich los. »Wenn's nicht dein Schlagzeug wär, wärst du eh nicht hier.« Sprach's und schob sich am anderen vorbei durch die Tür ins Haus.

»Leg sie da hin. Vorsichtig.« Das war Henrys Stimme und sie kam aus Rattes Zimmer am Ende des Flurs. Rasch ging er an der Küche vorbei zu dem kleinen Raum, der ursprünglich irgendwas zwischen Vorratskammer und Kinderzimmer, vielleicht auch ein Bügelzimmer oder Hauswirtschaftsraum gewesen sein musste. Das wusste nicht mal Henry so genau, und der kannte die Bude, die irgendein Großonkel einst gebaut hatte, seit Kindertagen. Als er nach dem Tod seines Bruders das Haus mit Ratte bezogen hatte, hatte der sich ausgerechnet dieses Zimmer ausgesucht, obwohl es das kleinste von allen war. Erdgeschoss war gut, da konnte man im Bedarfsfall das Fenster als Tür nutzen. Und neben der Küche zu wohnen, bedeutete, nah an Wasser- und Nahrungsquellen zu sein, auch das machte Sinn.

Platz brauchte er nicht viel, er besaß ja kaum etwas, und das war nur teils der Tatsache geschuldet, dass er es erstens noch nie länger als ein paar Tage oder Wochen in irgendeinem normalen, also legalen Job ausgehalten hatte, mithin meist auf Stütze, Schnorren und Illegales angewiesen war, und er zweitens seine Einkünfte seit seinem achtzehnten Lebensjahr zwangsläufig anderweitig anzulegen pflegte. Nein, es war ihm genau recht, nur das Nötigste zu besitzen, und das sah man seinem Zimmer samt spärlicher Einrichtung an. Als Bett reichte eine Matratze auf einem Teppich, für die paar Klamotten taten es eine Reisetruhe ohne Deckel und ein Wäscheständer. Zur Aufhellung genügte der große, gesprungene Spiegel gegenüber dem Fenster. Umgedrehte Holzkisten dienten als Tischchen – unterm Spiegel für Malutensilien, neben dem verbeulten Fernsehsessel für die Comics und neben dem Bett für mehr Taschenbücher, Kerzen und Kaffee-löffel. Die Decke zwischen Bett und Sessel markierte Lusches Schlafplatz.

Jetzt konnte der Hund dort nicht hin. Glatze hatte die Frau nach Henrys Anweisungen auf der Matratze abgelegt und hockte selbst auf der Hundedecke.

»Halt mal«, sagte Henry zu Glatze, damit der ihm helfen sollte, die Bewusstlose aus der Lederjacke zu schälen, als Ratte den Raum betrat. Kippes und Bunny standen beim Uralt-TV-Gerät und bestaunten dessen Zimmerantenne, im Zeitalter von DVBT und digitalem Sat-TV höchstens noch ein antiker Schmuckgegenstand. Zoff lehnte beim Fenster an der Wand und wusste augenscheinlich nicht, ob er bleiben oder gehen sollte. Ein Zimmer weiter rauschte die Klospülung, dann flog die Klotür krachend auf. Gelis vom Ärger schwere Schritte stapften die Treppe in den ersten Stock hinauf.

Minka erschien fast lautlos neben Ratte in der Zimmertür. »Wir sind oben«, sagte sie in den Raum hinein, dann wandte sie sich im Gehen an Ratte: »Der kriegt sich schon wieder ein.«

Ratte zuckte mit den Schultern. Was Geli dachte, machte oder fühlte, interessierte ihn nicht die Bohne. Er wusste ja nicht mal, was er von der Situation hier und jetzt halten sollte, und die hatte er sich selbst eingebrockt. Henry war inzwischen dabei, die Frau auf dem Bett, die noch immer keine Regung zeigte, aus ihrem Pulli zu pellen.

Zoff räusperte sich: »Sollte das nicht lieber Minka machen?«

Henry schaute kopfschüttelnd zu ihm hoch und entdeckte bei der Gelegenheit Ratte, der nach wie vor im Türrahmen stand. »Steh da nicht so rum. Besorg lieber Wasser, heißes, und Verbandszeug«, sagte er zu seinem Freund. Der reagierte ihm nicht schnell genug, also setzte er im Krankenpflegerkommandoton hinterher: »Sofort! In der Küche!«

Ratte ließ den Rucksack neben der Tür fallen und tat, wie er geheißen.

Das heißt, er tat mehr oder weniger, wie Henry ihn geheißen. Zum einen mochte die Küche dank der eingebauten Koch-/Spülzeile an Kopf- und Fensterseite noch am ehesten einem vergleichbaren Raum in einem normalen Haus ähneln, doch auch hier herrschte das Chaos, das sich überall im Haus so oder so wiederfand: gestapelte Getränkekästen, mal Leergut, mal voll, mal nicht zu erkennen, Müllsäcke und dazu ein gefährlich hoher Spülstapel. Hier etwas zu finden oder nur an den Wasserhahn zu kommen, war nicht einfach. Zum anderen entdeckte Ratte auf dem Küchentisch, um den herum lauter verschiedene Stühle standen, etwas Hochinteressantes: Hier hatten die anderen vor seiner Ankunft zusammengesessen, Bier getrunken und *Risiko* gespielt – und zwischen all den dazugehörigen Utensilien lag ein kleiner Haufen weißes Pulver auf einem Stück Alufolie! Jetzt nicht, dachte Ratte bedauernd, jetzt musste er erst den verdammten Wasserkessel … Ah, da war das Ding ja, mitten auf dem Herd, verdeckt von jeder Menge Schmutzgeschirr. Also schob er das unnütze Zeug beiseite, schnappte sich den Kessel und füllte ihn mit Wasser, wobei der Geschirrstapel in der Spüle bedenklich ins Wanken geriet. Feuerzeug gesucht, Gas angezündet, Kessel aufgesetzt – Teil eins war erledigt.

»Wow, gar nicht mal übel«, hörte er Zoffs Stimme von nebenan. Was trieben die da, zogen sie die Frau etwa immer noch aus?

»Sieht schlimm aus«, kam es prompt von Glatze hinterher.

»Schlimmer, als es ist«, korrigierte Henry. »Helft mir mal mit dem T-Shirt.«

Ausziehen oder nicht, es schien noch immer um die Wundversorgung zu gehen. Verdammt, in welcher der vollgestopften Küchenschubladen war das dämliche Verbandszeug? Nach *Murphy's Law* konnte es nur in dem verklemmten Teil sein, das Ratte nur mit Mühe erst einen Spalt aufbekam, bevor's ihm im nächsten Moment mit Wucht entgegenrutschte, so dass er das Gleichgewicht verlor und krachend mit dem Zeug auf dem Fußboden landete.

»Nichts passiert«, rief er, den Lärm mussten sie auch nebenan gehört haben.

Doch dort war man mit der Frau beschäftigt: »Nein, nicht so«, sagte Henry, »du stützt sie, und du ziehst ihr das Ding über die gute Schulter, den Rest mach ... – Ja, genau, genau so.«

Ratte hatte inzwischen das Verbandszeug auf dem Fußboden gefunden, wo es direkt neben die Diskette gerollt war, die er aus dem Bulli mitgenommen hatte. Alles andere stopfte er in die Lade zurück und verfrachtete sie wieder in ihr Schubfach. Er gab dem Ganzen einen kräftigen Schubs, doch jetzt klemmte es nicht mehr, und so flog die Lade krachend zu. Ratte stand da, mit dem Verbandszeug in der einen, der Diskette in der anderen Hand: Wohin mit dem Ding? Erneut suchend schaute er sich in der Küche um, und wieder fiel sein Blick auf das weiße Pulver auf dem Tisch.

»Ratte«, rief Henry von nebenan, als könnte er so den Freund und die Physik beschleunigen. Das Wasser war noch lang nicht heiß, das hätte man ja hören müssen, dachte Ratte. Kurzentschlossen beugte er sich über den Tisch und zog sich mit der Diskette eine Line.

»Ratte!«

Er rollte einen Spielzettel zusammen und rief über die Schulter in Richtung Zimmer: »Was meinst du, wie schnell Wasser kocht?!« Dann zog er sich mit dem Zettelröhrchen die Line rein.

»Egal.« Das war wieder Henry, und er schaffte es, noch genervter, noch dringender-drängender zu klingen als zuvor. »Ich brauch das Verbandszeug. Beweg deinen Arsch!«

Mit der Hand fegte Ratte das restliche Koka notdürftig zusammen. Der zusammengeknüllte Spielzettel landete in der Spüle. Allein, wohin mit der Diskette, diese Frage hatte er noch immer nicht beantwortet.

»Ich komm ja«, rief er schon mal, um Henry zu beschwichtigen, halb auf dem Weg zur Tür. Dort entdeckte er am Boden einen Toaster, der angestaubt neben den Bierkästen herumgammelte. Er ließ die Diskette in den einen der beiden Schlitze fallen, schnappte sich das Verbandszeug und wischte sich im Rausgehen noch mal mit dem Ärmel über die Nase. Sauer waren Henry und seine Freunde ja eh schon auf ihn.

Zurück in seinem Zimmer war er es dann, der wütend wurde: Kippes hatte aus seiner Klamottenkiste sein Lieblings-T-Shirt gekramt und warf es Henry zu, der das Teil ohne Zögern auf die Schulterwunde der Frau drückte, um die Blutung zu stillen.

»Hey!«, brüllte Ratte und drängte die anderen beiseite, um mit dem Verbandszeug zu Henry zu gelangen. Entgeistert sah er, dass bereits ein weiteres von seinen T-Shirts als nun blutige Wundauflage hatte herhalten müssen.

Henry nahm ihm ungerührt das Verbandszeug aus der Hand und formte eine Kompresse für die Wunde.

»Halt die Klappe«, sagte er, ohne den Freund eines Blickes zu würdigen. »Bist selbst schuld: Wenn du nicht so lang gebraucht hättest, wär das nicht passiert. – Halt mal.«

Ratte wollte was entgegnen, aber der Nachgeschmack des Kokas und der Zustand der Frau hinderten ihn daran. Gehorsam drückte er die Kompresse auf die Wunde, während Henry anfing, einen Verband um ihren Oberarm und ihre Schulter zu legen. Dabei erwischte er wohl eine besonders empfindliche oder überaus schmerzhafte Stelle, jedenfalls stöhnte die Frau laut und vernehmlich, und riss zudem die Augen auf: »Nein!« rief sie aus.

43

April, die Zweite

»Und in dem Moment wollen Sie ihn das erste Mal gesehen haben?«

Sachlich klingt die Stimme des Mannes, und zugleich schwingt unverhohlener Zweifel, kaum verborgene Verachtung mit. Wie hieß er noch mal? Er hat sich doch vorhin vorgestellt. Müller, Meier, Schmidt? Etwas in der Art war es. Etwas, das zu seinem grauen Anzug und der unbestimmten Unauffälligkeit passt, die ihn umgibt. Vielleicht muss das so sein, wenn man für die Dienstaufsicht arbeitet. Sein Kollege – Schwärmer heißt der, den Namen hat sich Charlie gemerkt –, steht halb mit dem Rücken zu ihr und schaut hinaus in den Frühling vorm Fenster. Auch er trägt Grau, auch er versucht, unauffällig und dezent zu sein. Was schwierig ist mit den strubbeligen blonden Haaren, die den Blick auf die drei leeren Ohrlöcher im rechten Ohrläppchen lenken.

»Frau Kamann, haben Sie nicht gehört?« Das ist Schwärmer, der sich vom Fenster ab- und ihr zuwendet. »Mein Kollege Becker will wissen, ob Sie Florian Berger tatsächlich an dem bewussten Tag zum ersten Mal gesehen haben.«

»Nein«, sagt Charlie, »da hab ich nur unwirkliche Gestalten gesehen. Teufel, Engel, Dämonen, Monster – ich wusste es nicht, wusste nicht, wie mir geschah oder was das sollte. Und es war auch nur ein Moment, glaub ich, dann war ich wieder weg. Wenn ich vorher überhaupt wirklich wach, bei mir war.«

Die beiden Männer glauben ihr nicht. Sie glauben gar nichts von der Geschichte. Kein Wunder, denkt Charlie, hätte mir das alles jemand noch vor ein paar Monaten erzählt, ich hätte es auch nicht geglaubt. Sie seufzt, schaut von Schwärmer zu Becker und wieder zurück zu Schwärmer, sieht den Frühling im Fenster hinter ihm, *und muss plötzlich lächeln, einfach so, weil sie an Ratte denken muss, ihren merkwürdigen, seltsamen Retter, der zugleich der Grund ist, warum sie jetzt beide so tief in der Scheiße stecken.*

Eine weitere Abzweigung des Labyrinthes

Sie schlug um sich, was mehr Schmerzen verursachte und die Blutung verstärkte. Die konnte Henry aber nicht stillen, nicht mal, als Zoff und Glatze gemeinsam die Verletzte festhielten, die sich vor Schmerz krümmte und wand. Ratte starrte entgeistert auf die Frau auf seinem Bett. Er versuchte, ihre Pein nicht mitzufühlen, seine eigene Hilflosigkeit nicht wahrzunehmen, doch beides sprang ihn förmlich an.

»Mach schon.« Henry presste die beiden Silben zwischen seinen zusammengebissenen Zähnen durch. Ratte verstand nicht sofort. »Sie braucht was. Also mach schon«, setzte Henry hinzu.

Ratte seufzte, aber er reagierte: Er griff unter den zerbeulten Fernsehsessel und zog ein Plastikpäckchen hervor, das dort mit einem Klebestreifen befestigt war. Routiniert wickelte er es aus. Zwei Spritzen, eine gebrauchte und eine neue, mehrere Nadeln mit Plastikkappen sowie ein kleines Tütchen fielen heraus. Er streckte die Hand zum Holzkastennachttisch aus und holte von dort mit dem angekokelten Kaffeelöffel gleich die beiden Fläschchen. Erst schüttete er etwas von dem fast weißen Pulver auf den Löffel, dann kippte er Wasser und Ascorbinsäure aus den Fläschchen dazu. Er verrührte die Mischung mit der neueren der beiden Pumpen, zündete eine der Stumpenkerzen beim Bett an und hielt den Löffel in die Flamme. Henry schaute stur auf die Frau, die sich immer noch vor Schmerz krümmte. Glatze hielt ihren gesunden Arm fest. Zoff war inzwischen aufgestanden. Bunny sah Ratte interessiert, Kippes zweifelnd bis angewidert zu: »Haltet ihr das für 'ne gute Idee?«

»Haste 'ne bessere?« Ratte schaute nicht auf. Er war völlig vertieft ins Kochen, als wäre das eine Zen-Meditation, etwas, das seine ganze Aufmerksamkeit forderte.

Henry setzte sich hinter Charlie an die Wand. Glatze half ihm, die Frau so weit aufzurichten, dass sie an Henrys Körper gelehnt fast wie in einem Liegesessel halb lag, halb saß. Obwohl er ihren Oberkörper mit dem seinen stützte und die Berührung sie zu beruhigen schien, wand sie sich noch zu stark hin und her, als dass ans Verbinden der Wunde zu denken wäre. Henry konnte lediglich die Kompresse auf die Wunde drücken, und selbst das kostete ihn Mühe.

»Schhh, alles in Ordnung«, murmelte er in ihr Ohr, »gleich ist alles vorbei, gleich ist alles in Ordnung. Alles wird gut.«

Die anderen standen mehr oder weniger betreten im Raum herum. Glatze streichelte hilflos die Hand der Frau. Zoff schüttelte den Kopf und ging zur Tür. Bunny sagte hastig: »Ich guck mal nach dem Wasser«, und drängte sich an ihm vorbei in den Flur. Kippes folgte den beiden wortlos.

»Gib mal deinen Gürtel«, forderte Henry Glatze auf. Der schaute erst fragend, aber als der Krankenpfleger mit dem Kopf auf Ratte deutete – immer noch den direkten Blick auf den Löffel in dessen Händen vermeidend –, begriff er: Der Stoff hatte sich aufgelöst. Ratte schmiss einen Filter in die gelblich-klare Flüssigkeit und setzte eine Nadel auf die Pumpe.

Glatze zog seinen Gürtel umständlich aus und reichte ihn Henry: »Hier. Ich kann so was nicht gut sehen.« Rasch verließ er das Zimmer.

Henry band Charlies guten Arm mit dem Gürtel ab, während Ratte etwa zwei Drittel des aufgekochten Stoffs aus dem Filter in die Spritze zog. Er sah zu seinem Freund, doch der sah weg. Ratte setzte sich auf die Matratze zu dem merkwürdigen Paar, die wie ein erschöpfter Marionettenspieler samt lebensgroßer Puppe wirkten. Er nahm den Arm der Frau, suchte und fand die Vene.

47

»Aua«, sagte sie, und blickte erstaunt erst auf die Armbeuge mit der Nadel drin und dann in Rattes Gesicht, der vorsichtig abdrückte.

»Pssst«, sagte er, und wusste nicht, hoffte er, sie sah ihn oder sah ihn nicht, »ist gleich vorbei. Gleich ist alles gut.«

Ob es der Klang seiner Stimme war oder der Stoff auf ihren von der Verletzung und dem Schmerz geschwächten Organismus womöglich viel schneller als auf seinen opiatgewohnten Körper wirkte – sie entspannte sich und blieb es auch, selbst als ihr Blick wieder zur Armbeuge ging, aus der Ratte die nun leere Nadel zog. Dann lächelte sie ihn an, strahlend, als sei er ein Engel oder als begriffe sie wenigstens, er hatte sie heute gerettet. Unvermittelte verdrehte sie die Augen und sackte nach hinten in Henrys Arme.

»Endlich«, sagte der erleichtert, als er hinter ihr vorkroch, sie behutsam auf der Matratze ablegte. Sie hatte die Augen geschlossen, doch ihr Gesichtsausdruck war nun friedlich statt schmerzverzerrt.

»Na also«, kommentierte Ratte, während er den restlichen Stoff vom Löffel durch den Filter in die zweite Pumpe aufzog. Henry nahm der Frau den Gürtel vom Arm, dann hörte Ratte auf, mit dem Spritzbesteck zu hantieren und sein Freund musste nicht mehr krampfhaft versuchen, das nicht zu sehen. Gemeinsam machten sie sich daran, die Wunden der Frau fertig zu verbinden.

Wenig später war es mit dem Frieden vorbei. Die anderen saßen in der Küche und schienen auf ihn gewartet zu haben. Ratte massierte sich die Armbeuge, als er den Raum betrat, und ignorierte die Blicke und die Atmosphäre. Die beiden Besucher Kippes und Bunny waren nicht in Sicht, dafür saß Geli mit Zoff und Glatze am Tisch. Minka, die jetzt ihre eigenen, passenden Klamotten trug, hatte es sich auf der nun freien Fläche neben der Spüle bequem gemacht, von wo aus sie sowohl zum Tisch als auch nach draußen schauen konnte. Henry hockte auf der Lehne seines Stuhles, der auf der anderen Seite neben der Spüle stand. Wahrscheinlich hatten sie beide hier aufgeräumt, denn es sah jetzt zumindest oberflächlich besser aus als zuvor: Der Tisch war beinahe sauber und fast leer, *Risiko*-Spiel und Koka waren verschwunden. Jemand hatte Kaffee gekocht und so viel vom Schmutzgeschirr in der Spüle beseitigt, dass dort nun das dreckige Zeug Platz fand, das zuvor den Herd blockiert hatte.

Ratte schlurfte zum letzten freien Stuhl und ließ sich darauf fallen.

»Erzähl mir bloß nicht, dass du fertig bist ...«, sagte Henry, und glitt von der Stuhllehne auf die Sitzfläche.

Ratte hatte weder Energie noch Lust zu streiten. Achselzuckend griff er nach der Kaffeekanne, die mitten auf dem Tisch stand. Eine unbenutzte Tasse gab's hier jedoch nicht. Ratte stutzte einen Moment und nahm sich die Zuckerdose. Das Ding war fast leer und damit bestens als Kaffeetassenersatz geeignet. Henry schien das anders zu sehen. Er riss ihm die Zuckerdose aus der Hand.

»Du warst an *meinem* Zeug«, sagte er sauer, und schaute Ratte auffordernd an, der jedoch an ihm vorbei sah, eben sehr tief und sehr breit ins Unbestimmte starrte. »Hey, ich red mit dir!«

Langsam hob Ratte den Blick. Er hatte immer noch keine Lust auf Streit, warum sollte man sich den Kick oder das, was nach all den Jahren davon noch übrig war, mit Streit versauen? Doch Henry war stinksauer und würde, das wusste Ratte aus jahre-, fast jahrzehntelanger Erfahrung, keine Ruhe geben, bis er das geklärt hätte, was er zu klären hatte. Das wiederum provozierte Ratte.

»Dachte, Privateigentum wär hier abgeschafft.«

Einen Moment lang starrten sie einander an, wie gefangen in einem unausweichlichen Kräftemessen zwischen zwei Freunden, die viel miteinander geteilt haben, fast schon zu viel übereinander wissen, und das jetzt, wo sie einander alles andere als grün waren, überdeutlich spürten. Sollte er – sollte ich – wenn er – dann ich – etwas in der Art ging zwischen ihnen hin und her, wortlos, unausgesprochen. Ihre Mitbewohner schauten weg. Auch die kannten das bereits. Henry hatte schließlich als Erster genug von dem blöden Spiel. Er knallte Ratte die Dose mit einer ›Da ist echt nichts mehr zu retten‹-Geste hin und drehte sich zum Fenster über der Spüle um.

Ratte nahm die Zuckerdose, als sei nichts gewesen, goss Kaffee hinein und füllte den Rest mit Milch auf. Gedankenverloren rührte er in dem Teil herum. Henrys Zeug … war das gut oder schlecht? Der Stoff selbst war okay, aber dass es seins war, was sagte das? Ratte versuchte, die Gedanken festzuhalten, sich auf sie zu konzentrieren, aber es gelang ihm nicht. Er hatte nicht mal mitbekommen, dass die anderen sich ganz normal – oder wohl eher überbetont normal, diese Wahrnehmung blitzte kurz durch sein benebeltes Hirn – über das bevorstehende Konzert in Wilhelmshaven unterhielten. Was war nur los mit ihm? Nach der Line hätte der Schuss nicht so reinknallen dürfen, zumal es ja nur ein ganz kleiner gewesen war. War er müder, als er dachte? Hatten ihn die Ereignisse der Nacht mehr mitgenommen, als er sich selbst eingestand? Schließlich wurde er nicht jeden Tag Zeuge einer Schießerei und auch, wenn er alle naslang über verletzte Tiere stolperte: Angeschossene Menschen fielen ihm sonst nicht vor die Füße. Schon gar keine dunklen Engel … Er schlürfte seinen Kaffee, bis es schlagartig still wurde im Raum.

Henry hatte sich umgedreht, wandte ihm nun nicht mehr den Rücken zu. Aber er schaute ihn nicht an, sondern über ihn hinweg zur Tür: Durch die wankte desorientiert, aber lächelnd Rattes Engel. Sonderbar zielstrebig stolperte sie Richtung Spüle und nahm sich den Stuhl, auf dem zuvor Henry gesessen hatte. Sie zog ihn an den

50

Tisch, setzte sich und schaute zu Henry, der als Einziger stand: »Einen Cappuccino. Mit Milch. Nicht mit Sahne. Und ein Telefon. Danke.«

Eine Schrecksekunde lang starrten alle die Frau an, die sie im Gegenzug freundlich anlächelte. Dann geschah etwas mit ihr. Ein Zittern ging durch ihren Körper, das sie zu überspielen versuchte. Plötzlich sah es so aus, als hätte sie wieder Schmerzen und wolle sich an den Verband greifen, der unter Rattes ramponiertem T-Shirt, das sie nun trug, deutlich zu sehen war. Stattdessen stützte sie erst den Ellbogen des verletzten Armes, dann den des gesunden auf der Tischplatte auf. Sie wollte ihre Hände unterm Kinn falten, doch das gelang nicht. Zehn Finger zu ordnen, das war zu viel für ihr benebeltes Hirn. Und ihr Gewicht war viel zu schwer für ihre Erschöpfung. Ihr Oberkörper geriet ins Rutschen. Sie fiel vornüber auf die Tischplatte. Ihr Gesicht landete auf ihren Armen, wo sie sofort laut schnarchend einschlief. Ratte blickte erstaunt, Henry und die anderen mussten lachen, selbst Geli konnte sich ein Grinsen nicht verkneifen.

Danach half Minka Ratte, die Frau zurück in sein Zimmer zu verfrachten. Irgendetwas passierte mit ihm, als sie sie vorsichtig auf seinem Bett ablegten. Minka sagte etwas, aber er bekam nicht mit, was. Er versuchte, ihr zuzuhören, doch das fiel ihm schwer, weil er zugleich versuchte, die Frau auf seiner Matratze zuzudecken – vorsichtig, um nicht versehentlich ihre verletzte Schulter oder eine der zahlreichen Prellungen zu berühren. Hatte Minka dazu etwas gesagt oder war es um Geli und dessen schwelenden Hass gegangen? Wo war Minka überhaupt – er hatte gar nicht mitbekommen, dass sie das Zimmer verlassen hatte. Egal. War ihm recht. Er schob das Elektroheizgerät näher ans Bett und schaltete es eine Stufe höher. Anschließend setzte er sich in den verbeulten Fernsehsessel und betrachtete die schlafende Frau, während er seinen Hund streichelte. Lusche ließ das eine Weile geschehen, dann rollte er sich auf seiner Decke zusammen, die am Boden zwischen beiden Menschen lag, und schlief prompt ein. Ratte dagegen rang um Schlaf – er faltete sich mal so herum, mal anders rum in dem Sessel zusammen, versuchte dabei vergeblich, sich mit seiner Lederjacke zuzudecken und wenigstens mal für eine Minute einzupennen.

Irgendwann gab er entnervt auf. Die seltsame Haltung im alten Sessel, der alles andere als ein bequemes Bett war, war nicht das, was seinen Schlaf vertrieb. Den hielt vielmehr die Endlosschleife von Fragen in seinem müdebenebelten Hirn fern: Wer war die Frau? Wieso war sie auf ihn zugekommen? Hatte sie ihn gesehen? Und warum hatte man auf sie geschossen?

Er nahm sich ihre Lederjacke vor und durchsuchte sie systematisch: Die Brieftasche war nagelneu, enthielt aber außer etwas Bargeld nur einen Führerschein, der auf Mareen Steinberg ausgestellt war, geboren in Oldenburg. Er zweigte ein paar Scheine für sich ab, steckte den Führerschein zurück und legte alles zusammen auf seinen Nachttisch. Er war zwar kein Taschendieb, kannte sich mithin nicht aus, was andere Menschen in ihren Brieftaschen mit sich herumschleppten, aber dass etwas, das so nah am Körper getragen wurde, so wenig über seinen Besitzer aussagte, fand er merkwürdig.

Aus einer zweiten Innentasche der Lederjacke – es war eine Herrenjacke, ging ihm auf, das war womöglich ungewöhnlich, aber auch mit so etwas kannte er sich zu wenig aus, um einen Schluss daraus zu ziehen – kramte er einen Schlüsselbund hervor: Autoschlüssel, die zu einem älteren VW-Modell ohne Funkzentralverriegelung gehörten, ein Haus- und ein Wohnungsschlüssel, sowie zwei kleinere Schlüssel – vermutlich der Briefkasten und ein Koffer, dachte er. In der linken Außentasche der Jacke fand er eine Packung Zigaretten und ein schmales Damenfeuerzeug. Er steckte sich damit eine ihrer Kippen an und verzog das Gesicht: Exotische Marke, viel zu leicht für seinen Geschmack. Also landete die Zigarettenschachtel bei den anderen Sachen auf dem Nachttisch. Beim Feuerzeug zögerte er – möglich, dass es aus Silber war, dann hätte es Kohle gebracht. Doch weil es das einzig ansatzweise Persönliche war, das er bei ihr gefunden hatte, konnte er es nicht einstecken. Das ging einfach nicht.

Rauchend betrachtete er die schlafende Frau. Sie trug keine Ohrringe, hatte aber Ohrlöcher. Ihre linke Hand, die auf der Decke lag, war ringlos. Er rückte näher, um sich die Damenuhr am Handgelenk anzuschauen: schwarzes Lederarmband, weißes Zifferblatt mit schwarzen, geschwungenen, arabischen Ziffern, über die drei Zeiger liefen. Ein winziges Fenster beherbergte wahrscheinlich die Datumsanzeige, so genau konnte er das aus diesem Blickwinkel und bei diesem Licht nicht erkennen. Und er traute sich nicht, näher zu rücken oder das Betttuch, das als Vorhang vorm Fenster diente, beiseite zu ziehen. Er wollte sie nicht stören, nur mehr über sie erfahren.

In dem Moment drehte sie sich im Schlaf um und stieß ihn mit dem rechten, dem verletzten Arm an. Ein Schmerzenslaut von ihr, ein unterdrückter Schreckenslaut von ihm, sie öffnete einen Augenblick die Augen, blickleer, bevor sie sich in der neuen Stellung so weit zusammenrollte, wie es Verband und Wunde zuließen. Eigenartig. Es war ihm so vorgekommen, als hätte er am Mittelfinger ihrer Rechten einen weißen Streifen gesehen, wie er durch ständiges Tragen eines breiten Ringes entstand. Hatte er sich das eingebildet oder hatte sie beim Sturz das Schmuckstück verloren?

Er seufzte. So kam er nicht weiter. Außerdem hatte er noch anderes zu tun, als sich um aus Fenstern fallende Engel zu kümmern. Wo war sein Rucksack mit der Beu-

53

te?! Fast wäre er aufgesprungen, als er den neben der Tür erblickte – wo sonst, dort hatte er ihn fallen lassen, und wer im Haus würde sich die Finger an seinem Zeug schmutzig machen?

Er stand vorsichtig auf und durchquerte sein Zimmerchen auf Zehenspitzen. Ebenso leise versuchte er, den Rucksack auszuräumen – ohne mit den Spraydosen zu scheppern, ohne mit den paar Autoradios, Navis und CD-Playern zu klappern. Seine Farben landeten auf der Kiste unterm Spiegel. Das Diebesgut kam auf einen eigenen Stapel daneben. Nur bei einem Stück zögerte er: Der CD-Player aus dem weißen Golf. Auf dem Ding waren Graffitis vom ehemaligen Checkpoint Charlie abgebildet, so was konnte Ratte nicht achtlos aus der Hand legen. Schließlich packte er es auf den Nachttisch, rüber zu seinen und ihren Sachen. Dann nahm er die blutigen Klamotten, stopfte sie in den nun leeren Rucksack, und griff nach seiner Lederjacke. Lusche schaute auf, Ratte schüttelte den Kopf und deutete auf die schlafende Frau: Pass auf, bedeutete er dem Hund mit einem Handzeichen. Der legte sich wieder hin, während sein Herrchen vorsichtig die schweißfeuchte Stirn der Frau befühlte und ihre Decke gerade zog, bevor er den Rucksack nahm und aus dem Zimmer ging.

Ein Telefonat vom Gemeinschaftsapparat in der Küche – Ratte hasste Handys, nicht nur, weil sie Geld kosteten, das er für gewöhnlich nicht hatte, er wollte nicht immerzu erreichbar sein –, dann machte er sich auf den Weg. Doch schon auf dem Flur wurde er ausgebremst. Glatze drängte ihm einen Batzen Mülltüten auf, die bei der Haustür vor sich hin gammelten. Ratte war so in Gedanken, er machte nicht mal aus Prinzip einen Abwehrversuch, sondern ließ sich glatt so viele Müllsäcke aufhalsen, wie er eben tragen konnte mit dem Wäscherucksack auf dem Rücken. Als er im Waschsalon ankam, waren die Müllsäcke weg – und er begriff, dass er nicht wusste, wo er sie gelassen hatte: tatsächlich beim Müll, oder irgendwo am Straßenrand auf halber Strecke zwischen dem Punkhaus und Leer, wo ihn die drei Studenten mit der alten A-Klasse aufgesammelt hatten, oder auf dem Bordstein vor der Tür des Waschsalons in der Friesenstraße? Er war oft in Gedanken, lief häufiger auf Autopilot. Nur: Normalerweise war das den Chemikalien in seinem Blut oder einem entsprechenden Mangel geschuldet – aber jetzt passte das nicht. Er hatte noch genug Stoff in seinem Kreislauf, dass es ihm gut ging, doch er war weit vom Kick, von einem High im üblichen Sinne entfernt. Eigentlich war das sein Normalzustand, nichts Spektakuläres, ganz okay eben. Gut, unabhängig von dem speziellen Rhythmus aus Ebbe und Flut in seinem Stoffwechsel war er manchmal ohne zusätzliche Gründe so tief eingesponnen in zu malende, zu sprayende Bilder oder auch Geschichten, die er nie einem Menschen erzählen würde, keinem lebenden zumindest, dass er darüber seine Umwelt vergaß. Jetzt aber war es, als kreise all sein Denken und Fühlen um ein schwarzes Loch, und dieses schwarze Loch wiederum lag auf seinem Bett, bewacht von Lusche, den es hoffentlich nicht auch in das schwarze … – verdammt, hatte er wenigstens Waschpulver zur Wäsche gegeben?

In dem Moment tauchte sein Kontakt auf. So wollte Ernst genannt werden, das klang cool, fand er. Ratte war's egal. Ihm war auch egal, dass Ernst, äh, der Kontakt dumm aus der Wäsche schaute – was ein höchst lächerlicher Gedanke war zwischen all den rotierenden Waschmaschinen –, als Ratte ihm sagte, was er diesmal von ihm wollte. Doch der Geldschein aus der Brieftasche der Frau überzeugte. Ernst schob ab, und als Ratte gut eine Stunde später zum vereinbarten Übergabepunkt – noch so ein cooler Ernst-Begriff – kam, bekam er das Gewünschte. Jedenfalls nahm er an, dass die in Folie verschweißten

Tablettenstreifen mit dem Aufdruck MST tatsächlich das wären, von dem Henry gemeint hatte, es würde der Frau in Rattes Bett besser bekommen als noch ein Druck. Er verabschiedete sich vom Kontakt, ohne noch mal aufzusehen, und machte sich unverzüglich auf den Heimweg.

Wieder hatte er Glück und ein Auto hielt neben ihm. Keinen Bock, die rund sieben, acht Kilometer zu latschen. Außerdem ging's schneller so, und das war ihm mehr als recht. Was, wenn sie jetzt aufwachte? Der Gedanke wurde zum Schreckensbild, das sich in seinem Hirn einnistete, so dass er fast rannte, als er beim Punkhaus ankam, und sich vor seiner eigenen Tür bremsen musste, um diese nicht laut krachend aufzureißen. Die Zurückhaltung lohnte sich – sie schlief noch immer. Blass war sie, wie ein Leintuch, und sie stöhnte leise. Sicher hatte sie Schmerzen. Gut, dass er hatte, was ihr helfen müsste. Es wunderte ihn zwar, dass in Wasser aufgelöste Tabletten so wirksam sein sollten, aber er war ja kein Arzt, nicht mal Krankenpfleger. Deshalb wusste er auch nicht, was er gegen ihr Fieber unternehmen sollte. Wadenwickel – daran erinnerte er sich aus Kindertagen – Wadenwickel waren machbar, jetzt, wo er all seinen wie ihren Kram gewaschen hatte, allemal. Die Wickel schienen sie zu beruhigen, nur das Fieber blieb unbeeindruckt. Jedenfalls kam es ihm so vor, denn er hatte ja kein Thermometer.

Irgendwie war es seltsam, sich um einen fremden Menschen zu kümmern. Verletzte Tiere sammelte er oft auf und meist gelang es ihm, sie hochzupäppeln. Er wusste nicht, warum er das tat. Das hatte er schon immer getan, schon als kleiner Junge, und er schien instinktiv zu wissen, was so ein hilfloses Wesen von ihm brauchte. Bei der Frau, die ihm das Schicksal vor die Füße geworfen hatte, war das schwieriger. Außerdem stellten sich ganz andere Fragen als bei einem angefahrenen Fuchs oder einem verunglückten Vogel. Dass das Ziel einer Tierrettung in der Freilassung des genesenen Patienten lag, war klar. Aber was war das Ziel bei dieser Frau, dieser Mareen Steinberg, über die er so gar nichts wusste?

Am späten Nachmittag kam Henry von der Arbeit, suchte und fand Ratte allein in der Küche bei der Zubereitung einer Trinksuppe.

»Sie muss doch was essen, auch wenn sie Fieber hat«, sagte er zu seinem Freund, mit dem er seit dem Krach am frühen Morgen kein Wort mehr gewechselt hatte. »Meinst du, sie verträgt das flüssige Tütenzeug?«

Zuerst zuckte Henry nur mit den Achseln, war er noch sauer? Dann seufzte er theatralisch und zog ein Medikamentenfläschchen aus seinem Pflegerkittel: »Rühr das da rein. Ist Penicillin. Braucht sie alle paar Stunden, gegen das Fieber und damit mit der Wunde nichts … nichts passiert.«

»Danke«, sagte Ratte, weil er nicht wusste, was er sonst sagen sollte. Er zerbröselte eine Tablette über dem Trinkpulver in der Tasse und schaute nicht auf.

»Dafür nicht«, winkte Henry ab und musste grinsen. »Du bist 'n Idiot, aber da kann sie nichts für. Und du wahrscheinlich auch nicht.« Das Wasser im Kessel kochte. Ratte goss es über das Suppenpulver.

»Pass auf damit«, mahnte Henry, »sie wird zu benommen sein, um allein zu trinken, und es bringt ja nichts, wenn du ihr zu allem Überfluss die Kehle verbrennst.«

»Ey, du hältst mich echt für 'n Idioten«, brauste Ratte auf, aber mehr aus Gewohnheit denn aus echtem Ärger.

»Man weiß ja nie, ist schließlich seit ewigen Zeiten die erste Frau, die du anschleppst«, sagte Henry, wieder grinsend. »Hatte schon gedacht, du stehst vielleicht nicht mehr auf Zweibeiner.«

Ratte warf ihm das Geschirrtuch an den Kopf, das er als Topflappen verwendet hatte. »Blödmann. Und so was will mein Freund sein!«

Henry ging raus und rauf in sein Zimmer. Ratte ging

rüber in seins und setzte sich zu der Frau in seinem Bett. Anscheinend roch die Suppe verlockend, denn sie schlug die Augen auf und sah ihn strahlend an. »Mama?« fragte sie, und Ratte wusste nicht, war das gut, weil es ihn schützte, oder schlecht, weil – ach, egal. Sie musste gesund werden. Dafür musste sie essen. Und dabei brauchte sie seine Hilfe. Also rutschte er zu ihr auf die Matratze und half ihr, sich aufzurichten.

Vorsichtig lehnte er ihren Körper mit der gesunden Schulter an den seinen, dann nahm er die Tasse und half ihr beim Trinken. Dabei steckte er unwillkürlich seine Nase in ihre wirren braunen Locken. Trotz Schweiß und allem anderen roch sie nach etwas Unbekanntem oder war es etwas fast Vergessenes? Jedenfalls roch sie gut, so sehr, dass er lächelnd »hmmm« machte. Auch ihr schien es gut zu gehen in seinen Armen. Sie hatte die Tasse geleert und lehnte sich entspannt an ihn. Allerdings währte das nur einen Moment. Dann verzog sie die Nase – anscheinend roch er längst nicht so gut wie sie.

Ratte legte sie behutsam wieder hin und deckte sie zu. Dann ließ er Lusche, der neben dem Bett lag, an sich schnuppern: Der Hund fand's okay, so schien es, allerdings, was hieß das schon? Und er musste raus, das war wichtig. Machte ja keinen Sinn, seinen besten vierbeinigen Freund über der schlafenden Unbekannten zu vergessen. Doch nachdem sie beide eine gute halbe Stunde später von der Runde über den abendlichen Schrottplatz wiederkamen, musste Ratte duschen, obwohl das Bad wie üblich versifft und feucht war. Er war jetzt schon vierundzwanzig Stunden auf den Beinen, mehr oder weniger jedenfalls, und er hatte kein Verlangen danach, sich seine schlaflosen Knochen auf dem Fernsehsessel erneut für nichts zu verrenken.

Als er nass und dampfend aus dem Bad kam, schlief sie immer noch. Vorsichtig setzte er sich neben sie auf die Matratze. Ganz behutsam rückte er Stück für Stück näher und rutschte dann langsam nach unten, bis er neben ihr lag. Ob er es wagen könnte, eine der Decken, die die Frau vor der Kälte schützten, auch über sich zu ziehen? Millimeterweise zupfte und zog er, bis sie sich plötzlich im Schlaf umdrehte, dabei den verletzten Arm samt Decke halb über ihn warf. Erst traute er sich kaum zu atmen. Dann schlief er wohlig ein. Endlich …

Verdammt, was sollte das? Mussten die Idioten jetzt proben, mitten in der Nacht?! Ratte stand senkrecht im Bett oder vielmehr neben seiner Matratze, und war nur Augenblicke später im Probenraum im Keller des Punkhauses, wo er mit einer Bewegung die Tür auf- und den Hauptstecker der Verstärkeranlage rausriss. Einen Moment lang waren Henrys Gesang und die Instrumente der anderen ›unplugged‹ zu hören. Dann starrten alle zur Tür, wo Ratte barfuß, mit verstrubbelten, feuchten Haaren stand, gerade mal bekleidet mit einer zerfetzten Jeans und einem verwaschenen T-Shirt.

»Was soll'n das?« Zoff war sauer.

»Wie soll sie bei dem Lärm schlafen?«, kam Rattes wütende Gegenfrage.

Minka trat hinter ihrem Mischpult vor, Geli schälte sich zwischen den Drums und Becken seines Schlagzeuges raus. »Wen interessiert das?« herrschte er Ratte an. Er war auf hundertachtzig und kurz davor, sich Ratte zu greifen, um ihm in die Fresse zu schlagen, wie er es genannt hätte, als Henry ihn packte und festhielt.

»Mann, so zugeknallt, wie die noch sein muss, kriegt die eh nichts mit«, sagte er beschwichtigend zu Ratte.

Der schaute ihn an, atmete tief durch, fühlte Wut und Hilflosigkeit, fühlte sich gleichzeitig peinlich berührt, wie in einem Traum, wo man feststellt, man steht vor Publikum und ist nackt. Alles um ihn herum schien zugleich unwirklich, fast wie in Zeitlupe, und doch überdeutlich, sozusagen hyperreal: Zoff legte seine Gitarre ab und machte einen Schritt auf ihn zu. Glatze stand da mit seinem Bass und schaute, wie sich die Dinge entwickelten. Kippes und Bunny, die Gäste, das Probenpublikum dagegen, schienen mehr am Inhalt der Bierkästen interessiert, die ihnen als Sitze dienten, denn an den menschlichen Dramen.

Minka brach den Bann, sie stand vor ihm und streckte die Hand aus. »Mach schon, gib her das Teil«, forderte sie.

»Rück's raus«, bekräftigte Zoff, »Schneewittchen wird schon weiterpennen.«

»Das sollte sie besser auch«, sagte Geli böse. »*Dein* Problem, wenn sie *dich* gesehen hat, ich will jetzt proben und hab mit ihr nichts am Hut!«

Ratte schaute noch einmal in die Runde. Waren sie, seine Mitbewohner, teils seine Freunde, ihm fremd geworden, so plötzlich? Oder lag es an ihm – oder an ihr? Er ließ das Kabel fallen und stürmte wortlos raus.

»Wow, Ratte und Schneewittchen … voll schräg!«, hörte er Minka noch sagen. Dass Henry ihm nachkam, bekam er dagegen ebenso wenig mit wie ihren nächsten Satz: »Wie sieht's eigentlich mit der Festivalbühne in Wilhelmshaven aus, Kippes?«

Es war dunkel auf dem Schrottplatz, aber still war es nicht. Klatschende Geräusche, gedämpfte Tritte, unterdrücktes Wutgebrüll – all das zeigte Henry den Weg zu Ratte, der sich zwischen Bulli und alten Reifenstapeln abzureagieren versuchte. Henry räusperte sich, stampfte extra laut beim Näherkommen auf, um sich bemerkbar zu machen. Ratte hörte auf, gegen den Stapel zu treten – was einfach so, mit den Docs über den bloßen Füßen, sowieso für ihn selbst am gefährlichsten war – und drehte sich zu seinem Freund um: »Was willste?«

Henry antwortete nicht sofort. Er musterte Rattes Gesicht, versuchte rauszulesen, was er sagen konnte oder sollte. Ratte schaute ihn an, trotzig, die Arme vor der Brust verschränkt, abwartend.

»Okay«, setzte Henry an, »ich kapier auch, die Frau ist dir irgendwie wichtig.« Er machte eine Pause, denn Ratte sah so aus, als würde er gleich explodieren. Was höchst ungewohnt war, normalerweise musste man für halb so intensive Gefühlsäußerungen zwischen ihn und den nächsten Druck geraten. Henry hob die Arme, eine halb beschwichtigende, halb entschuldigende Geste: »Überleg doch mal: Jemand wollte sie umbringen. Aus irgend 'nem Grund. Das hört doch nicht auf, nur weil du sie da weggeschafft hast.«

Ratte schaute zu Boden, trat ein letztes Mal vor den Reifenstapel, doch er nickte: »Ich weiß. Aber – was hätt ich machen sollen? Sie da liegen lassen?!« Er blickte Henry in die Augen, der darauf keine Antwort hatte.

»Nein ... aber ...pass einfach auf, ja? Ich mein', sie ist nichts als ein hübsches Gesicht ... ein Name ... ohne eine Geschichte. Du weißt nicht, wer oder was sie ist.«

Ratte überlegte einen Moment, dann deutete er mit dem Kopf Richtung Haus: »Ich muss wieder rein.«

Henry wollte was sagen, doch Ratte lief gleich los. »Hey!«, rief er ihm hinterher.

»Was?« Ratte drehte sich nochmal zu ihm um. »Mir ist scheißkalt. Dir nicht?!« Schlotternd vor Kälte lief er auf den Hauseingang zu. Ohne eine fette Extraportion Adrenalin war Januar kein Monat, um in T-Shirt und Fetzenjeans draußen herumzustehen. Als er die Eingangstür aufriss, blieb er wie angewurzelt stehen: Glatze hatte im selben Moment die Tür von innen erreicht. In der Rechten trug er seinen Bass, mit der Linken hielt er eine von Gelis Trommeln.

Beides drückte er nun Ratte in die Arme: »Bring's raus zum Bulli.«

61

»Jetzt schon?« fragte Henry, der drei Schritte hinter Ratte war. »Das Festival beginnt doch erst morgen.«

»Minka meint, wir könnten gleich da proben – besser wär's auch – und …«, Glatze blickte zu Ratte, der mit Bass und Drum beladen eingekeilt zwischen ihm und Henry im kleinen Flur stand, »… du kannst dich dann um Schneewittchen kümmern.«

»Danke«, konnte Ratte noch einschieben, bevor Zoff mit seiner Gitarre und diversen Kabeln um die Ecke kam.

»Wenn wir wiederkommen, ist sie weg. Sonst hast du nicht nur mit Geli Ärger, kapiert?!«, sagte er zu Ratte, drohend, aber nicht böse.

Ratte nickte eifrig und drehte sich zur Tür um: »Mach schon hin«, sagte er zu Henry, denn der stand mitten in der Haustür. Wie sollte man so den Bulli beladen?!

Kaum eine dreiviertel Stunde später war der Bus abfahrbereit. Henry hatte sich hinters Steuer geklemmt, die Bandmitglieder hatten es sich hinten drin bequem gemacht. Kippes und Bunny zockelten mit ihrem eigenen Gefährt – einem abenteuerlichen Ding, das hauptsächlich mit Glück und *Duct tape* zusammengehalten wurde – vom Hof. Ratte schmiss die Schiebetür des Bullis zu. Henry startete den Bus und fuhr grinsend los: Ratte hatte mit angepackt, als ginge es um sonst was, und jetzt drehte er sich auf dem Weg zum Punkhaus zurück sogar nochmal um und winkte! Ganz schön verrückt, aber genau so fühlte sich auch Ratte: verrückt, überdreht, glücklich und – ja, und was noch?

Er ging rein und schloss die Tür hinter sich ab. Er hatte keine Angst allein in dem Haus auf dem unwirtlichen Gelände im Niemandsland zwischen Otto Wieses Riesenmülldeponie und dem Hintereingang des Örtchens Ihrhove, aber sicher war sicher. So ungern er es zugab, Henry hatte recht: Jemand hatte versucht, die Frau – Mareen Steinberg – umzubringen. Dass Ratte diesen Jemand samt Komplizen in der letzten Nacht hatte abhängen können, war keine Garantie, dass sie nicht irgendwann, irgendwie doch auf seine Spur kämen. Insofern war's ihm recht, dass Henry und die andern nicht hier waren. So musste er sich nur um die Frau und sich selbst sorgen.

Er nahm ein Bier aus der Küche mit in sein Zimmer. Dort zündete er ein paar Kerzen an: Die Frau schlief, so sah es im schummerigen Licht aus. Er hockte sich in den TV-Sessel, öffnete das Bier, trank und streichelte gedankenverloren Lusche, der an seiner Seite lag. Plötzlich setzte er sich kerzengerade auf: Hatte die Frau gestöhnt? Er stellte das Bier beiseite und hockte sich zu ihr auf die Matratze: Sie war fiebrig, dazu verschwitzt, schlief unruhig. Er hielt ihre Hand eine geschlagene Minute fest, bevor er sicher war, es ging ihr den Umständen entsprechend gut. Dann schob er ihre Hand unter die Decke zurück.

»Was sollen wir mit ihr machen?«, fragte er seinen Hund. Der schaute ihn nur an, was sollte das Tier auch sonst machen. Ratte verstrubbelte Lusches Fell, dann fuhr er sich durchs eigene, struppige Haar – schweißnass, bemerkte er erstaunt. Kalt war ihm, übel dazu, obendrein die Unruhe … Die Frau machte ihn total kirre, dachte er kopfschüttelnd, wie konnte er die Zeichen übersehen, die ihn sonst Tag und Nacht umtrieben? Er griff unter den Sessel, riss das Päckchen mit seinem Stoff, das dort wieder klebte, ab. Routiniert machte er sich an die alltägliche Arbeit – aufkochen, filtern, auf die Pumpe ziehen, den Arm abbinden. Er setzte gerade die Nadel an, da stöhnte es neben ihm. »Muss das jetzt sein?!«, sagte er leise, zu sich, zu ihr, zum Hund.

Aber er schaute nach.

Sie wimmerte und stöhnte, es ging ihr wirklich nicht gut. Vielmehr: Es ging ihr schlechter als ihm. Also den

Gürtel wieder abgenommen, die Kappe auf die Nadel gesetzt, die Pumpe beiseitegelegt und für sie gesorgt: Ein neuer Wundverband musste sein, dann brauchte sie Penicillin und Schmerzmittel, die MST-Tabletten natürlich, aufgelöst in Wasser, damit sie zur Ruhe kam. Wieder saß er hinter ihr, hielt ihren Kopf, ihren Körper, als er ihr beim Trinken half.

»Gut so, noch einen kleinen Schluck, ja, das ist gut so«, murmelte er in ihr Haar und hoffte, sie würde nicht an seinem riechen. Was nützte es, sich für sie zu duschen, wenn er wegen ihr ins übelste Schwitzen geriet, weil er aus dem Takt kam, das Gefühl für sich selbst und Ebbe und Flut in seinem Blutstrom verlor? Sie trank brav, wurde ruhiger. Er legte sie ab und griff wieder zum Gürtel und zur Pumpe. Das war jetzt verdammt nötig – wie der Schlaf, der ihn hoffentlich danach finden würde. Auf der Matratze, neben ihr zusammengerollt, das hatte er sich verdient, dachte er noch, bevor er wegsackte ins Reich der dunklen Träume.

Als er wieder erwachte, war es sehr früh am Morgen. Im Zimmer war es bullig warm, der Heizlüfter hatte die Nacht durchgearbeitet. Nun ja, sie brauchte es und er würde die Stromrechnung eh nicht zahlen. Ratte streckte sich und gähnte. Die Frau lag regungslos neben ihm. Sein Herz setzte für einen Sekundenbruchteil aus, dann fand seine Hand ihren Puls an ihrem Hals. Sie schlief wie ein Stein. Es stimmte wohl, Heilung, Neubildung von Gewebe, der Kampf gegen Infektionen, all das kostete den Körper viel Kraft, also war Schlaf die beste Medizin.

Für Ratte jedoch würde das nicht reichen, jedenfalls nicht mehr lang. Seine gut gehüteten Stoffvorräte gingen zur Neige und außerdem musste er rausfinden, was draußen über die Schießerei geredet wurde, ob jemand wusste, was diese Mareen Steinberg getan hatte und wo sie steckte. Merkwürdiger Name, dachte er erneut, während er aufstand und den Heizlüfter auf die kleinste Stufe runterdrehte. Er verschwand im Bad, kam aber rasch wieder, besorgt, sie könnte ausgerechnet in dem Augenblick erwachen, wo er die Zahnbürste im Mund hatte oder mit dem Hintern auf der Klobrille klebte. Doch nichts dergleichen. Sie schlief ruhig und tief und ihre Stirn fühlte sich kühler an, war nicht mal mehr verschwitzt. Mist, wann hatte er ihr zuletzt Penicillin gegeben? Sollte er sie für die nächste Dosis wecken oder war es besser, sie schlief weiter? Er zog sich an, setzte sich noch einen Moment zu ihr. Spielte mit der Brieftasche (Geld konnte er immer brauchen) und ihrem Ausweis, las die Adresse, die auf einer Visitenkarte stand, die er bisher übersehen hatte.

Computerexpertin war sie also. Na prima, warum nicht gleich Atomphysikerin? Oder Chinesin, denn er wusste nicht, wie er sich mit so jemanden verständigen sollte. Wobei – er wusste nicht, wäre es gut oder gefährlich, wenn sie erwachte und mit ihm redete, ihn gar wiedererkannte. Verdammt, er musste los, er musste die Beute loswerden, einen klaren Kopf kriegen, Stoff und Informationen besorgen. Alles Weitere würde sich danach finden. Er vergewisserte sich, dass es ihr gut ging, sie friedlich und tief atmete, keine Schmerzen oder Fieber hatte. Dann schulterte er den Rucksack mit den Autoradios, den Navis und dem anderen Zeug, beorderte Lusche mit einem Handzeichen an seine Seite und los ging's.

Draußen war es noch immer dunkel. Am Lüdeweg gab es nur Bäume, keine Straßenlaternen. Wozu auch? Den Schleichweg zwischen Feldern und Hammrichen, gesäumt von Wassergräben, benutzten nur Anlieger und Bauern. Erst ganz am Ende des Wegs, kurz bevor er auf die B 70 stieß, gab es Licht und andere Zeichen von Zivilisation – wenn man die Mülldeponie in Breinermoor mit ihren mächtigen Zäunen, Mauern und Toren so sehen wollte.

Ratte bog auf die B 70 ein. Einträchtig marschierten Hund und Herrchen nach Norden, Richtung Leer. Ihrer beider Atem wurde in der kalten Januarluft zu kleinen, weißen Nebelwolken. Manchmal kam ein Auto vorbei, ein Lieferwagen, ein LKW oder jemand auf dem Weg zur Frühschicht. Doch sie alle ignorierten Rattes Daumen. Kein Wunder, kaum jemand nahm heutzutage noch Tramper mit, männliche mit Rucksack und Hund schon gar nicht.

*

Charlie schlief noch immer. Sie hatte einmal kurz geblinzelt, aber es war dunkel, nur wenig Licht fiel durchs Fenster. Es war still, es war warm, und sie war so verflucht erschöpft. Viel zu erschöpft, um dem dumpf drängenden Gefühl nachzugehen, das sagte: »Wach auf, es ist wichtig, du musst wach werden, du musst …« Was musste sie? Das wusste sie nicht. Also ließ sie sich locken, vom Schlaf und der Wärme und der Geborgenheit im Dunkel.

*

Draußen dämmerte es inzwischen. Vielleicht hatte das dazu geführt, dass der Fahrer des VW-Transporters den Punker und seinen Hund nicht, wie die anderen Autofahrer, einfach übersehen hatte? Es passte ja auch. Sie hatten grob dasselbe Ziel: Der Lieferwagen wollte zum Emspark, Ratte ins Gewerbegebiet gleich gegenüber. Es passte sogar noch besser, doch das sah Ratte erst, als er mit Lusche ausstieg und seinem Wohltäter nachblickte: Der VW-Bus gehörte einer Reinigungsfirma. Nicht etwa irgendeiner, nein, einer Firma, die auf das Entfernen von Graffiti spezialisiert war. Ratte musste grinsen; er fühlte sich glatt als Arbeitgeber oder doch als Arbeitsplatzerhalter. Schade nur, dass seine Kunstwerke dafür draufgehen mussten.

*

Charlie öffnete benommen die Augen und schloss sie sofort wieder: Das konnte nicht sein! Vorsichtig öffnete sie das rechte Auge einen Spalt breit, und stellte fest: Jetzt sah sie ihre Umgebung zwar nur noch schemenhaft, aber sie blieb gleich. Links neben ihr stand eine umgedrehte Apfelsinenkiste mit allerhand Zeug darauf, darunter eine Wasserflasche, ein Glas, Kerzen und ein paar kleinere Fläschchen. Daneben lag etwas zerknüllt am Boden. Ob das Kleidung oder etwas anderes war, ob es dort hingehörte oder von dem merkwürdigen Sessel, der in der Ecke daneben stand, gerutscht war, ließ sich im fahlen Morgenlicht, das durch das Fenster in der Wand links von ihr fiel, so nicht sagen. Das entfernte Ende des Zimmers war zwar nicht wirklich entfernt – wenn die Matratze, auf der sie lag, die üblichen zwei Meter hatte, war das Zimmer keine vier Meter lang –, doch mangels ausreichender Beleuchtung konnte sie nur ahnen, dass zwischen Fenster und Tür eine Art Bücherberg lag, während gegenüber ein Monstrum von einem alten Fernseher mit Bildröhre stand. Sie wandte den Kopf nach rechts und wunderte sich, was sich da so ungewohnt, so eigen anfühlte. Rechts neben dem Bett hing ein Spiegel an der Wand, darunter stand wieder ein Kiste mit Zeug darauf, drum herum – drum herum war etwas auf die Wand aufgetragen. Sie setzte sich auf, ein wenig zu abrupt wohl, denn plötzlich war ihr schwindelig. Unwillkürlich griff sie sich mit der Rechten an den Kopf und erstarrte vor Schmerz. Sie packte mit der anderen Hand an die Schulter und musste einen Aufschrei unterdrücken: Verdammt, was war denn – »Ach du Scheiße«, entfuhr es ihr, »Torben … Hagen … das Laptop, verdammt ich muss zu Hagen!«

Sie wollte von ihrem Lager aufspringen, doch das machte ihr Kreislauf nicht mit. Der Schwindel zwang sie zurück auf die Matratze. Immerhin entdeckte sie nun ihre Zigaretten und ihr Feuerzeug auf dem Obstkistennachttisch auf der anderen Seite der Matratze. Sie zündete eine der Kerzen an und versuchte erneut, sich ein Bild von ihrer Umgebung zu machen und sich zu erinnern, wie sie hier hergekommen war.

Doch da war nichts. Dabei hätte ein so bizarrer Ort Spuren im Gedächtnis hinterlassen müssen – allein die Höhlenzeichnungen, die jemand rund um den gesprungenen Spiegel gemacht hatte, allein die hätten ihr als kunst- und geschichtsinteressiertem Menschen auffallen müssen. Die Bilder passten und passten doch nicht zu dem ärmlichen, geradezu erbärmlichen Mobiliar des Raumes. Eine kaputte Truhe und einen alten Wäscheständer als Kleiderschrankersatz zu nehmen, wer kam auf so eine Idee? Vorsichtig machte sie einen zweiten Versuch aufzustehen – geschafft. Einmal tief durchatmen, dann sah sie sich die Klamotten näher an: Jede Menge T-Shirts, ein paar Sweater, zwei zerfetzte Jeans, Männerunterhosen – das Zimmer dürfte einem dünnen Mann mit Hang zu Grunge und/oder Punkkultur gehören, notierte die geschulte Beobachterin in ihrem Hinterkopf. Moment, was lag denn da? Das war doch nicht etwa …? Doch, war es: Das verfilzte Schrumpfding war der traurige Überrest ihres Kaschmirpullis! Und daneben lag ihre Lederjacke, mit einem Loch an der Schulter – verdammt, was war hier genau los?

Sie trat vor den Spiegel und hätte am liebsten die Augen wieder geschlossen und so getan, als sei das alles nur ein Traum, denn was sie da sah, gefiel ihr ganz und gar nicht. Okay, das war ihre Designerjeans, in der ihre Beine steckten, und die Hose war nur leicht verdreckt, aber für – für, wie es ihr dämmerte, einen Sturz aus dem ersten Stock recht intakt. Das ausgefranste T-Shirt gehörte eindeutig zu den Beständen in der Truhe. Darunter trug sie bis auf den Verband an der rechten Schulter, der erstaunlich professionell erschien, nichts. Torben hatte tatsächlich auf sie geschossen. Und ihr war es irgendwie gelungen zu fliehen. Nur: Wo war sie? Und wie war sie hier hergekommen?

Sie schaute sich noch mal bei den Klamotten um. Unter ihrer Lederjacke lagen ihre Stiefel. Prima, die waren heile. Den Pulli konnte sie vergessen, was Einschuss- und Austrittsloch nicht versaut hatten, hatten Blut und ein Waschversuch endgültig ruiniert. Also durchwühlte sie die Truhe, bis sie ein schwarzes Kapuzensweatshirt ohne Anarchie-Zeichen und anderen Schnickschnack, dafür mit Reißverschluss fand. Überkopf hätte sie das Ding nicht anziehen können. Die schwere Lederjacke über die Schulter zu bekommen, ohne dabei vor Schmerz aufzuschreien, war schon schwierig genug. Sie steckte Zigaretten und Feuerzeug ein, und fand dabei den Schlüssel in der Jacke, den Ausweis, den Führerschein. Das war gut. Einen Schluck Wasser getrunken – Moment, wo war die Brieftasche? Nicht hier, stellte sie fest, aber dafür fand sie etwas anderes: Ihren Car-CD-Player, den mit den Motiven vom Checkpoint Charlie, den ihr Hagen und Kara zum Geburtstag geschenkt hatten. Wie kam der hierher? Das Ganze wurde immer verrückter. Automatisch wollte sie das Handy aus der Jacke ziehen, doch da fiel ihr ein, das hatte ihr Lukas, der Wachhund von Torben, am Abend zuvor auf der Damentoilette abgenommen. Und ihre Waffe war natürlich auch nicht da, die hatte sie wohl beim Sturz verloren.

*

»Was hast du hier verloren? Bist du total bescheuert?!« Das Fenster des Lieferwagens mit *Toutes-Françaises*-Logo war noch nicht ganz unten, und Ratte hatte gerade mal Zeit gehabt, verdattert mitten auf der Straße im Gewerbegebiet am Nüttermoorer Sieltief stehen zu bleiben, um nicht von dem Auto überfahren zu werden, das sich vor ihm quergestellt hatte. Lusche war vorgelaufen, immer weiter auf die Lichter des *Toutes-Francaises*-Lagerhauses zu, die im Morgenlicht flackernd ausgingen. Der Hund musste zurückeilen, als die Beifahrertür des Wagens mit Macht von innen aufgestoßen und sein Herrchen geradezu ins Innere gezerrt wurde. Ratte grinste Bernhard, den Fahrer, versuchsweise an. Doch das half nicht, der stämmige Mann Typ ›braver Familienvater‹ brüllte weiter: »Ich hab dir x- mal gesagt, du sollst hier nicht auftauchen!« Dann beugte er sich über den noch immer perplexen Punker hinweg und schlug die Beifahrertür zu. Was war denn in den gefahren, fragte sich Ratte. Der Wüterich bekam ja nicht mal mehr mit, dass Lusche es nur gerade so geschafft hatte, sich zwischen seine Beine in den Fußraum zu quetschen …!

Bernhard richtete sich auf, blickte nach vorn und trat aufs Gas. Ratte starrte ihn an, versuchte, in seinem Gesicht zu lesen.

»Mist verdammter«, brüllte der Fahrer und trat nun so unvermittelt in die Eisen, wie er zuvor beschleunigt hatte: Der Rückstau der Ampel an der Nüttermoorer Straße hatte ihn ausgebremst. Ratte schlug es gegen die Tür.

»Ey, bleib mal cool! Was'n los?«

Bernhard ließ den Rückspiegel nicht aus den Augen. Noch konnte er das Lagerhaus, aber nichts Verdächtiges oder Ungewöhnliches dort sehen.

»Sag schon«, forderte Ratte, der seine Chuzpe wiedergefunden hatte, ihn auf.

Bernhard schüttelte den Kopf: »Nicht hier.«

*

Charlie war mit der Durchsuchung des seltsamen Zimmers fertig. Über der Lederjacke trug sie ein gebatiktes schwarz-graues Baumwolltuch, um das Einschussloch zu verbergen. Ihre Sachen inklusive des ramponierten Pullovers, des Schlüssels und des CD-Players hatte sie in eine Plastiktüte gestopft, die hier – aus welchen Gründen auch immer – herumgelegen hatte. Mit der Kerze in der Hand schaute sie sich ein letztes Mal am mysteriösen Ort ihres Wiedererwachens um. Entschlossen blies sie das Licht aus, stellte die Kerze auf den Fernseher und griff zur Türklinke. Einmal tief durchatmen, dann mit dem Atem langsam und ruhig die Tür geöffnet. Sie streckte den Kopf vor und rief leise in den Gang hinaus: »Hallo? Ist hier jemand?«

Nichts. Sie trat in die winzige Diele, die eine Art Nebenflur zu sein schien. Dunkel war's und vollgestellt mit allem möglichen. Aber zu hören war niemand. Nur ein leises, tropfendes Geräusch in dem Raum zu ihrer Linken durchbrach die Stille. Entschlossen öffnete sie diese Tür und sah in eine schäbige, alte Küche voller Bier- und Getränkekästen in den unterschiedlichsten Stadien des Gebrauchs und mit von Schmutzgeschirr überquellender Spüle. Daher kam das tropfende Geräusch. Charlie drehte den Hahn zu. Sie mochte Wasserverschwendung nun mal nicht. Außerdem störte das Geräusch beim Nachdenken und Lauschen.

Seltsam, dachte sie, obwohl die Küche total chaotisch war, stank es kaum. Das konnte nur heißen, wer immer hier wohnte, hatte zwar andere hygienische Maßstäbe als sie, aber es wohnte jemand hier. Jemand lebte hier – wahrscheinlich, wenn sie sich so umsah, mehrere, eine Handvoll oder noch mehr Menschen. Nur, wo waren die alle? Charlie stellte ihre Plastiktüte auf einem Stuhl ab und machte sich daran, das Haus systematisch nach – nach ihren Rettern? Ihren Entführern? – nach seinen Bewohnern abzusuchen.

*

Der Lieferwagen fuhr auf der Nüttermoorer Straße Richtung Deich. Den Emspark und vor allem das Gewerbegebiet hatten sie längst hinter sich gelassen, nicht aber Bernhards Wut: »Was glaubst du, was passiert, wenn die mich mit dir sehen, häh?«

Ratte zuckte mit den Achseln. Er war vollauf damit beschäftigt, die geklauten Autoradios, Navis und CD-Player aus dem Rucksack auf den Mittelsitz zwischen sich und Bernhard zu befördern. Dem Ärger zum Trotz weckte das Zeug dessen Interesse, das konnte Ratte an Bernhards Blick sehen, mit dem er die Ware taxierte.

»Ich brauch was«, sagte Ratte, als ihm das zu lang dauerte. Bernhard sah ihn an, leicht genervt, und hielt ohne weitere Umstände am Straßenrand an. Viel Verkehr gab's hier eh nicht. Kein Wunder, hier war Ostfriesland, es herrschte Winter und überhaupt war das hier alles andere als eine touristische Gegend.

»Wenn's denn sein muss«, brummte Bernhard, dessen Aufmerksamkeit sich auf Rattes Beute richtete. »Sieht wenigstens brauchbar aus, der Kram.«

Stück für Stück nahm er in die Hand. Ratte saß da, mit der Beifahrertür im Rücken und den Armen vor der Brust verschränkt. Er versuchte cool auszusehen, ruhig zu bleiben, obwohl er mehr als einen Grund fürs Gegenteil hatte. Dass Bernhard immer so übergründlich war und alles ganz genau nahm!

*

Charlie kam die Treppe aus dem ersten Stock des Hauses runter. Sie hatte die Zimmer nicht gründlich durchsucht, sondern sich nur umgeschaut. Schließlich wollte sie ihrerseits nicht zu viele Spuren welcher Art auch immer hinterlassen. Die Drogenfahndung hätte womöglich ihre Freude an dem Laden hier. Allerdings, wer weiß – das war nicht Charlies Spezial- oder gar Lieblingsfachgebiet. Sucht war ihr zuwider, inklusive ihrer eigenen Nikotinsucht. Doch Abhängigkeit von illegalen Substanzen und damit von irgendwelchen Dealern und Panschern, das war für sie schier unvorstellbar. Deshalb war von Anfang an klar gewesen, sie konnte den Job bei *Toutes Françaises* nur übernehmen, wenn sie sich in dem Punkt nicht verstellen musste. Torben hatte über ihre Abneigung gegenüber »Junkies, Fixern und anderen Süchtigen« gelacht. Passte ihm gut, so müsste er nicht befürchten, sie mit ihren »Fingern im Honigtopf« zu erwischen, wie er das ausdrückte. Außerdem hatte er gesagt, man müsste nicht lieben oder auch nur mögen, womit man seine Geschäfte machte, das gelte für Kanalarbeiter ebenso wie für Dealer oder Finanzbeamte. Charlie hätte hier und jetzt, in diesem Haus voll Sperrmüllmöbeln und eigenartigen bis verdächtigen Gegenständen, nicht sagen können, ob sie ihre Arbeit an sich gerade liebte. Aber eines war klar: Mit dem Leeraner Drogendezernat konnte und wollte sie unter keinen Umständen Kontakt aufnehmen. Da saß schließlich mindestens einer der Hauptverdächtigen, allerdings immer noch unerkannt. Vorsicht war die Mutter der Porzellankiste, besonders unter so seltsamen Umständen.

Genau deshalb hatte Charlie darauf verzichtet, Hagen mit dem Festnetztelefon anzurufen, das sie auf den zweiten Blick in der Küche entdeckt hatte. Nein, solange sie nicht wusste, wer sie mit welcher Motivation hierher gebracht hatte, musste sie auf Nummer sicher gehen. Zu vieles blieb unklar, zu vieles war für sie nicht hundertprozentig einzuordnen. Wieso standen in nahezu jedem Raum Bier- und Wasserkästen herum, als gehörten sie zur Grundausstattung? Und was hatte es mit dem seltsamen Raum im Keller auf sich? Dort unten lagen überall Tonkabel und andere Überreste von technischem Zeugs herum, als habe jemand eilig seine Zelte oder vielmehr sein Equipment abgebrochen und sei abgehauen. War da jemand ertappt worden und wenn ja, bei was? Nein, das alles war riskant. Und solange sie nicht sicher war, ob ihre

Tarnung aufgeflogen war und was hier genau gespielt wurde, konnte sie sich nur auf sich selbst und ihr Misstrauen verlassen. Also blieb ihr nichts anderes übrig, als sich ein öffentliches oder zumindest ein anderes, unverdächtiges privates Telefon zwecks Hagens Benachrichtigung zu suchen. Sie musste hinaus in den Januarmorgen, hinaus in die Kälte, ins Unbekannte. Sie schluckte die Zweifel hinunter und öffnete die Haustür. Was – ein Schrottplatz?!

*

»'n bisschen wenig, meinste nich?« Ratte schaute das kleine Päckchen, das Bernhard aus einer Palette mit Kräutern der Provence gefischt hatte, zweifelnd an.

»Nein«, sagte Bernhard bestimmt, und vergewisserte sich noch mal, dass er Rattes Diebesgut unsichtbar und sicher zwischen seiner sonstigen Ladung im Lieferwagen verstaut hatte. »Seit zwei Tagen steht der ganze Laden Kopf. Sei froh, dass dich eben keiner gesehen hat, das wäre echt das … – Moment, wieso weißt du das nicht?« Er war fertig mit Kontrollieren und kam zur Tür des Lieferwagens, sprang von der Ladefläche runter, was vermutlich dynamisch aussehen sollte.

Ratte wich seinem Blick aus – halb grinsend, denn mit Sport konnte man ihm nicht imponieren, halb besorgt, was sein persönlicher ›Lieferant‹ nicht sehen sollte. Doch der schien auf irgendwas von ihm zu warten, also zuckte Ratte mit den Achseln und seufzte demonstrativ, während er das Päckchen in seiner Jeans verschwinden ließ.

»Besser als nichts«, murmelte er. »Was hattest du noch gesagt?«

»Vor zwei Nächten gab's richtig Ärger«, setzte Bernhard erneut an, und schloss die hintere Tür des Lieferwagens. »'ne Betrügerin oder Einbrecherin. Keine Ahnung, wer sie war und was genau gelaufen ist, aber Torben ist unzweifelhaft stinkend sauer. Vor allem, weil die Frau wie vom Erdboden verschluckt ist und sich keiner erklären kann, wie das nun wieder angeht.« Er ging nach vorn zur Fahrertür. Ratte und Lusche trotteten ihm hinterher. Bernhard stieg ein und wandte sich ein letztes Mal an die beiden: »Wer immer ihr geholfen hat, in dessen Haut möchte ich nicht stecken!«

Sprach's, schlug die Tür hinter sich zu, startete den Wagen und fuhr los. Ratte starrte ihm entgeistert hinterher.

»Haste mal wieder toll hingekriegt«, murmelte er und kickte wütend einen kleinen Stein weg.

*

Nach nicht mal zweihundert Metern mündete die Zufahrt zum Schrottplatz in einer Kreuzung aus Feldweg und kleiner Landstraße. Auf beiden Seiten wurde der Asphalt von Wassergräben und einer Reihe kleiner Bäume begrenzt. Dahinter lagen graubraune Felder und struppiger Hammrich – Grünflächen, die außerhalb Frieslands wahlweise als halb verwilderte Weiden oder gleich als grasbewachsenes Brachland bezeichnet worden wären. Charlie blickte in den Wintermorgenhimmel und versuchte sich an das zu erinnern, was man ihr vor Urzeiten bei den Pfadfinderinnen beizubringen versucht hatte. Dummerweise gab es hier weder große Bäume, wo ihr Moosbewuchs gezeigt hätte, welche Richtung Norden war, noch Häuser, wo die Satellitenschüsseln nach Südsüdosten blickten. Während sie noch grübelte, kämpfte sich eine orangefarbene Morgensonne durch die Wolken. Charlies Schatten fiel rechterhand auf das unbekannte Sträßchen, das mithin in Ost-West-Richtung verlief. Wo genau mochte Leer liegen? Und wenn nicht Leer, was wäre dann die nächste Stadt, der nächste Ort? Charlie stellte sich die ostfriesische Halbinsel im Kopf vor. Es half nichts. Zu wenig Anhaltspunkte. Plattes Land mit ein paar Büschen, viel Gegend, wenig Gebäude, noch weniger

Menschen, das hätte glatt als Definition für Ostfriesland gelten können. Hätte sie ihre Brieftasche gehabt, hätte sie eine Münze werfen können. Am liebsten wäre sie nordwärts gegangen, um schlimmstenfalls an der Nordsee zu landen und nach ein paar weiteren Schritten über die nächste Kurtaxenkasse zu stolpern. Doch in ›ihrem‹ Norden lag zunächst nur das merkwürdige Haus samt Schrottplatz. Dann eben nach Osten, auf die Sonne zu.

Minutenlang lief sie, ohne einer Menschenseele zu begegnen – oder der Sonne näher zu kommen, die sich nach einem kurzen Blinzeln hinter einer dicken Wolkenschicht verbarg. Dann endlich hörte sie in der Ferne Autos, die auf einer größeren Straße unterwegs sein mussten. Unwillkürlich beschleunigte sie ihre Schritte, und stand schließlich vor einer großen Mauer: *Entsorgungswerk Breinermoor* stand dort. Sie machte ein paar Schritte auf das aus Fußgängerperspektive überdimensionierte Tor zu – doch es gab weder eine Klingel noch war hier eine sichtbare Überwachungskamera angebracht.

Zeitverschwendung, befand Charlie, und ging weiter, um nach ein paar Metern die große Straße zu erreichen, die in Nord-Süd-Richtung verlief. Wenn sie sich richtig erinnerte, lag die Mülldeponie südlich von Leer und wurde über die Papenburger Straße erreicht. Aber selbst wenn sie recht hatte, und ihr Feldweg sie geradewegs zur B 70 geführt hatte – wie weit mochte es von hier aus in die Stadt hinein sein? In dem Moment hörte sie ein Auto herannahen. Sie drehte sich zu dem Geräusch um und wollte mit beiden Armen überm Kopf winken – ganz dumme Idee mit einer Schussverletzung, das ließ sie besser bleiben. Der Kleinwagen näherte sich ihr, doch als er ihre Höhe erreichte, beschleunigte der Fahrer sogar noch.

»Das ist Behinderung von polizeilichen Ermittlungen!«, rief sie dem Wagen hinterher oder vielmehr, sie presste es zwischen ihren zusammengebissenen Zähnen durch und stapfte los Richtung Norden, dahin, wo sie Leer vermutete.

Noch zwei weitere Autos fuhren an ihr vorbei, ohne von ihr Notiz zu nehmen. Vielleicht hatten sie ihren ausgestreckten Daumen nicht gesehen? Dummes Zeug, schalt sie sich, und versuchte, sich am selbstproduzierten Adrenalin zu wärmen. Wahrscheinlich war ihr schmerzverzerrtes Gesicht alles andere als einladend – und ihr ramponiertes Outfit machte die Sache gewiss nicht besser. Also packte sie die Plastiktüte um so fester und setzte ihren Weg nach Norden verbissen fort. Wieso fiel ihr heute das Laufen so schwer? Im Urlaub liebte sie lange Wanderungen, jetzt hatte sie der Kälte zum Trotz das Gefühl, sie müsste höllisch aufpassen, um nicht versehentlich beim Laufen einzuschlafen. Obendrein fror ihre linke Hand fast ein, denn nur mit der konnte sie die Plastiktüte halten. Rechts kroch der Schmerz aus der Schulter immer weiter den Arm hinunter, so dass sie allein beim Gedanken an Berührung oder Belastung erschrak. Verdammt, warum hatte sie nur noch etwas Penicillin genommen, das auf der Kiste beim Matratzenlager gestanden hatte, die MST-Tabletten daneben jedoch liegen gelassen? Beide Medikamente waren originalverpackt oder hatten zumindest so ausgesehen. Und offensichtlich hatte man ihr zuvor Schmerzmittel gegeben, deren Wirkung jetzt abebbte – das konnten nur die Tabletten gewesen sein.

Immerhin bewirkte der Ärger über sich selbst einen weiteren Adrenalinschub, der sie vorwärts brachte und innerlich ein wenig für Wärme sorgte. Oh Mann, was war nur mit ihr los? Dass sie eine Abneigung gegen Medikamente im Allgemeinen und gegen Schmerzmittel im Besonderen hatte, war die eine Sache. Dass sie Kopf-, Zahn- oder Regelschmerzen lieber stoisch ertrug, als eine Tablette zu nehmen, hatte sie halt so von ihren

Eltern gelernt. Die mussten von ihren Ärzten selbst bei ernstlichen Erkrankungen zur Einnahme von Schmerzmitteln regelrecht gezwungen werden. Aber mit einer nur notdürftig behandelten Schusswunde plus diversen Prellungen und anderen Blessuren vom Fenstersturz an einem Januarmorgen kilometerweit durch die friesische Pampa zu latschen, das war einfach nur dämlich. Und als Polizistin die Medikamente nicht wenigstens als potenzielle Beweisstücke eingetütet zu haben, war sträflich blöd.

So wütete Charlie gegen sich selbst und trieb sich zugleich Schritt um Schritt voran. Dann sah sie plötzlich im Augenwinkel ein rotes Flackern: Mitten im Feld, so schien es, umgeben von ein paar recht hohen Hecken, stand ein Haus mit einer Neonwerbung, die gerade flackernd im Morgengrau ausging. Manchmal war die flache Natur Gold wert. Dann nämlich, wenn man auf einen halben Kilometer Entfernung die Neonreklame eines zweistöckigen Hauses lesen konnte: *Club Chantal* flackerte es noch einmal, dann verlosch die abgenutzte erotikrote Werbung. In den Ergeschossfenstern brannte jedoch noch Licht. Wunderbar, dachte Charlie, denn das Telefon der ›arbeitenden Damen‹ müsste sich doch auch nach deren Feierabend nutzen lassen.

*

»… ausgerechnet Erwin vorzuwerfen, dass er sich nicht um seine staatsbürgerlichen Pflichten kümmert, ja, gewissermaßen Steuern unterschlägt, das war der blanke Hohn. Fast hätten wir darüber geschlossen, und das, wo wir so viel Gutes für die Gemeinde und unsere Mädels tun.« Frau Schmidt, ihres Zeichens Geschäftsführerin des *Club Chantal*, Hausfrau und Ratsherrengattin in einer Person, schüttelte traurig den Kopf und wandte sich wieder ihren Schnittchen zu. Jeannette, eine verlebte Mittdreißigerin, deren Pfannkuchengesicht von übergroßen Augen beherrscht wurde, die man früher seelenvoll genannt hätte, wären da nicht die nachtschwarzen Augenringe gewesen, tätschelte Frau Schmidts Arm. Ihre Kolleginnen, die um den Küchentisch versammelt waren, nickten oder machten unbestimmte Geräusche der Zustimmung. Frau Schmidt streute Schnittlauch auf die Käse- und Ei-Brote und schob die Platte in die Mitte des Küchentischs.

»Greift zu«, sagte sie, und bezog Charlie sogleich in ihre mütterlichen Anstrengungen mit ein. »Sie sehen aus, als könnten Sie was Handfesteres als nur einen starken Kaffee gebrauchen.«

Charlie zögerte. Das hier war ganz und gar nicht das, was sie erwartet hatte. Okay, sie war bislang erst drei oder vier Mal in einem Puff gewesen – und es war offensichtlich ein großer Unterschied, ob man mit zwanzig Kollegen zwecks Razzia ein solches Etablissement stürmte respektive bei einer Mordermittlung auf der Suche nach Tatmotiv und -zeugen im Rotlichtmilieu einer Großstadt unterwegs war oder ob man hilfesuchend an die Tür eines ländlichen Erotikbetriebes klopfte. Denn dass sie mal zwischen einer Handvoll entspannter bis von der Arbeit erschöpfter ›Liebesdienerinnen‹ sitzen würde, die sich zum Morgenkaffee danach um den Küchentisch ihrer Chefin versammelt hatten wie die Mägde eines alten Bauernhofes, das war – ungewöhnlich. Jetzt starrten sie sie alle an. Nein, sie starrten nicht, sie warteten nur höflich, bis sie, der unerwartete Gast, als Erste zugegriffen hätte. Also nahm sie sich ein Käseschnittchen und schob die Platte weiter.

»Kennen Sie die Leute von dem alten Schrottplatz, der so vier, fünf Kilometer südlich von hier liegt?«, fragte Charlie im Plauderton, während die anderen sich nun ihrerseits ihre Schnittchen nahmen.

»Wenn der Schandfleck mal so weit von uns weg wär«, sagte Frau Schmidt bedauernd und erhob sich. »Das sind nicht mal drei Kilometer Luftlinie, und ich sag Ihnen, im Sommer können die ganz schön laut werden. Anfangs mussten wir fast jedes Wochenende die Polizei rufen. Ich mein', je nachdem, wie der Wind steht … und unserer Kunden wollen sich schließlich entspannen.« Sie schüttelte erneut den Kopf, nahm ihre Tasse und griff automatisch nach Charlies. »Wollen Sie auch noch einen? Tut mir wirklich leid, dass der Tee aus ist. Es ist sonst immer Tee da, aber nachdem heute Nacht zwei Herren unbedingt benutzen wollten, um – nein, das wollen Sie nicht wissen, jedenfalls, ich kann Ihnen nur noch Kaffee anbieten.«

»Kaffee geht völlig in Ordnung«, sagte Charlie rasch und verbannte die Frage, wozu wohl Friesentee in einem Bordell zweckentfremdet werden mochte, ganz weit in ihren Hinterkopf.

Frau Schmidt nahm die Tassen und ging rüber zur Anrichte, einem Ungetüm aus dunklem Holz. Überhaupt schienen sie und ihr Mann, der neben seiner Funktion als Hausherr – »nein, nicht, was Sie denken!« hatte Frau Schmidt bei der Vorstellung im engen Hausflur ausgerufen – im Gemeinderat saß, viel von Holz zu halten. Obwohl das Haus sich als grundsolider Backsteinbau präsentierte (sturmflutsicher, davon war Charlie überzeugt), war es innen ein Holzwurmparadies: Holzfußboden, Holzvertäfelung an den Wänden und der Decke, ein ›uriger‹ Holzküchentisch mit entsprechenden Bänken und Stühlen und eben das Monster von einer Holzanrichte. Fehlten nur noch ein röhrender Hirsch oder ein Leuchtturm im nächtlichen Sturm in Öl über der Bar nebenan, auf die sie nur einen Blick im Vorübergehen erhascht hatte. Und in den ›Boudoirs‹, wie Frau Schmidt die Zimmer nannte, die den ›Mädchen‹ zur Verrichtung ihrer Arbeit vermietet wurden, hingen womöglich Bilder von Engeln, die ein Kinderpaar sicher über eine dunkle Brücke geleiteten, über den Betten.

Seltsam, dachte Charlie, dass solch kleinbürgerlicher Mief für manche Menschen mit Erotik kompatibel war. Dass es solche fleisch- oder eher holzgewordene Klischees deutscher Vereinsgemütlichkeit tatsächlich noch gab, überraschte sie ohnehin. Und das ausgerechnet in einem Puff! Rührend, wo doch alle immerzu von Globalisierung redeten ... Verdammt, ihre Gedanken drifteten ab, das sollte nicht sein, zumal sie jetzt erst bemerkte, dass Frau Schmidt bereits mit frisch gefüllten Kaffeetassen neben ihr stand und offensichtlich auf eine Antwort oder wenigstens Dank wartete. In dem Moment knirschte der Kies vorm Haus laut unter den Reifen eines BMW. Charlie musste sich beherrschen, um beim Blick aus dem Fenster nicht aufzuspringen – das hätte nicht nur Frau Schmidt irritiert, Schulter und Kreislauf wären sicher auch wieder beleidigt gewesen –, denn das war Hagen, der draußen vorm Fenster aus dem Auto stieg.

»Das muss mein Mann sein«, sagte Charlie und stand auf. Vorsichtig und langsam waren ihre Bewegungen, aber sie sprach hastig. »Vielen Dank fürs Telefonierenlassen und den Kaffee. Ich muss jetzt wirklich los.«

Sie winkte den Damen am Tisch zu, die die Geste kauend, kaffeetrinkend oder schlicht müde nickend erwiderten, und streckte Frau Schmidt die Hand zum Abschied hin.

Ihre Gastgeberin blickte auf die Tassen in ihren Händen, stellte sie auf dem Tisch ab, und drückte Charlies Rechte herzlich. »Ja, wenn Sie meinen ... oh, Entschuldigung.« Erschrocken ließ sie los. Charlie lächelte gequält und redete sich ein, der Schmerz verblasse rasch. »Auf Wiedersehen. Und seien Sie vorsichtig, nicht, dass Sie wieder so einen Unfall haben«, gab ihr Frau Schmidt in ihrer Kittelschürze noch mit auf den Weg. Charlie nickte eifrig, schnappte sich die Plastiktüte – mit links – und eilte zur

Haustür, durch deren kleines Fenster sie Hagen auf dem Weg zur Klingel stutzen sah.

Charlie öffnete die Tür und umarmte ihn einarmig mit Plastiktüte: »Schatz! Endlich bist du da!«, rief sie aus. »Frag nicht«, flüsterte sie ihm ins Ohr oder vielmehr in den Hemdkragen, denn weiter rauf reichte sie nun mal nicht ohne Hilfsmittel.

»Mein armer Liebling.« Er beugte sich zu ihr runter und drückte sie vorsichtig an sich. Frau Schmidt betrachtete die Szene gerührt vom Flur aus. »Danke, dass Sie sich um meine Frau gekümmert haben!« Dann schob Hagen Charlie vor sich her zu Tür, nickte noch einmal unbestimmt in die Diele hinein, und sie waren draußen.

Wenig später fuhren sie über die Ledabrücke nach Leer rein und aus der B 70 wurde der Stadtring. Doch Hagen mochte am Steuer des BMW sitzen, ihr Chef sein und was nicht alles noch, Charlie war vollauf damit beschäftigt, ihre Gedanken zu ordnen, da konnte sie nicht auch noch auf seine Rücksicht nehmen oder ihm zuhören.

»Er hat auf dich geschossen – du musst in ein Krankenhaus«, insistierte Hagen erneut.

Charlie schüttelte nicht mal mehr den Kopf. Sie blieb stur auf ihrer Gedankenspur.

»Es war völlig unwirklich. Nicht gerade verdreckt oder nicht wirklich dreckiger als anderswo, aber total heruntergekommen, das vollkommene Chaos. Keine richtigen Möbel, nur lauter Zeug vom Sperrmüll, dazwischen Apfelsinenkisten – ich wusste gar nicht, dass es die noch gibt … Da aufzuwachen, so aufzuwachen … allein … desorientiert – und das gerade mal ein paar Stunden, nachdem ich den Fall so gut wie in der Tasche …«

»Charlie!« Hagen reichte es. Aber das nützte wenig. Sie sprach einfach weiter.

» … Das ist verrückt, total verrückt, klar, aber doch

kein Grund, mich aus dem Verkehr zu ziehen und den Fall
… – Ich mein, ich bin so kurz davor …«» Sie machte den
Fehler, dieses »so kurz« mit Daumen und Zeigefinger der
rechten Hand unterstreichen zu wollen. Der stechende
Schmerz aus der Schulter raubte ihr den Atem.

Hagen nutzte die Gelegenheit: »Charlie, das Problem
ist …«

»Was?« Sie spie das Wort regelrecht aus und versuchte,
so wieder zu Atem zu kommen, und auch etwas von dem
verdammten Schmerz loszuwerden. Hagen schaute sie besorgt, fast mitleidig an, das war das Letzte, was sie wollte.

»Charlie, du warst fast vierzig Stunden von der Bildfläche
verschwunden. Was immer im Lagerhaus passierte, es
passierte vorgestern Abend.«

Er schaute zu ihr, fragend. ›Vorgestern‹, hallte es durch
ihr Hirn und fegte alle Gedanken, alle Impulse weg, die
sie bis eben noch so klar gehabt hatte. Leere, reine, pure,
verständnislose Leere breitete sich in ihr aus. Sie schwieg.
Was hätte sie auch sonst tun sollen? Er sprach weiter.

»Vorgestern Abend hast du mich angerufen, um zu
fragen, wo die Daten hinsollen. Dann der Unterbrecher-
code. Dann plötzlich ein weiterer Anruf von deinem
Handy – der Stimme nach zu urteilen vom Boss persönlich – auf der *PizzaPronto*-Nummer. Danach nichts mehr,
weder von dir noch von deinem Handy. Das wurde gleich
nach dem letzten Anruf abgeschaltet und ist seitdem nicht
mehr zu orten. Dafür kommt zwischendrin die Meldung
einer Streife rein, dass in deinen – also Mareen Steinbergs
– Wagen eingebrochen wurde. Und das etwa zur selben
Zeit, wo der Kontakt zu dir abbrach! Charlie, was ist
vorgestern Nacht passiert?!«

Inzwischen hatten sie den Julianenpark erreicht. Hagen
nutzte die Gelegenheit, die ein freier Parkplatz bot, und
hielt an. Charlie ignorierte das, ignorierte auch seinen
besorgten Blick, sah selbst nur abweisend drein. Hätte er

83

sie in diesem Moment in den Arm genommen, wäre sie in Tränen ausgebrochen, und wer weiß, ob sie je wieder hätte aufhören können zu heulen. Doch nichts dergleichen geschah. Sie blieben beide regungslos sitzen – er sie an-, sie vor sich hinstarrend.

Schließlich nickte sie langsam, obwohl sie es immer noch nicht ganz fassen konnte.

»Vierzig Stunden? Mir fehlt mehr als ein voller Tag? Ich muss … wir müssen …« Plötzlich begann sie hektisch mit der linken Hand die Taschen ihrer Lederjacke und ihrer Jeans abzusuchen, soweit das auf dem Beifahrersitz und mit ihren Verletzungen möglich war.

Hagen betrachtete ihre Verrenkungen traurig. »Wir müssen nur eines: dich in ein Krankenhaus bringen.«

Sie schüttelte den Kopf.

»Wo ist die Diskette?!« Dass Hagen nachfragte, registrierte sie nur am Rande. Sie folgte den Bilderfetzen ihres Gedächtnisses.

»Ich weiß, ich hab die Daten auf die Diskette gezogen. Und die war fertig, bevor Torben … – vor dem Schuss. Und dem … Sturz aus dem Fenster. Und dann, was war dann? Die Diskette war noch in der Jeans, das weiß ich, ich hab sie gespürt, wie alle meine Knochen nach dem Sturz, beim Aufrappeln, hab ich sie gespürt und mich gewundert, dass ich ihre Ecken, ihr Viereckigsein in all dem Chaos noch wahrnehmen konnte. – Dann …. dann bin ich instinktiv ins Dunkel geflüchtet. Doch das war keine leere Häuserecke, nicht einfach ein Teil einer Baustelle, sondern eine halbfertige Halle und darin war jemand – er, der Junge, der Punker, er war da! Dann hat er … dann muss er … Er hat mich ein Auto gelegt, glaub ich, und wir sind gefahren, eine Weile, ich weiß nicht genau, ich war zwischendrin … weggetreten, glaub ich. Und dann …«

Der Strom der Bilder in ihrem Kopf erreichte den Punkt, wo man sie ins Punkhaus brachte und zu verarzten suchte. Die verzerrten Gesichter – das war ihr eigener Schmerz gewesen, der die Gesichter der Umstehenden verzerrt hatte. Und dann wieder sein Gesicht, als ein winziger Schmerz im Arm plötzlich den großen Schmerz, und die Panik, und einfach alles ausradierte und aus der dämonischen Punkerfratze plötzlich eine Art Engelsgesicht wurde, bevor sie wegsackte, bevor der Faden das nächste Mal und diesmal gründlich riss.

»Das war gar kein Traum«, murmelte sie ungläubig, dann schaute sie von den Bäumen im Park neben dem Autofenster rüber zu Hagen auf dem Fahrersitz.

Hagen hielt ihre Hand. Wann hatte er die ergriffen, fragte sie sich. Er beugte sich zu ihr rüber, um sie beschützend und tröstend in den Arm zu nehmen. Sie versuchte, sich zu entziehen, aber das misslang im engen Innenraum des BMW. Hagen bemerkte das nicht, er war von seinen eigenen Gefühlen überwältigt: »Nein, Charlie, das war kein Alptraum. Aber ich werde ... ich werde alles gutmachen. Ich hab lange drüber nachgedacht. Und ich wusste doch immer, ich würde alles, wirklich alles für dich tun. Du hast recht, du hattest die ganze Zeit recht, so kann es nicht weitergehen. Ich werd reinen Tisch machen mit Kara, dann können wir ...«

Nun gelang es Charlie doch, sich seiner Umarmung zu entwinden.

»Nein«, sagte sie bestimmt, plötzlich gar nicht mehr verletzt, sondern wieder höchst selbstbewusst, »Tu das nicht. Bitte. Ich will das nicht. Ich will nicht dich und Kara verlieren, meine beiden einzigen Freunde.«

Ein Moment lang schwiegen sie beide und schauten aus dem Frontfenster nach draußen. Charlie kannte Hagen gut genug, um zu wissen, er wollte sie jetzt nicht ansehen, weil er ihr dann seinen Schmerz gezeigt hätte. Es dauerte nicht lang, bis er den Wagen startete und weiter Richtung Innenstadt fuhr.

Charlie fasste einen Entschluss: »Wenn es sein muss, bring mich zu einem Arzt. Und dann machen wir weiter. Sofort. Wir dürfen keine Zeit verlieren. Torben war vorher schon – nervös. Wer weiß, ob sie jetzt, nach dem Schuss, nach dem Aufruhr, nicht die Zelte abbrechen oder sich sonst was für Alternativen suchen. Wir müssen schneller sein! Wir brauchen unbedingt die Diskette – und ich brauche, was immer du über den Autoknacker kriegen kannst. Da mein Retter meinen CD-Player aus dem Auto hatte, muss das ja wohl ein und dieselbe Person sein … nur, wie hängt der mit dem Drogenring zusammen? Ist doch eine ganz andere Liga. Das passt doch nicht.«

Sie schaute zu Hagen und bemerkte, der parkte schon wieder ein. Sie hatte gar nicht mitbekommen, dass sie die Notaufnahme des Leeraner Kreiskrankenhauses erreicht hatten, das sich seit neuestem Kreisklinikum nannte. Stimmt, vom südlichen Ende des Julianenparks hätte man zum Krankenhaus spazieren können. Wenn sie so was vergaß, war es vielleicht doch gut, dass ein Arzt sie durchcheckte. Aber mehr nicht. Für mehr war keine Zeit.

Auch im Krankenhaus blieb Charlie die treibende Kraft. Hagen überlegte noch, wie sie das anstellen sollten wegen des Papierkrams – denn Mareen Steinberg hatte natürlich keine Krankenversicherung und Charlotte Kamann vom LKA sollte tunlichst nicht offiziell in einem Leeraner Krankenhaus gesichtet werden –, da hatte sie schon den Aufnahmeschalter erobert. Es sei dringend, hatte sie insistiert, sie müsse sofort einen Arzt sehen, der Papierkram könne warten, oder hätten sie etwa ein Extraformular für Schussverletzungen?! Die Schwester wollte abwiegeln, irgendetwas einwenden, aber Charlie ließ es nicht dazu kommen. Sie zog die Lederjacke über die rechte Schulter und zerrte Sweat- wie T-Shirtausschnitt fast bis zum Ellbogen runter, so dass der inzwischen wieder blutige

Verband nicht zu übersehen war: »Wollen Sie Einschuss- oder Austrittsloch zuerst bewundern?«

Hinter ihr hob Hagen seinen Dienstausweis vom LKA: »Es ist dringend. Und muss unter uns bleiben. Bekommen Sie das hin oder brauche ich einen richterlichen Beschluss?!«

Das war zwar Blödsinn, aber die allermeisten Menschen reagierten auf solche Begriffe so prompt wie der Pawlowsche Hund auf das Glöckchen. Charlie verkniff sich ein Grinsen, so kannte und liebte – gut: schätzte sie Hagen, ihren Chef und Partner. Noch während sie ihre Klamotten wieder zurechtrückte, kam der Pfleger mit dem Rollstuhl. Erst wollte sie sich dagegen wehren, doch diesmal ließ es Hagen nicht zu: »Du bist hier in einem Krankenhaus. Weil du verletzt bist. Also markier hier nicht die Heldin.«

Mit sanfter Gewalt – mehr war bei ihrer beider Größenunterschied nicht nötig – schob er sie in den Rollstuhl. Und damit sie sitzen blieb, drückte er ihr eine Akte in die Hand: *Florian Berger* stand darauf.

»Ich kenn doch meine Charlie. Und dass ich gleich wissen wollte, wer Mareens Wagen aufgebrochen hat, ist auch klar, oder?«, sagte er zu ihr, dann wandte er sich an den Pfleger: »Los geht's.« Das war überflüssig, denn der hatte sich und den Rollstuhl bereits in Bewegung gesetzt. Charlie kümmerte sich um solchen Kleinkram nicht, sie vertiefte sich ohne Zeitverlust in die Akte.

»Oh, verdammt«, murmelte sie blätternd und hob für Hagen das Bild hoch, das der ED von Florian Berger bei dessen letzter Verhaftung geschossen hatte. »Das muss er sein – der Typ aus dem Torbogen beim Lagerhaus. Der Kerl aus den – Traumbildern. Was auch immer. Ein kleinkrimineller Junkie. Ich fass es nicht. Und bei dem muss jetzt die Diskette sein, der einzige handfeste Beweis gegen Torben.« Inzwischen hatten sie den Behandlungsraum

87

erreicht. »Ich muss das Ding wiederfinden, Hagen. Das ist unsere einzige Chance. Und dafür brauche ich … – Einen Moment noch«, wandte sie sich kurz an den Arzt und die Schwester, die sie im Behandlungsraum erwarteten, »… neue Klamotten und meinen, also Mareens Wagen. Kannst du das für mich erledigen, Hagen? Meine Größe kennst du ja.«

In die kurze Pause klinkte sich versuchsweise der Arzt ein. »Moin, moin, ich bin Doktor …«

Doch die beiden waren noch nicht fertig.

»Es gibt nichts, was ich nicht für dich tun würde«, sagte Hagen ernst zu Charlie, die gerade die Hilfe des Pflegers beim Aufstehen aus dem Rollstuhl abwehrte. Sie seufzte zwar, nickte aber zugleich lächelnd. Er würde es schon noch begreifen, dafür würde sie sorgen. Später. Wenn das hier alles vorbei war. Hagen war bereits halb auf dem Weg zur Tür, als er sich noch einmal zu dem Arzt und seinen Helfern umdrehte: »Passen Sie gut auf sie auf. Ich komme wieder, sobald es geht, dann kläre ich auch den Papierkram mit Ihnen. Bis dahin kein Wort zu irgendwem, auch nicht zu echten oder vermeintlichen Kollegen von der hiesigen Polizei. Ich bin und bleibe Ihr einziger Ansprechpartner, ist das klar? Und passen Sie gut auf sie auf.«

»Kein Problem«, sagte der Arzt, der sich inzwischen Charlie ansah, die nun auf der Behandlungsliege saß. »Wollen Sie mir das nicht lieber für den Moment geben?« fragte er mit Blick auf die Akte, an der sie festhielt. Sie ließ es zu und erlaubte der Schwester sogar, sie aus den Klamotten zu schälen. Die blauen Flecken hatten sich inzwischen bräunlich verfärbt, sahen damit viel schlimmer aus, als sie waren.

»Fenstersturz«, sagte Charlie, dann sah sie, dass die Schwester gar nicht auf die Hämatome schaute, sondern das Kapuzensweatshirt und vor allem das blutverschmierte, zerfetzte T-Shirt betrachtete. »Das Zeug ist nicht von mir.«

»Kein Wunder«, sagte die Schwester. »Soll ich's entsorgen oder als Souvenir für Sie aufheben?«

Charlie blickte verdutzt, dann begriff sie und lachte. »Aufheben. Ob als Souvenir oder Beweisstück, werd ich ja sehen.«

»Erstaunlich, wie gut der Verband aussieht«, sagte der Arzt, der ihn abzuwickeln begann. Er nickte als Zeichen an den Pfleger.

Charlie drehte den Kopf und sah, wie der Pfleger eine Spritze fertigmachte. »Keine Beruhigungsmittel. Keine Zeit für so was!«

»Sind Sie sicher?« Der Arzt hatte die Einschusswunde freigelegt.

»Seh ich unsicher aus?«

*

Ratte sah eindeutig unsicher aus, als er etwa zur selben Zeit wieder im Punkhaus ankam. Er rannte über den Flur, fing sich, zwang sich, langsam und ruhig die Tür zu seinem Zimmer zu öffnen – und erstarrte: Der Raum war leer. Die Frau war weg. Und mit ihr waren alle Hinweise verschwunden, dass sie je hier gewesen war – außer den Tabletten und dem Penicillin. Dabei brauchte sie ihre Medikamente doch! Dann entdeckte er das zusammengeknüllte T-Shirt, mit dem er ihr den Schweiß abgewischt hatte. Er stürzte sich darauf, drückte es an sich, vergrub seine Nase darin. Plötzlich setzte er sich erneut auf – wieso hatte sie den Inhalt der Reisetruhe auf dem Boden verstreut? Verdammt – war sie etwa auch …? Er griff unter den TV-Sessel und kam erleichtert wieder hoch: Das Päckchen mit dem Reststoff war noch da. Was war hier bloß geschehen?

April, April – oder: Alle Knastvögel sind schon da

»Ach, und da hat er sich dann Sorgen gemacht.«

Beckers Stimme trieft vor Sarkasmus, als er ihr ins Wort fällt. Es ist sinnlos, ihm erklären zu wollen, wie Ratte tickt oder wie sie sich gefühlt hat, damals, im Januar, als ihr Leben ins Stolpern geriet. Becker versteht so etwas nicht.

»Wachen Sie auf, Kollegin! Er mag sie gerettet haben, aber das war ein Zufall, ein Unfall, nichts weiter. Vielleicht hat er sich sogar Sorgen gemacht, aber doch nicht um Sie. Der macht sein Ding, da kann er wohl nicht mal was für, wenn die Ärzte und Psychofritzen recht haben, was Süchtige angeht. Wie auch immer – vergessen Sie's. Vergessen Sie ihn. Er macht weiter wie immer. Nur Sie, Sie machen nicht weiter. Sie sind suspendiert. Und halten sich weiter zu unserer Verfügung.«

Schwärmer hat währenddessen begonnen, die Unterlagen und Protokolle, die Notizen und was sie sonst über sie und Florian gesammelt haben, zusammenzuräumen. Soll sie noch etwas sagen? Gibt es noch was zu sagen? Charlies Gehirn arbeitet fieberhaft und zugleich wie in Zeitlupenwatte gepackt. Eigentlich sind die beiden Kollegen. Dienstaufsicht, das ist Polizei, das sind auch Ermittler, und sie weiß doch, wie die denken – aber genau deshalb sagt sie nichts. Und sie weiß nicht, schweigt sie, weil sie keinen Ansatz hat, den beiden zu erklären, was Liebe ist? Oder schweigt sie, weil sie befürchtet, Becker könnte recht haben und dann hätte sie einen gigantischen, unverzeihlichen Fehler …

In dem Moment klopft es an der Tür. Schwärmer braucht mit seinen langen Beinen nur wenige Schritte dorthin. Er greift zur Klinke und setzt in der Bewegung zu einem Satz an: »Danke, wir sind …« Dann hält er inne: Vor der Tür steht kein Beamter, kein Staatsanwalt, kein Kollege. Vor *ihm steht Ratte samt Hund und Rucksack. Ratte beachtet den Anzugträger nicht, er schaut an ihm vorbei zu Charlie, die langsam, als könne sie es nicht glauben, ihren Stuhl vom Tisch wegschiebt und aufsteht, ohne den Blickwechsel zu unterbrechen.*

»Was – was machst du hier?«

Ratte zwängt sich an Schwärmer vorbei in den Raum. Becker steht auf der anderen Seite des Tisches und starrt das Paar an, das einander nun direkt gegenübersteht. Lusche wedelt mit dem Schwanz, würde die beiden wohl umtänzeln, hielte sein Herrchen ihn nicht an der Leine, die nur eine ans Halsband geknotete Kordel ist. Ratte dagegen steht unschlüssig vor Charlie, die ihn immer noch halb entsetzt, halb erfreut, und alles in allem ungläubig anschaut. Er macht einen Schritt auf sie zu, als ob er sie umarmen will, sie beginnt, die Arme zu öffnen. Doch er stoppt mitten in der Bewegung.

»Ich kann nicht ewig wegrennen. Nicht mehr«, sagt er.

Einen Augenblick schauen sie einander stumm an, dann drückt Ratte ihr die Kordel in die Hand: »Kannst du … so lang … auf ihn aufpassen?«

Charlie nickt stumm und beide geben gleichzeitig Lusche das Handzeichen für ›Sitz‹. Schwärmer tritt an die beiden heran, auch Becker kommt hinterm Tisch vor und nähert sich dem merkwürdigen Paar. Ratte umarmt Charlie nun doch, ganz kurz, dann hält er Schwärmer die Hände hin, für die Handschellen.

»Sind ja hoffentlich nur noch die zwei Monate … Viel kann wegen dem bisschen Klauen nicht mehr offen sein, hoff ich.«

Dann geht er schnell und ohne sich nochmals umzusehen mit Schwärmer zur Tür, wo ein verdatterter Uniformierter auf sie wartet.

Sack- und andere Gassen im Labyrinth

In der Polizeimeisterei war an diesem Januarnachmittag nicht allzu viel los. Außer dem Diensthabenden, einem ergrauten Mann in Uniform, und Hagen war niemand in dem kleinen Bürohäuschen, von dem aus der Parkplatz mit all den abgeschleppten und sichergestellten Fahrzeugen bestens zu überblicken war. Hagen hatte die kleine Reisetasche auf der Theke abgestellt, um beide Hände für den Papierkram frei zu haben. Er schüttelte den Kopf.

»Kein Wunder, dass die Bürger uns für Papiertiger halten«, sagte er und unterschrieb die Formulare, bevor er sie dem Diensthabenden rüberschob. Der zuckte mit den Achseln.

»Was soll man machen … Vorschrift ist Vorschrift – und dann, ich meine, ist eine Schande, all die Diebstähle.« Er schaute sich das Formular an, unterzeichnete hier eine Seite, hakte dort eine andere ab und riss schließlich den Durchschlag als Quittung ab, die er wiederum Hagen reichte.

Hinter dessen Rücken erklang die Türglocke. Ein Mann mittleren Alters, durchschnittlicher Größe, ohne jedes besondere Kennzeichen sozusagen, betrat den Raum. Der Uniformierte nickte ihm zu, so dienstbeflissen, dass Hagen sich zu dem Neuankömmling umdrehte. Der war fast einen Kopf kleiner als er, trat aber an ihn heran, als sei er Napoleon persönlich oder wenigstens der unumschränkte Herrscher dieses Reiches.

»Sie holen also den Wagen von Frau Steinberg ab?«, fragte er und klang so reserviert wie sein teurer Trenchcoat schmutzabweisend sein durfte.

»Wer will das wissen?«, konterte Hagen nicht minder kühl. Machtspielchen konnte er auch.

»Darf ich vorstellen«, mischte sich nun der Uniformierte ein: »Rudolf Zweier, Leiter des Fachkommissariats 2 in Leer.« Er nickte diesem erneut zu, bevor er weiter vorstellte: »Hagen Eickborn, LKA Hannover.«

Auch das noch, dachte Hagen, verdammt, was sollte noch alles schief gehen bei dieser verfluchten verdeckten Ermittlung? Er schluckte seinen Ärger runter und reichte Zweier die Hand.

»Darf ich Sie zum Wagen begleiten?«, sagte der so höflich, dass der Sarkasmus beinahe gefror.

Hagen zuckte mit den Schultern, steckte den Durchschlag ein, hob noch mal die Hand zum Gruß.

»Danke für die prompte Hilfe«, verabschiedete er sich von dem Uniformierten. Bitte, wenn man hier so miteinander umging – sarkastisch konnte er auch werden. Der Diensthabende blickte nur kurz auf und winkte hektisch zurück, bevor er sich wieder so intensiv seinen Akten zuwandte, dass man meinen könnte, ein Leben hinge davon ab.

Hagen ging zur Tür. Zweier folgte nicht sofort. Er räusperte sich und schaute zu ›seinem‹ Beamten hinter der Theke.

»Wo?« sagte Zweier.

Der Uniformierte schaute irritiert, bis er begriff: »Weißer Golf, hinterer Parkplatz, rechte Hofseite, ziemlich weit vorn.«

Nicht mal eine Minute später hatte Hagen diesen Zweier wieder an der Backe.

»Sie müssen das Misstrauen meiner Beamten entschuldigen. Leer ist nun mal zu nah an der Grenze, da haben wir alle Hände voll zu tun, und diese Frau – diese Mareen Steinberg – und dieser Wagen – das alles gehört zu einer womöglich heißen Spur.«

Hagen hatte keine Lust auf diese Unterhaltung, also überhörte er die abwartende, ganz und gar nicht rhetorische Pause.

Zweier nahm das interessiert zur Kenntnis. »Das LKA hört zu und schweigt? Auch gut: Also, wir wissen, dass diese Frau etwas mit einem Drogenring zu tun hat, in dem es kürzlich einen vermutlich alles andere als friedlichen Wachwechsel an der Spitze gegeben hat. Genaueres wissen wir nicht, es gibt keine Leichen, nur Indizien, jedenfalls bislang. Dann tauchte diese Frau auf – niemand kennt sie, niemand weiß was, aber sie soll eine Spezialistin sein. Jedenfalls würde ich jetzt wirklich gern wissen, warum sich nun obendrauf auch noch das LKA einklinkt?«

Inzwischen hatten die beiden den weißen Golf erreicht, dem man den Einbruch kaum ansah. Eine weitere kurze Gesprächspause entstand, doch diesmal lag das daran, dass Hagen nach einer brauchbaren Antwort suchte, aber erst mal nur die Wagenschlüssel in seiner Jackentasche fand.

»Also«, setzte er an, während er umständlich den Schlüssel ins Türschloss steckte, »ich kann verstehen, dass Sie viele Fragen haben und nach mehr Informationen verlangen. Wirklich. Aber versetzen Sie sich für einen Augenblick in meine Lage …« Endlich gelang es ihm, die Tür aufzusperren. Zweier schien noch zu keiner Entgegnung bereit. Also sprach Hagen weiter: »Kann ich Sie irgendwohin mitnehmen?«

»Zum Büro am Eingang.«

Hagen stieg ein und beugte sich über den Beifahrersitz, um die Tür von innen zu öffnen. Sie hakte ein wenig; ob das eine Folge des Einbruchs oder schlicht des Alters des Fahrzeugs war, ließ sich kaum entscheiden. Zweier stieg ein, Hagen schob den Fahrersitz für seine Größe weit nach hinten und stellte sich den Rückspiegel passend ein.

Zweier schnallte sich an und dachte laut nach: »*Wenn*

ich mich in Ihre Lage versetze und wenn ich die Gerüchte in der PI ernst nehme, dann muss ich annehmen, dass es um eine verdeckte …«

»Welche Gerüchte?«, unterbrach Hagen, während er den Wagen startete.

»Gerüchte über eine undichte Stelle. Und über eine verdeckte Ermittlung«, erzählte Zweier der Windschutzscheibe, bevor er sich für den nächsten Satz zu Hagen umdrehte: »Hören Sie, wenn da etwas dran ist, kann ich Ihnen nur helfen, wenn Sie …«

»Okay, ja, es gibt eine verdeckte Ermittlung.« Hagen sprach schnell, man hörte, dass er genervt war. »Sie steht kurz vor ihrem Abschluss. Halten Sie sich einfach raus, lassen Sie uns machen, und wenn es so weit ist, sind Sie der Erste, der es erfährt. Meinetwegen dürfen Sie dann die Presse informieren und alles weitere in die Wege leiten.« Am Ende Satzes kam der Wagen abrupt zum Stehen, denn sie hatten bereits die kurze Strecke zum Büro zurückgelegt.

Zweier hob beschwichtigend die Arme. »Ist schon gut. Ich halte mich raus, selbstverständlich, ich wusste ja nicht, dass Sie da so empfindlich sind.« Er öffnete die Tür und stieg aus. »Einen schönen Tag noch«, wünschte er, als er die Wagentür mit etwas zu viel Kraft zuschlug.

»Impertinente Idioten!«, zischte Hagen, als er vom Hof fuhr. Er kochte vor Wut und trommelte genervt aufs Lenkrad.

So merkte er nicht, dass Zweier in seinen eigenen Wagen stieg und ihm mit etwas Abstand in die Stadt hinein folgte.

*

Der Julianenpark lag im Winterschlaf, genau wie die Gärten all der hübschen Ein- und der wenigen Mehrfamilienhäuser drum herum. Doch selbst im Januar blieb die Idylle zwischen den Wohnhäusern und Gärten Logas sicht- und spürbar. Ratte beunruhigte das, er wusste, hier gehörte er nicht hin. Im Sommer mochte er halbwegs unauffällig an jedem öffentlichen Ort Leers zwischen Punkern und anderen Gestalten abhängen. Schließlich war der Julianenpark keine barocke Zwangsanlage für hochgezüchtete Blumen pflegeintensiver Art, sondern eher ein zivilisiertes Wäldchen mit Zusatzfunktionen wie Kinderspielplatz, Hundewiese, Parkbänken und den des Nachts von altmodischen Straßenlampen erhellten Hauptwegen. Doch mitten im Winter hing hier natürlich niemand rum. In der Kälte joggten die Harten unter laublosen Bäumen und die Unverzagten führten ihre Hunde auf halbgefrorenen Böden am vereisten Tümpel vorbei. Ein paar Damen spazierten im Wintermantel von A nach B, und er fiel einfach nur unangenehm auf. Im erbarmungslosen Winterlicht sah man, sein Äußeres war nicht allein von der Lust an der Provokation oder einer anderen Auffassung in Sachen Mode und Ästhetik geprägt; da steckte mehr – oder eben weniger – dahinter.

Seine Schritte waren entsprechend hastig, fast unsicher, als er den Logaer Weg erreichte und den Park hinter sich ließ, um ins Dichter- und Denkerviertel abzubiegen. Doch auch hier, wo nicht mal das Kinderheim dem gediegenen Charme des gehobenen Wohn- und Lebensstandards einen Abbruch tat, passte der Junkie mit seinem Hund nicht hin. Vergebens versuchte er, im Schatten der schmucken Backsteinhäuser zu verschwinden. Verfluchte Paranoia, dachte Ratte, und blickte sich suchend um, wo steckte nur der Büchnerweg 3, wo sein Schneewittchen wohnte, wenn sie sich nicht grad anschießen und von ihm retten ließ?

Er kam an einem Spielplatz vorbei. Die wenigen Kinder dort schauten erst neugierig auf Lusche und dann, als sie sein Herrchen genauer wahrnahmen, rasch wieder weg. Immerhin fand er ein paar Schritte weiter endlich den Büchnerweg und bog in ihn ein. Die Hausnummern waren in den Zwanzigern, weit konnte es also nicht mehr sein. Vom anderen Ende der Straße kam ihm eine junge Frau mit Kinderwagen entgegen, die ihn bereits aus der Ferne misstrauisch beäugte. Na super. Ah, da war sie ja, die Hausnummer 3: Ein zweistöckiger Starenkasten, glatt, gleichförmig, so eine Art Apartmenthaus aus den Siebziger Jahren – aber, immerhin, keine Doppelhaushälfte oder gar ein Reihenhaus! Rasch ging er in den Eingang und wandte sich den Klingelschildern zu. Zwischen all den alten, aber blitzblanken Namensschildern stach das improvisiert-neu aussehende von Mareen Steinberg gleich ins Auge. Wenn die Anordnung der Klingeln der dieser Wohnungen entsprach, dann wäre ihre die im ersten Stock links.

Ratte überlegte, wie er weiter vorgehen sollte – sollte er bei ihr selbst oder bei irgendwem anders klingeln? Oder wär's besser, erst mal ums Haus herumzugehen, sich umzusehen? Er entschloss sich, das Naheliegende zu versuchen, und drückte ihren Klingelkopf. Keine Reaktion. Gerade, als er noch ein zweites Mal klingeln wollte, hörte er hinter sich eine empörte Frauenstimme: »Junger Mann!«

Abrupt drehte er sich um. Hinter ihm stand die doch nicht mehr ganz so junge Mutter mit dem Kinderwagen, den erhobenen Zeigefinger knapp vor seinem Gesicht. Sie hatte ihm damit wohl gerade auf die Schulter tippen wollen.

»Was is?« Ratte klang unwirscher als beabsichtigt. Er wollte die Frau nicht erschrecken, bloß weil sie ihn überrascht hatte. Obwohl – erschrocken sah sie nicht aus. Sie versuchte vielmehr, ihr Naserümpfen zu verbergen, als sie sich nun umdrehte und auf das Schild an der Wand zeigte: *Betteln und Hausieren verboten* stand dort. Ratte atmete tief durch, was sollte der Mist?!

»Ich such jemanden«, setzte er an, und es war ihm egal, dass man hören konnte, wie genervt er war. Die Frau griff in ihre Tasche und zog ein Handy vor. Verdammt, war heute jeder darauf aus, ihm Ärger zu machen? Er blickte von dem Verbotsschild zur Frau und wieder zu den Klingelschildern.

»Muss wohl 'ne falsche Adresse gewesen sein.«

Er gab Lusche ein Handzeichen, und schon waren sie raus aus dem Eingang und wieder draußen auf der Straße. Ratte meinte, die Blicke der Frau in seinem Rücken spüren zu können. Sie brannten zwischen seinen Schulterblättern. Er schüttelte den Kopf, beschleunigte seine Schritte und drehte sich erst wieder um, als er das andere Ende der Straße erreicht hatte: Wo auch immer die Frau mit dem Kinderwagen hin war, zu sehen war sie jedenfalls nicht mehr. Dennoch drehte Ratte vorsichtshalber noch eine Runde um den Block, bevor er sich zum zweiten Mal dem Haus in der Büchnerstraße 3 näherte. Nachdem er sich vergewissert hatte, dass weder Kinderwagen noch Rollatoren oder Fußgänger welcher Art auch immer zu sehen waren, verschwand er auf der Rückseite des Hauses.

Immerhin war es hier hinten menschenleer. Zwischen mehreren ähnlichen ›Starenkästen‹ lagen ein Rasenstück mit Bänken und Büschen und sogar ein paar altmodischen Wäschestangen, die aber jetzt, im Winter, niemand nutzte. Ratte setzte sich auf eine der Bänke, packte den Tabak aus und drehte sich eine Zigarette. Er schaute sich um. Die Balkonanlage auf der Rückseite der Büchnerstraße 3 bestand aus grundsoliden Betonkästen, bei denen er sich schon immer gefragt hatte, hatte die irgendwer in den Siebzigern wirklich schön gefunden, oder waren sie schon damals lediglich billig und praktisch gewesen? Netterweise hatten die Bewohner im Erdgeschoss links handfeste Sprossen für ihre Kletterpflanzen angebracht,

98

da müsste sich niemand ein Bein ausreißen. Der Balkon darüber, der zu Mareen Steinbergs Wohnung gehören musste, war leer – keine Pflanzenüberreste in den Kästen, keine eingepackten Balkonmöbel, nichts. Nur eine gekippte Terrassentür. Immer diese Frischluftfanatiker, dachte Ratte grinsend. Er schaute sich noch einmal um, dann steckte er die fertig gedrehte Zigarette in seine Lederjacke und stand auf. Er gab Lusche ein Handzeichen und ging wie zufällig rüber zum Haus und den Balkonen …

… Ein geübter Griff und er wusste, die Sprossen waren nicht nur für Kletterpflanzen geeignet. Hinter den Wohnzimmerfenstern im Erdgeschoss rührte sich nichts und niemand. Ratte griff mit der linken Hand zwischen die Ranken in den Sprossen, mit der rechten packte er die Betonbrüstung. Schwung geholt und schon stand er auf selbiger, im Erdgeschoss. Dann packte er mit der Rechten das Stück Abflussrohr, das aus der Betonverschalung des Balkons im ersten Stock ragte, und rüttelte daran. Auch das war solide und hielt. Zwei, drei Schritte die Wand neben den Sprossen hochgelaufen, Schwung geholt, die linke Hand hochgeschwungen, und schon war er fast im ersten Stock. Halb hing, halb hockte er noch auf dem Stückchen Beton, das dem Ablauf des Regenwassers jenseits der Verschalung diente. Doch schon zog er den Rucksack mit einer Hand vom Rücken, warf ihn über die Brüstung und schwang sich hinterher. Geschafft.

Einen Augenblick lang blieb er am Boden hocken, hinterm Beton allen Blicken von außen entzogen. Nichts geschah, kein Geschrei, kein Rufen, nichts. Nur in der Ferne Autogeräusche und vermutlich der Lärm, den die Kinder auf dem Spielplatz machten. Er atmete tief durch, stand auf und wandte sich der Balkontür zu. Keine Einbruchssicherung zu erkennen, sehr gut. Er schob die eine Hand durch den Spalt, hob die Tür leicht mit der anderen Hand an und stellte den Griff innen waagerecht.

Das war's. Die Balkontür hing zwar etwas schief, ließ sich nun aber problemlos öffnen. Bevor er reinging, schaute Ratte nach Lusche, der schwanzwedelnd unten auf dem Rasen stand. Sei still, sagten seine Hände.

Er atmete noch einmal tief durch, und lauschte auf Geräusche aus der Wohnung selbst. Nichts zu hören und von außen war außer Gardinen und Spiegelungen im Fensterglas nichts zu sehen. Also öffnete er die Balkontür und trat ein.

»Hallo? Mareen Steinberg? Ist jemand zu Hause?«, sagte Ratte, denn falls sie sich hierher zurückgezogen hatte, wollte er sie nicht erschrecken. Doch dann hatten sich seine Augen an das Halbdunkel des Wohnzimmers gewöhnt, und er erstarrte: Er war nicht der erste Fremde, der diesen Ort ohne Einwilligung und Wissen der Bewohnerin betreten hatte. Die Stahlregale waren durchwühlt, alles lag durcheinander. Mehrere Ikea-Ordnungsboxen mit Gebrauchsanweisungen, Quittungen und anderen Papieren hatte man auf dem Glastisch ausgeschüttet. Was immer gesucht worden war, allzu groß konnte es nicht sein, denn selbst die Kissen und sogar das zierliche Nackenhörnchen waren aus ihren Hüllen gerissen. Fast merkwürdig, dass die Kissenfüllungen wie auch die dunkelgraue Couchgarnitur, auf der sie herumlagen, nicht aufgeschlitzt und zerfetzt worden waren. Mit Schreibtisch und Computer auf der dem Balkon gegenüberliegenden Seite des Wohnzimmers hatten sich die Einbrecher besonders gründlich befasst. Alle Schubladen lagen auf dem Boden, der Inhalt jeweils nebendran. CDs und DVDs bildeten kleine, unregelmäßige Plastikhügel, Kabel flossen wie erstarrte Flüsse unordentlich zwischendrin. Der Rechner selbst war halb zerlegt.

Irgendwas stimmte trotz oder vielmehr jenseits des Chaos' nicht mit diesem Zimmer. Ratte kam nicht drauf, also sah er sich vorsichtig im Rest der Wohnung um. Die erste Tür, die vom Wohnzimmer abging, führte in die Küche. Alle Schränke und Schubladen waren geöffnet, aber man hatte nichts rausgerissen oder auf den Boden geworfen. Dadurch sah der kleine Raum zugleich durcheinander wie auch steril aus. Wahrscheinlich gehörte die Kochzeile samt Herd, Kühlschrank etc. zur Grundausstattung der Wohnung, und womöglich galt das auch für den Resopaltisch mit den beiden Plastikstühlen? Alles war so sauber – das fiel Ratte noch deutlicher auf, als er zurück ins Wohnzimmer ging. Hier hatte zwar jemand sämtliche Gegenstände durchwühlt, es gab aber keinen Dreck, keinen Staub, keine Gebrauchsspuren. Nirgendwo stand eine angebrochene Wasser- oder Bierflasche, auch Keksdosen oder benutzte Tassen suchte man vergeblich.

Es gab all diese Gegenstände, wie eine rasche Überprüfung in der Küche ergab, anscheinend benutzte sie bloß niemand. Oder sein angeschossener Engel war ein mittelschwerer Ordnungsfanatiker.

Das bestätigte auch der Blick ins Bad – wiederum Spuren der Durchsuchung, aber keine Zeichen von Gebrauch, aus der Badewanne hätte man wahrscheinlich essen können. Selbst das Schlafzimmer mit dem großen Bett, auf das man den Inhalt der Einbauschränke geleert hatte, sah letztlich unbewohnt und unpersönlich aus. All der Schnickschnack, der sich sonst in menschlichen Behausung anhäufte, fehlte – Fotos und Erinnerungsstücke, herumliegende Wäsche, noch nicht geputzte Schuhe, Vorräte, Regenschirme, etc. Es gab Bücher, die gelesen aussahen, soweit Ratte diese Spuren von denen der Durchsuchung (man hatte also einen flachen Gegenstand gesucht, erkannte er) unterscheiden konnte. Es gab auch ein paar Topfpflanzen, die kurz vorm Verdursten waren. Dennoch – Ratte hatte in den letzten Jahren in genug fremden Wohnungen gestanden, und keine hatte eine so merkwürdige Atmosphäre wie diese hier gehabt. Vielleicht lag das doch am durchsuchten, durchwühlten Zustand, einfach daran, dass er nicht der erste illegale Eindringling war?

Dass das kein normaler Einbruch gewesen war, lag auf der Hand. Auf dem Bett befand sich zwischen den Kleidern Bargeld, der Flachbildschirm auf dem Schreibtisch war sicher nicht billig gewesen und die nagelneue Stereoanlage nebst einem weiteren, ultraflachen Fernsehgerät in den Stahlregalen im Wohnzimmer hatte niemand angerührt. Merkwürdig, dachte Ratte, das ließ nur einen Schluss zu. Er hatte die Frau doch erst vor knapp zwei Tagen gerettet. Sie musste Torben wahrhaftig auf die Füße getreten sein, sonst hätte der hier nicht dermaßen prompt dermaßen heftig gewütet, oder vielmehr wüten lassen. Die Zeiten, in denen der sich die Finger selbst schmutzig gemacht hatte, dürften ein für allemal vorbei sein. Hieß es jedenfalls auf der Straße. Der ehemalige Sicherheitschef des Importzweiges der *Toutes Françaises* hatte die dreiköpfige Chefetage nicht nur kaltblütig ermordet, er hatte die Leichen so gründlich verschwinden lassen, dass die Bullen nicht den kleinsten Hinweis auf deren Verbleib gefunden hatten. Ob sie beim Emssperrwerk festhingen, bis sie verrottet waren oder sie die Strömung zerriss, sie ihre letzte Ruhestätte auf einem der zahlreichen Spülfelder gefunden hatten, die man unmöglich allesamt trockenlegen konnte, oder sie vielleicht in Kleinteilen den trotz vielfach erhöhter Fließgeschwindigkeit in der Jümme verbliebenen Fischen als Futter dienten, wen interessiert das schon? Sie waren weg vom Fenster, endgültig, und Torben, das neue Alpha-Tier, hatte als Erstes an der Preisschraube gedreht – und die polizeilichen Ermittlungen als Vorwand verwendet, Schore nun fürs Anderthalbfache zu verkaufen. Oder vielmehr verkaufen zu lassen. Nur: Wenn der hinter all dem steckte, was bedeutete es dann, dass hier in der Wohnung nicht mal der Versuch gemacht worden war, Spuren zu verwischen?

Ratte stand unschlüssig mitten im Chaos. Dann fiel

sein Blick erneut auf die Stereoanlage und den digitalen Sat-Empfänger. Das wollte er näher betrachten …

*

»Dasselbe Ergebnis wie bei der ersten Untersuchung? Und ein Laborfehler kann es nicht sein?!«

Charlie mochte im Krankenhauskittel auf der Untersuchungsliege sitzend aussehen wie andere Patienten, aber der Schein trog. Sie war kurz vorm Explodieren und der Arzt wusste das.

»Wir haben das überprüft, zwei Mal. Kein Irrtum möglich. Es tut mir leid«, versuchte er zu beschwichtigen. »Wir werden natürlich alles … «

In diesem Moment ging die Tür auf, und Hagen kam mit der Schwester ins Zimmer. Endlich, dachte Charlie und sprang von der Liege.

»Das kleine Aas hat nicht nur meine Diskette geklaut, der Mistkerl hat mich angefixt!«, rief sie empört und wedelte dabei mit der Akte *Florian Berger* herum. »Ich fass es echt nicht. Der kann was erleben!« Dann sah sie die Reisetasche in Hagens Hand: »Neue Klamotten?«

Hagen nickte. Sie griff nach der Tasche, konnte es gar nicht erwarten, endlich wieder etwas zu tun. Die Stunden, die sie hier zugebracht hatte, waren ihr schier endlos vorgekommen. Wenn es denn mehrere Stunden gewesen waren. Sie hatte allemal zu viel Zeit vertrödelt und sie hatte nicht vor, noch länger hier rumzusitzen. Womöglich würde sie dann noch anfangen, sich Sorgen zu machen.

»Was ist hier los? Wie geht es ihr?«, fragte Hagen inzwischen den Arzt. Charlie öffnete die Reisetasche und begutachtete den Inhalt. Hagen war auf Nummer sicher gegangen und hatte alles neu gekauft, statt das Risiko einzugehen, in ihrer Tarnwohnung in der Büchnerstraße gesehen zu werden.

Der Arzt referierte derweil routiniert und mit Experten-

103

autorität über ihren Gesundheitszustand: »Glatter Durchschuss, gute Wundversorgung, gute Wundheilung, das muss man schon sagen. Keine Entzündungen vorhanden, Komplikationen unwahrscheinlich. Auch die weiteren Verletzungen sind nicht besorgniserregend – Prellungen und Schürfwunden, keine Brüche oder Verstauchungen. So weit sehen die Dinge besser aus, als die etwas eigenartigen Umstände – soweit Ihre … Kollegin … sie uns anvertraut hat – vermuten ließen.«

»Blah, blah, blah«, unterbrach Charlie ungerührt. Sie zerrte sich den Krankenhauskittel vom Leib, stutzte und starrte noch einmal in die Reisetasche: »Einen BH hast du nicht mitgebracht?« Hagen schüttelte den Kopf und versuchte, sie nicht anzustarren. Sie zuckte mit den Achseln. »Aber das Auto hast du gekriegt, oder?«

Er nickte, und wusste immer noch nicht, wo er hinsehen sollte. Sie grinste. Dass sie nur mit einem Slip bekleidet herumstand, kümmerte sie wahrlich nicht. Außerdem dürften weder der Schulterverband noch die Garnitur aus Prellungen besonders erotisch wirken, dachte Charlie, und nahm eine nagelneue schwarze Jeans aus der Tasche.

»Okay«, wandte sich Hagen wieder an den Arzt. »Wenn alles den Umständen entsprechend gut ist, wo ist dann das Problem?«

»Die Morphinwerte. Sie waren zu hoch. Und nicht nur das – was wir im Blut Ihrer Kollegin fanden, ist wenigstens zum Teil verunreinigt, hat eine für Straßenheroin typische Zusammensetzung und …« Weiter kam er nicht, denn nun sah Hagen rot.

»Sie ist kein Junkie! Sie wurde angeschossen! Was immer danach passiert ist, hat sie sicher nicht aus freien Stücken getan. Wenn sie bei Bewusstsein und handlungsfähig gewesen wäre, wär das nicht passiert, verdammt. Ist schon schwer genug, ihr Aspirin zu geben, vergessen Sie's.«

Er atmete tief durch. Charlie zog mit viel Mühe ein

schwarzes Tanktop über den Verband an der Schulter. Unwillkürlich musste sie lächeln. Hagen als weißer Ritter, das hatte was. Dann musterte sie skeptisch das T-Shirt, das sie als Nächstes anziehen wollte. Wie sollte sie das mit ihrer Verletzung hinkriegen?

»So hab ich das nicht gemeint«, versuchte der Arzt sofort, die Situation nicht weiter eskalieren zu lassen, »es gibt ja auch nur einen einzigen Einstich. Nur: Dass Ihre Kollegin nicht weiß, was passiert ist, macht es schwer, das Infektionsrisiko einzuschätzen. Gegen Hepatitis ist sie geimpft, soweit das geht, aber …«

Er verstummte. Charlie ließ sich widerwillig von der Schwester erst ins T-Shirt und dann in den mitgebrachten dunkelgrau-braunen Pullover helfen. So konnte Hagen sie nicht in den Arm nehmen, als der nun verstand.

»Charlie, oh verdammt, das tut mir leid, das ist …« Aus dem rettenden Ritter war ein besorgt herumstotternder Teddybär geworden.

»Vergiss es«, sagte Charlie rasch und sah zu, dass sie so schnell wie möglich den Kopf wieder aus dem Pulloverausschnitt bekam. Mit dem Ankleiden und den Gefühlen gleichzeitig zu ringen, war ein bisschen viel auf einmal. »Das ist nicht das Problem. – Danke.« Letzteres galt der Schwester. »Darum kümmer ich mich später, wenn es da denn was zu kümmern gibt. Aber nicht jetzt. Jetzt bin ich sauer, stinksauer. Man hat meine Beweise gestohlen und mich angefixt, es reicht!«

»Was ist das mit dem ›angefixt‹? Wie ist das passiert und warum?« Hagen kapierte anscheinend immer noch nicht. Charlie sah trotz ihrer unbändigen Wut seine Verunsicherung. Das war alles viel, zu viel, für sie beide. Nur, jetzt war nicht die Zeit für Diskussionen über Befindlichkeiten und streng genommen war das Krankenzimmer auch nicht der Ort, um sich über die verdeckte Ermittlung zu verständigen.

»Warum der Kerl das gemacht hat, interessiert mich nicht die Bohne. Ich hoff bloß für ihn, die Nadel war sauber und er ist es auch. Der Schnelltest war okay, sagt das Labor, aber das sagt ja nichts, noch nichts. Verdammt, ich kann jetzt nicht nur meinen Beweisen hinterherrennen, ich darf auch noch die nächsten Monate mit der Unsicherheit leben, ob ich HIV-positiv bin oder nicht. Ich krieg echt die Krätze!«

Hagen wollte sie immer noch in den Arm nehmen – ob beschwichtigend oder tröstend, wie ein fürsorglicher Vorgesetzter oder ein besorgter Liebhaber, blieb offen. Denn nach dem letzten herausgespienen Satz tauchte Charlie unter die Untersuchungsliege ab: Wo waren ihre Stiefel?

»Ich habe sie auf die Möglichkeit eines HIV-PEP hingewiesen«, erklärte der Arzt derweil Hagen. »Postexpositionsprohylaxe heißt das, und das muss in Krankenhäusern immer mal wieder sein, wenn sich jemand von unseren Leuten versehentlich bei der Behandlung eines Infizierten verletzt. An sich ist dieser Fall einer, in dem wir PEP nicht empfehlen, weil wir viel zu wenig wissen. Aber wenn es Ihre Kollegin beruhigen würde …«

»Tut es nicht.« Charlie kam mit den Stiefeln in der gesunden Hand unter der Liege vor. »Keine Zeit für langwierige Behandlungen und Beratungen, weder Zeit noch Nerv für Nebenwirkungen wie Kotzerei und Übelkeit. Wenn ich rauskriege, der kleine Drecksack ist positiv und hat eine seiner gebrauchten Nadeln in mich gesteckt, dann steh ich sofort wieder hier auf der Matte und lass mich behandeln. Nachdem ich meine Beweise gesichert und ihn festgenommen habe. Denn – Hagen, überleg doch: Der Typ, der mich gerettet hat und der Autoknacker, das ist ein und dieselbe Person. Das ist dieser Florian Berger. Mein gestohlener CD-Player in dem Haus beweist das. Und meine Diskette muss da auch noch sein. Das Beste aber ist: Laut der Akte hat der Drecksjunkie noch Bewährung. Es sollte also überhaupt kein Problem sein, ihn zur Kooperation zu bewegen.«

Währenddessen hatte sie sich Socken und Stiefel angezogen und schaute sich wieder im Raum um: Wo hatte die Schwester ihre Lederjacke und ihre Plastiktasche hingetan? Kurz streifte ihr Blick dabei das Fenster. Die kahlen Bäume und die backsteinroten Gebäude nebst Bauzaunüberresten kamen jedoch ebensowenig in ihrem Bewusstsein an wie das Aufblitzen eines metallischen Objektes vom Dach eines gegenüberliegenden Traktes. Lediglich unterbewusst registrierte sie, dass irgendwas nicht stimmte, doch bevor das zu einem greifbaren Gedanken werden konnte, hatte Hagen sie schon wieder aus ihm rausgerissen. Er packte sie vorsichtig an der unverletzten Schulter an.

»Charlie, komm erst mal runter. Ich versteh ja, dass du sauer bist und den Fall lösen willst und all das, aber dennoch, es geht um deine Gesundheit.«

»Nein. Oder meinetwegen ja, das auch, aber doch nicht nur.« Sie wandte sich von Hagen und dem Fenster hinter ihm ab, und erblickte die Garderobe neben der Tür. »Wo auch sonst?«, murmelte sie und befreite sich aus der Umarmung. »Deine Sorge in allen Ehren, aber ich find Leute, die auf mich schießen, auch nicht grad gesundheitsförderlich. Deshalb: erst der Fall, dann die Reha oder was auch immer, okay?«

Dabei ging sie zur Garderobe. Dass sie die Schwester, den Notarzt und Hagen mit ihrer Hektik immer wieder dazu zwang, ihr auszuweichen und sich neu im Raum zu gruppieren, bekam sie nicht mit. Was von außen wie ein bizarrer Tanz aussehen musste, war für sie der direkteste Weg zum Ziel, und das war in diesem Augenblick die Garderobe.

»Moment«, mischte sich der Arzt ein, als er begriff, seine Patientin war mitten im Aufbruch, »nicht so schnell!«

Er zog seinen Rezeptblock hervor, kritzelte etwas darauf und winkte die Schwester zu sich. Die nahm den Zettel und drängte sich an Hagen vorbei zum abgeschlossenen Medikamentenschrank an der Wand. Charlie drapierte derweil das Tuch wieder so über die Schulter, dass man das Einschussloch in der Lederjacke nicht mehr sah. Dann stand die Schwester vor ihr und reichte ihr eine Schachtel mit Tabletten, die sie misstrauisch beäugte.

»Tramal?« Sie blickte skeptisch.

Der Arzt nickte und drückte ihr ein weiteres Rezept für dasselbe Medikament in die Hand.

»Ich weiß, Sie glauben, Sie brauchen das alles nicht. Vielleicht haben Sie recht. Dann bringen Sie die Tabletten zurück und werfen das Rezept weg. Aber wenn ich recht hab, werden Sie in ein paar Stunden froh sein, was gegen die Schmerzen zu haben. Und wenn das nicht reicht – oder irgendwas passiert – dann seh ich Sie umgehend wieder, verstanden?!« Charlie wollte etwas sagen, doch er drückte ihr stattdessen seine Visitenkarte in die Hand: »Sie können mich jederzeit anrufen, verstanden?!«

»Ja«, sagte Charlie, »danke. Ich weiß, Sie machen nur Ihren Job und ich mach den bestimmt nicht leichter. – Kommst du nun mit oder nicht?« Sie schaute kurz zu Hagen, dann ging sie zur Tür. Sie ergriff die Klinke, drückte sie runter, als sie plötzlich dieses Klirren hinter sich hörte. Sie wollte sich umdrehen, nachschauen, was da war, doch mitten in der Drehung stürzte Hagen auf sie, fast ungebremst. Wie ein Baum, den der Sturm fällt, so fiel er. Sie griff nach ihm, nach seinen Armen, seinem Körper, bekam seine Jacke zu fassen, und konnte nichts ausrichten. Er war zu groß und er fiel, als könnte er dem Fallen nichts entgegensetzen. Sein Gewicht warf auch sie um. Sie fielen beide gegen die Tür, die aufschwang, ihnen den Halt versagte. Wie in Zeitlupe geschah das, und es kam Charlie bizarr vor, unwirklich. Am Ende waren sie beide am Boden. Hagen lag mit seinem Kopf und seinem Oberkörper auf ihren Beinen, ihrem Unterleib. Mühsam rappelte sie sich so weit hoch, dass sie saß.

»Hagen!«, schrie ihr Mund, und ihr Ohr registrierte, dass ihre Stimme anders klang, unvertraut, verstört. Sie blickte auf ihre Hände, ihre Arme, gegen die Hagen fallend, sich drehend mit seinem Rücken gestürzt war. Blutverschmiert waren sie. Und dann sah sie das Loch, kreisrund, im Fensterglas, und die Splitter am Boden, ein typisches Muster, und hinter dem Fenster, draußen, das Dach des Anbaus. Von dort war … – von dort hatte jemand geschossen. Ein Teil ihres Gehirns begriff das. Ein Anschlag, man müsste prüfen, wem der gegolten hatte, dachte es in ihr. Aber das rutschte weg, verschwand im Entsetzen, in all den Gefühlen, die sich in ihr ausbreiteten, wie das Blut, das aus Hagens Rücken auf ihre Beine und den Boden lief.

»Sicherheitsdienst!«, brüllte eine männliche Stimme.

»Einen Notfallkoffer! Wir brauchen einen Notfallkoffer und einen Defi! Sofort!«, rief eine weibliche Stimme zeitgleich.

Dass das der Arzt und die Schwester waren, deren größte Sorge eben noch ihr, Charlie, gegolten hatte, registrierte sie nicht. Alles, was sie denken und fühlen konnte, konzentrierte sich auf den Mann, dessen Kopf sie in ihrem Schoß festhielt.

»Charlie«, sagte Hagen mühsam und griff ihre Hand.

Sie nahm sie, hielt sie fest: »Nicht … nicht sprechen, Hagen, bitte nicht.« Dann sah sie auf, und begriff, wo sie war. »Tun Sie doch was!«

Das galt dem Arzt, der inzwischen neben den beiden am Boden hockte. Er öffnete Hagens Jacke und schob dessen Pullover hoch, um die Austrittswunde des Schusses zu finden. Unter der Achsel war sie. Gut sah sie nicht aus. Charlie war kurz davor loszuheulen, aber sie riss sich zusammen.

»So … so war das nicht gemeint, von wegen, alles für dich tun.« Hagen rang sich ein schmerzverzerrtes Lächeln ab.

Sie sah, wie sehr er darum kämpfte, bei Bewusstsein zu bleiben, und fühlte, wie es in ihrem Gesicht nass wurde. Nein, nicht weinen, nicht weinen und ihn beunruhigen, dachte sie, aber es half nichts.

»Einen OP klarmachen! Wo bleibt der Notfallkoffer?«, rief der Arzt neben ihr, dann sprach er zu Hagen: »Wir müssen Sie jetzt hochheben.«

Die beiden am Boden waren inzwischen umringt von Füßen in weißen Schuhen, und nun kamen schier unzählige Hände hinzu, die nach Hagen griffen und ihn ihr aus dem Schoß rissen. Hagen jedoch hing mit seinem Blick an Charlies fest, genau wie seine Hand noch fest, so fest es eben ging, ihre Hand hielt.

»Verschwinde.« Das Wort kam klar und deutlich aus seinem Mund.

Sie schüttelte den Kopf, das konnte er nicht von ihr verlangen – da machte er seine Hand aus der ihren los. Drin blieb der Autoschlüssel.

»Verdammt, mach schon«, sagte Hagen, und es kostete ihn wieder Kraft. »Mach wenigstens einmal, was ich dir sage.«

Derweil hoben fremde Hände ihn hoch und die dazugehörigen Körper verstellten ihr den Blick. Sie stand auf, ungeschickt, ein bisschen mühsam, suchte zwischen all den weißgewandeten Menschen, die zu wissen schienen, was sie da taten, nach ihm, nach Hagen, den sie auf eine herbeigeholte Rollliege hoben.

»Kümmer dich um Kara«, hörte sie von der Liege Hagens Stimme, die kaum mehr Kraft hatte. »Und jetzt verschwinde endlich!«

Später hätte sie nicht mehr sagen können, wie sie aus dem Krankenhaus gekommen war. Alles war in Aufruhr, um sie herum wie in ihr drin. Und doch war sie gegangen, hatte sie einen Fuß vor den anderen gesetzt, immer weiter, bis zur Eingangstür. Irgendwie hatte sie draußen auf dem Parkplatz den weißen Golf gefunden und sich hineingesetzt. Als sie losfuhr, hörte sie die Martinshörner der herannahenden Streifenwagen. Aber niemand hatte sie beachtet, die schwarze Kleidung hatte die Blutflecken geschluckt. Hatte die Akte, die irgendwie wieder in ihrer Hand gelandet sein musste, ihr einen offiziellen Anstrich verpasst? Oder hatte sie, ganz im Gegenteil, die Plastiktüte mit ihren Sachen darin geschützt – weil sie damit wie eine Pennerin, wie eine Verrückte gewirkt hatte? Sie wusste es nicht und es war ihr egal.

Zuerst wollte sie nur abhauen. Sie nahm die B 70 raus aus der Stadt, immer geradeaus, das kam ihr gerade recht. Dass sie auf ihrem Weg den Emspark und das Nüttermoorer Sieltief samt *Toutes Françaises* passierte, registrierte sie nicht einmal. Sie fuhr, so schnell es eben ging, und wenn der Verkehr stockte, dann starrte sie vor sich hin, bis das wütenden Hupen hinter ihr sie aus dem tiefen Nebel zog, der anstelle des Denkens getreten war. So erreichte sie die Autobahnauffahrt Leer Nord, fuhr auf und wollte aufs Gaspedal steigen, einfach fahren, nur geradeaus fahren, solange es eben ging. Doch erst bremste das Dreieck Leer sie aus und dann begriff sie, das war falsch. Sie durfte nicht abhauen.

Leer Ost fuhr sie runter und wieder zurück in die Stadt, vorbei am Waldzoopark und am winterschmutzigen Grün Maiburgs, durch die Backsteinidyllen Logabirums und deren elegantere Versionen in Loga, bis sie schließlich im Dichter- und Denkerviertel nahe des Parks ankam. Sie fand einen Parkplatz, fand die Plastiktüte und die Akte auf dem Sitz neben sich, erinnerte sich nicht, sie dort abgelegt zu haben, aber sie nahm sie mit, als sie ausstieg und zum Hauseingang lief. Aufgeschlossen, da war wer im Flur, ach, die Frau mit dem Kind aus dem Erdgeschoss rechts. Sie nickte ihr zu und ging weiter, ohne auf eine Reaktion zu warten. Die Treppe hinauf und dann stand sie vor ihrer Tür. Erst als sie den Schlüssel ins Schloss stecken wollte, merkte sie, wie sehr ihre Hände zitterten. Es waren nur noch ein paar Schritte, trieb sie sich an, dann könnte sie erst mal … umkippen, zusammenbrechen, heulen, schreien, wimmern, was auch immer – nur noch den Schlüssel umgedreht, die Tür aufgeschoben, hindurchgegangen, zugemacht. Geschafft. Mit geschlossenen Augen lehnte sie an ihrer Wohnungstür.

Bis … – bis sie dieses Geräusch hörte und die Augen aufriss, doch nicht glauben konnte, was sie sah: Das reine Chaos, als hätte eine Bombe ins Wohn-/Arbeitszimmer ihres Apartements eingeschlagen! Papiere, Bücher, Schubladeninhalte, alles lag herum, nichts war dort, wo es hingehörte! Dafür stand er mitten Raum – der Dämon und der Engel aus ihrem Fiebertraum, der Florian Berger hieß und drogenabhängig war, wie sie nun wusste. Er stand da, hatte sich erschrocken zu ihr umgedreht und in der Hand hielt er ihre Kaffeekanne.

»Was … was tust du hier?« Einen Moment lang hoffte Charlie, wenn sie ihn ansprach, würde er verschwinden, sich auflösen, wie ein Trugbild, und die Wohnung wäre leer und wieder so, wie sie gewesen war, als Charlie sie verlassen hatte.

»Blumen gießen.«

Die Antwort ergab keinen Sinn, unterstrich jedoch, der Kerl, der Sprecher, war real. Er schwenkte die Kaffeekanne hin und her und sie begriff nicht, was das sollte.

»Also … ähm … das ist so … «, stotterte er vor sich hin. »Das ist alles ganz anders … Das ist *nicht* das, wonach es aussieht … Ich … ich hab nur …«

Charlie atmete tief durch und zwang sich, noch einmal genau hinzuschauen. Doch, ja, das war ihre Wohnung, und die hatte jemand gründlich durchsucht. Am Schreibtisch sah es besonders schlimm aus, der Rechner war halb zerlegt. Dass der Typ mitten in ihrer Wohnung, mitten in dem Chaos, das er angerichtet haben musste, stand – nein, das ergab keinen Sinn. Moment – der Computer, sie brauchte den Computer!

»Was ist hier passiert?«, legte sie unvermittelt in seine Erklärungsversuche hinein los. »Wie bist du hier reingekommen? Was willst du? Wonach hast du gesucht? Antworte! Was ist mit dem Computer? Was willst du hier, was willst du von mir, warum verfolgst du mich?«

Es sprudelte nur so aus ihr heraus. Sie machte ein paar Schritte auf ihn zu, wandte sich dann ab und begann, im Raum herumzulaufen, als könnte sie so die Situation endlich wirklich begreifen. Der Kerl jedoch reagierte überhaupt nicht, wie sie es erwartete.

»Aber – ich verfolg dich … Sie doch nicht. Und was soll das mit dem Computer? Ich hab keine Ahnung von den Dingern, keinen blassen Schimmer.«

Er schien wirklich nicht zu begreifen. Oder er war ein verdammt guter Schauspieler. War das die Erklärung für die Kaffeekanne in seiner Hand? War die ein Requisit? Sie ging an ihm vorbei zum Computer. Näherkommend sah sie, der Schaden hielt sich in Grenzen. Man hatte lediglich verschiedene Kabel rausgezogen, das war wahrscheinlich beim Suchen passiert und kein Akt des Vandalismus. Aber was genau war es dann?

»Meine Arbeit, meine Beweise, für all das brauch ich meinen Computer. Das dürfte dir klar sein. Verdammt, was bildest du dir ein, wer du bist? Das kann doch nicht sein … Das ist doch nicht auf deinem Mist gewachsen – also, wer hat dich geschickt?«

Nun stand sie direkt vor ihm, ihr Gesicht war nur Zentimeter von dem seinen entfernt. Er hob die Kaffeekanne hoch, schon wieder. Als müsste er das Ding vor ihr schützen. Oder wollte er das Porzellan als Waffe verwenden?

»Aber ich weiß doch gar nicht, was Sie machen, worum es geht und überhaupt …«

»Und was machst du mit meiner Kaffeekanne?« Sie nahm sie ihm aus der Hand und holte tief Luft.

»Blumen gießen, das hab ich doch schon gesagt!«, antwortete er trotzig. Sie stellte die Kanne zur Seite. Er stellte sich vors Regal, das als Ersatz für die klassische Wohnwand diente.

»Und was weiter?« Endlich klang ihre Stimme wieder, wie sie sollte, und ihr professionelles Ich, all die Rhetorik und Methodik, die antrainierte Coolness und all die anderen Tricks, kamen langsam zurück in ihr Bewusstsein. Sollte der Kerl reden, sollte er sich selbst um Kopf und Kragen reden. Das wäre das Beste, Einfachste. Sie verschränkte die Arme vor der Brust, wunderte sich in einem verborgenen Winkel ihres Bewusstseins, dass das ging, mit der Verletzung und dem Verband, und schaute ihn auffordernd an, sagte aber kein Wort mehr.

Erwartungsgemäß hielt er das nur ein paar Sekunden aus: »Du warst … Sie waren plötzlich weg. Ich … ich hab Schiss bekommen. Immerhin hat jemand auf dich … auf Sie … geschossen. Jedenfalls, da dachte ich halt, ich schau mal nach, was los ist. Wollte wirklich bloß sehen, ob alles okay ist. Aber das hier – also die Wohnung, das alles war so, als ich hier ankam. Ehrenwort! Und da wollte ich hier warten, ob du … bis Sie zurückkommen, bis ich irgendwas erfahr. Ist ja nicht so, als ob du grad in den Nachrichten wärst.«

Nachrichten – oh mein Gott, Hagen, die Schießerei, irgendwas davon müsste doch in den Nachrichten sein, fuhr es ihr in den Sinn. Ohne jedes Zögern schob sie den plappernden Kerl beiseite und wollte das Radio und den Fernseher einschalten, die hinter ihm im Regal – Moment,

114

wo waren die Sachen? Hier klaffte nur eine Lücke!

»Was soll das? Wo ist mein Fernseher?«, herrschte sie ihn an. Er fuchtelte mit den Händen herum, gestikulierte wie wild. Sie schlug reflexartig zu. Ihre Faust traf die Spitze seines Kinns. Er kippte nach hinten, ohne auch nur einen Ton von sich zu geben. Dann drehte sie sich langsam um, und erkannte, das war gar kein Angriff, nicht mal Ablenkungsmanöver war es gewesen: Er hatte nur deuten wollen, dass Fernseher, Radio und SAT-Empfänger hinter ihr, gleich neben der Eingangstür standen. Oh nein, dachte sie, oh nein, warum geht alles schief, was ist hier los, was ist nur mit mir los? Mitten in all der Verwüstung stand sie über einem bewusstlosen Punker, einem Junkie, der am Boden vor ihr lag, und hier, mitten im Chaos, überkamen sie die Tränen plötzlich. Heftig, aber lautlos weinte und weinte sie.

*

Er war nicht lange weg gewesen. Jedenfalls kam es ihm nicht lang vor. Trotzdem hatte sich einiges in seiner Umgebung verändert, als er wieder zu sich kam. Zum Beispiel die Umgebung selbst – auch, wenn er sich nicht hundert Prozent sicher war, was die Umstände seines unrühmlichen K.o. angingen: dass er ausgerechnet auf ihre Couch gefallen sein sollte, kam ihm unwahrscheinlich vor. Außerdem hatte er sich kaum im Fallen seine Hände selbst mit etwas ... etwas Rauem, Ledrigem ... auf dem Rücken gefesselt. Vorsichtig tastete er die Fessel ab und stellte fest, das musste sein eigener Gürtel sein. Alle Achtung, dachte Ratte, sein Engel war verdammt schlag- und tatkräftig. Letzteres sah und hörte er auch – irgendwo im Raum plärrte das Radio leise vor sich hin und auf dem Fußboden vorm Regal stand der Fernseher, den sie wieder angeschlossen haben musste. Das vermutete er angesichts des flackernden Lichts auf dem Boden davor; was gerade lief, tonlos, konnte er nicht sehen. Der Fernseher stand so, dass sie ihn vom Schreibtisch aus im Blick hatte. Dort sah es aufgeräumter aus und sie – verdammt, sie war damit beschäftigt, seine Lederjacke und sein Zeug zu durchsuchen!

Demonstrativ stöhnte Ratte, als wachte er gerade erst vor Schmerz auf. Zuerst reagierte sie nicht. Er probierte es erneut, etwas leiser, nicht so demonstrativ, vielleicht war sie in dem Punkt seiner Mutter und seiner ältesten Schwester ähnlich? Es gab ein Geräusch aus ihrer Richtung, aber das konnte er nicht deuten. Und schlicht aufschauen, in ihre Richtung gar, das wär zu einfach, zu verräterisch auch. Also rappelte er sich hoch, setzte sich auf, was mit den auf dem Rücken gefesselten Händen alles andere als leicht war; die Mühe dabei musste er nicht mal spielen. »Puh«, machte er, als er schließlich saß, und ließ den Kopf hängen. Dennoch sah er, dass sie sich mit ihrem Bürostuhl endlich zu ihm umdrehte.

»Was soll 'n das? Stehste auf Fesselspiele?«

Sie ging auf die Provokation nicht ein musterte ihn kühl und nahm ihre Brieftasche zur Hand. Demonstrativ drehte sie sie um – natürlich fiel nichts heraus.

»Okay … offensichtlich bist du ein Dieb«, stellte sie fest und machte ein Pause, als erwartete sie eine Reaktion von ihm. Doch von ihm kam nichts, er wusste nicht, was. Sie sprach erneut, nur minimal lauter, schärfer als zuvor: »Wo ist meine Diskette?«

»Ich hab dich gerettet!«

Das Ganze lief überhaupt nicht, wie Ratte es sich vorgestellt hatte. Gut, dass die Welt sich nicht nach seinen Tagträumen, weder den morphingeprägten noch den hormongetränkten richtete, hatte er geahnt. Aber dass es so schief laufen könnte mit ihr …

»Wo ist meine Diskette?!«

Sie unterbrach den Fluss seiner Gedanken und zerrte ihn

zurück in eine wenig erfreuliche Realität. Sie stand auf, machte zwei Schritte auf ihn zu. Er zuckte zurück, wollte sie ihn wieder schlagen? Nichts dergleichen passierte. Sie blieb stehen und starrte ihn an, wartete auf Antwort.

Und weil er hinter seinem Rücken sehr beschäftigt war, wechselte er die Taktik: »Was is'n die wert?«

Treffer. Damit hatte sie nicht gerechnet. Doch sie fing sich schnell, zu schnell für seinen Geschmack, dann beugte sie sich zu ihm runter, schaute ihm direkt ins Gesicht: »Garantiert nicht mehr, als was du hier zerstört hast.«

Sie richtete sich wieder auf, als wollte sie die Wirkung ihrer Worte im Gesamteindruck beurteilen.

»Ich hab dir das Leben gerettet!« Ratte war sauer. Warum verstand die Tuss das nicht? Jetzt drehte sie sich um und ging zu ihrem Bürostuhl zurück! »Außerdem – warum hätt ich hier alles auf den Kopf stellen sollen, wenn ich deine blöde Diskette schon hab? Macht doch gar keinen Sinn!«, trumpfte er auf.

»Dann hast du die Diskette also?«

»Und wenn schon. Ich mein', ich hab dich da rausgeholt, hab dich gerettet, und krieg dafür was aufs Maul. Wenn ich die Diskette hätt – *und* sie dir geb – werd ich dann gleich erschossen?«

»Versuch's mal so zu sehen«, konterte sie, »du gibst mir meine Diskette zurück, dafür vergess ich, dass du in meine Wohnung eingebrochen bist und obendrein vorher meinen Wagen aufgebrochen hast.«

»Deinen Wagen?«

Anstelle einer Antwort hob sie den CD-Player hoch, den mit dem Bild vom Checkpoint Charlie, den er in der Nacht, als er sie fand, aus einem Auto geholt hatte. Wieso steckte das Ding jetzt in einer Klarsichthülle? Moment – verdammt, klar, sie hatte auch irgendwie raus ins Gewerbegebiet kommen müssen in der Nacht, als man auf sie geschossen hatte. Dann war dieser weiße Golf ihrer gewesen. Aber woher hätte er das wissen sollen und was hätte das geändert?

»*Mein* Wagen – *mein* CD-Player. Gefunden in *deinem* Drecksloch«, triumphierte sie, während sie das Ding herumschwenkte.

»Ach, und wie willste das beweisen?«

Das saß anscheinend. Ehe er sich versah, ehe er auch nur fertig darüber nachdenken konnte, was sie ihm sagen wollte, hatte sie den Raum durchquert und ihn gepackt.

»Ich hab genug Beweise gegen dich.« Sie ließ ihn los, stieß ihn zurück aufs Sofa.

»Aber … was soll das? Was …«, setzte Ratte an, dann begriff er endlich, wen oder vielmehr was er da gerettet hatte: Der Engel war in Wahrheit ein Bulle. Wer sonst würde sich dermaßen an so einem Kleinscheiß aufhängen wie sie, die sie wütend vor dem Glastisch vom Sofa auf und ab rannte?

»Du warst in meinem Auto – da gibt es Fingerabdrücke. Und in der Wohnung auch. Ich mein', seit wann benutzt jemand wie du sein Hirn – oder wenigstens Handschuhe? Also spiel nicht den Unschuldigen, spiel lieber mit, dann finden wir womöglich noch 'nen Ausweg, der keinem von uns beiden allzu weh tut.«

Ratte hörte nur noch mit halbem Ohr zu. Er war viel zu sehr damit beschäftigt, seine Hände aus dem Gürtel zu befreien. Es gelang. Sie war mit ihrer Rennerei auf der Schreibtischseite des großen Raumes angekommen. Er nutzte die Gelegenheit, sprang auf und hechtete zur Balkontür auf der anderen Seite des Zimmers. Sie versuchte, ihm zu folgen, hätte ihn auch beinahe gehabt, wäre sie nicht über das Fernseherkabel gestolpert. Er kletterte draußen auf die Betonbrüstung und sprang. Als sie den Balkon erreichte, rappelte er sich unten hoch, während Lusche, der so lang mucksmäuschenstill gewartet hatte, ihn fröhlich bellend umsprang.

»Und deine Bewährung kannst du auch vergessen!«, brüllte sie und sprang nun selbst vom Balkon. Er blieb nicht, um zu sehen, wie sie das mit ihren Blessuren überstand, sondern rannte los. Doch weit kam er nicht. Noch bevor er den Bürgersteig auf der Vorderseite des ›Starenkastens‹ erreichte, ging ihm die Luft aus und das Seitenstechen los.

»Nicht so schnell, Freundchen!«, triumphierte sie und packte ihn am Kragen. Offenbar war sie eine durchtrainierte Linkshänderin, mit der rechten Schulter hätte sie wohl kaum … – Verflucht, was machte er sich jetzt Sorgen um sie?! Er sollte lieber … Aber es war vergebens, war zu spät in mehr als einem Sinn. Er versuchte nicht mehr, sich zu wehren. Vornübergebeugt, die Hände auf den Oberschenkeln abgestützt, rang er um Atem, mit dem Seitenstechen und dem Hund: »Lusche!« rief er, doch er schaffte es nicht, noch ein Kommando zu geben. Er hustete, würgte, musste sich beinahe übergeben. Und der dumme Hund wedelte mit dem Schwanz, weil er Schneewittchen wiedererkannte!

»Scheiße«, murmelte Ratte, denn er wusste, nun hatte er mehr als ein Problem mit dieser Frau. Nun war es wieder so weit, sein Körper verwandelte sich in seinen Feind. »Scheiße …«

*

»Stell dich nicht so an«, zischte Charlie und schob den schwitzenden, stinkigen Kerl vor sich her in die Wohnung. Sie wollte die Tür mit einem kräftigen Fußtritt hinter sich schließen, doch da klemmte etwas: Der Hund jaulte auf, huschte dann schnellstmöglich ins Zimmer.

»Was soll 'n das? Lassen Sie den Hund in Ruhe!«

»Tut mir leid.«

Das meinte sie sogar so. Das Tier konnte wahrlich nichts dafür. Immerhin zappelte der Kerl nun, da sie wieder hier oben waren, nicht mehr so herum. Unten auf der Straße hatte er sich dem Ansehen nach noch gewehrt, so gut es eben ging. Aber jetzt schien sein Kampfgeist erloschen oder seine Kraft verbraucht. So konnte sie selbst mit der verletzten Rechten im Vorbeigehen die Handschellen aus der Jacke an der Garderobe fischen und ihm auf dem Weg ins Wohnzimmer hinein die eine ums Handgelenk zuschnappen lassen.

»Ey – was 'n das jetzt? Bin ich nun verhaftet, Miss Schimanski?«

Ungerührt schob sie ihn weiter in den Raum hinein, rüber zur Heizung unterm Blumenfenster.

»Mann, muss ich blöd sein – 'ne Bullette zu retten!«, schimpfte Berger weiter vor sich hin. Statt einer Antwort zwang sie ihn mithilfe des Polizeigriffs und eines gezielten, leichten Trittes in die Kniekehle auf den Boden.«Au!« schrie er, übertrieben laut, wie sie fand, aber sie hatte ihn da, wo sie ihn haben wollte.

»Halt die Klappe, Junkie!«, sagte sie nun doch und nutzte die verbale Ablenkung, seine gefesselte Hand so weit Richtung Heizung zu bewegen, dass sie die zweite Handschelle ums Zuleitungsrohr beim Ventil schließen konnte. Sie machte einen raschen Schritt nach hinten und fiel beinahe über den Hund, der um sie beide herumtänzelte, als sei das ein Spiel oder Tanz oder dergleichen. Der Hund heulte empört auf und wollte sich zu seinem Herrchen verkriechen. Doch der sah ihn nicht mal an, war anscheinend sauer, weil ihm das Tier bei der Flucht keinerlei Hilfe gewesen war. Charlie betrachtete die beiden und versuchte, sich ein Bild zu machen. Berger blickte schließlich auf und starrte demonstrativ zurück.

Charlie schüttelte den Kopf, und holte tief Luft, bevor sie sachlich und betont kühl zu sprechen begann: »So, wie ich das sehe, hast du genau zwei Möglichkeiten, Florian Berger, du ...«

»Ratte. Der Junkie heißt Ratte«, unterbrach er sie. War das gut, weil er auf sie reagierte, oder schlecht, weil er seine Identität und damit sich behauptete?

Egal. Sie sprach weiter: »Entweder kooperierst du oder ich bring dich aufs Revier. Dann kannst du deine Bewährung abhaken …«

»Die Polizei, dein Freund und Helfer«, fuhr er ihr erneut dazwischen, »Ganz toll: Ich rette deinen Arsch und dafür geh ich in den Bau.« Er schaute sie an, als erwartete er etwas von ihr.

Sie hatte keine Lust, sich provozieren zu lassen, und beschloss, ihren Stiefel durchzuziehen: »Okay, wie du willst, Ratte. Wenn du auf die harte Tour aus bist, bitte, kannst du haben. Die Diskette krieg ich so oder so. *Ich* hab Zeit.« Sie ließ die Drohung mit dem unvollendeten Satz in der Luft zwischen ihnen beiden hängen. Ihr abschätziger Blick jedoch ging ins Leere. Er sah ihn nicht. Er blickte zu Boden. Verschwitzt hockte er da und allmählich fing er sogar an zu zittern. Es war nicht zu übersehen, dass ihn mehr als der missglückte Fluchtversuch geschafft hatte. Charlie ekelte sich vor diesem Häuflein Drogenelend auf ihrem Wohnzimmerfußboden. Wie konnte ein Mensch sich in so einen Zustand bringen?

»Scheiße«, murmelte Florian Berger – Ratte – mehr zu sich als zu ihr.

»Du wiederholst dich«, sagte sie und wandte sich ab. Sie schaute zu dem Hund und sah, wie das Tier hechelte. Sie ging in die Küche, kramte eine Schüssel hervor und drehte den Wasserhahn auf, ließ kaltes Wasser laufen. Das Tier war sicher durstig. Zuerst überlegte sie, die Schüssel mit ins Wohnzimmer zu nehmen, aber dann schien ihr der Fliesenboden der Küche doch geeigneter. Sie stellte die Schüssel unterm Fenster hier ab.

»Hallo, Hund«, sagte sie freundlich, aber nichts geschah. Also ging sie zum Durchgang ins Wohnzimmer:

»Na komm schon, du musst durstig sein.« Der Hund blickte zu seinem Herrchen, doch der schaute nicht auf. »Na los«, sagte Charlie noch einmal, und da folgte ihr das Tier in die Küche. So, wie es sich auf das Wasser stürzte, konnte man denken, es sei knapp vorm Verdursten gewesen. Unwillkürlich musste Charlie lächeln.

»Blöde Töle«, hörte sie ihren unfreiwilligen Gast draußen. Pech für ihn, dachte sie, und setzte Wasser für einen Kaffee auf. Leider gab der Kühlschrank nur wenig Essbares und nichts für einen Hund Geeignetes her, sonst hätte sie das Tier gerne belohnt. Irgendwie mochte sie die undefinierbare Promenadenmischung. Seltsam, dass der Hund sie nicht als Angreifer betrachtete. Was mochte in dem Tier vorgehen wie beurteilte es wohl die Situation? Gedankenverloren kraulte sie den Hund hinterm Ohr. Der ließ sich das gefallen und erschrak nur noch wenig, als sie plötzlich aufsprang, weil der Wasserkessel pfiff und sie den Kaffee aufbrühen musste.

*

Ratte hörte all das sehr genau oder versuchte es zumindest. Es blieb ihm ja kaum was anderes übrig – tun konnte er hier und jetzt jedenfalls nichts. Sein Kreislauf war tief im Keller und der Schweiß eiskalt und stinkend. Kam das Zittern von der Kälte, der Erschöpfung oder war das schon dem Affen geschuldet? Er wollte nicht daran denken, was all das bedeutete. So gut es eben ging, rollte er sich zusammen – er zog die Knie dicht an den Körper, umschlang die Beine mit seinem freien Arm, legte den Kopf auf die Knie. Vielleicht konnte er es so besser … da hörte er die Schritte der Frau und das Trippeln von Lusches Pfoten aus der Küche kommen. Der Hund lief zu ihm, stupste ihn mit seiner kalten, feuchten Nase in den Nacken, wollte nah an ihn ran. Ratte schüttelte sich unwillig. Verräter, dachte er, und doch tat's weh, dass das

122

Tier sich so schnell abwimmeln ließ. Immerhin legte der Köter sich nur wenige Zentimeter von ihm entfernt mit eingeklemmten Schwanz auf den Boden und ging nicht rüber zu der Frau, die sich auf ihren Bürostuhl gesetzt hatte. Sie starrte ihn über die dampfende Tasse hinweg an, das spürte er, lange bevor er den Kopf drehte und zu ihr rüberschaute: »Na, wann isses so weit? Wann schleppste mich aufs Revier? Oder willste dir erst das volle Programm reinziehen?«

»Reinziehen? Wer sagt, dass ich mir irgendetwas reinziehen will? Ist nicht mein Ding, nicht mein Stil. Wobei – wenn wir schon grad beim Thema sind: Warum hast du mich angefixt?!«

Ratte setzte sich abrupt auf und schaute hoch zu ihr, wie sie da hinter ihrem Schreibtisch verbarrikadiert saß.

»Angefixt?«, wiederholte er und begriff beim besten Willen nicht, was sie von ihm wollte.

»Tu bloß nicht so, als ob du nicht weißt, was ich meine: Der Einstich in meinem Arm, das, was die im Krankenhaus ›erhöhte Morphinwerte‹ genannt haben – das warst du. Mit irgendeiner deiner womöglich verseuchten Nadeln hast du mir deinen Dreck in die Venen gepumpt. Und ich will verdammt noch mal wissen, warum!«

Ratte versuchte, in ihrem Gesicht zu lesen. Sie war sauer und aufgeregt, das konnte er sehen. Das war nicht gespielt. Aber was genau wollte sie von ihm? Machte sie sich Sorgen, ob er sauber war?

»Ey, das war 'ne brandneue Nadel. Ich hab immer sauberes Werkzeug und ich teil's sonst mit niemandem«, versuchte er, ihr den Wind aus den Segeln zu nehmen.

»Was soll das heißen? Was willst du damit sagen? Hast du mal 'nen HIV-Test gemacht?!«

»Nein.«

»Wie – nein?«

»Nein. Hab ich nicht. Kein Bock. Wie gesagt, ich teil

sonst weder meine Pumpen noch meinen Stoff. Und das mit dir …«

Er schüttelte den Kopf und verstummte. Was glaubte die Tuss? Dass er sie erst vor einem Haufen schießwütiger Idioten, die dummerweise zugleich die Lieferanten seines Nachschubs waren, rettete, um sie dann umgehend zu Hause mit HIV zu infizieren? In welcher Welt lebte sie, was war nur los mit ihr? Hatten alle Bullen ein Rad ab oder hatte sie eine Gehirnerschütterung vom Sturz? Er war so in dem Netz aus Fragen gefangen, dass er nicht mehr alles mitbekam, was sie vom Stapel ließ.

Es endete jedenfalls ähnlich, wie es angefangen hatte: »… also, verdammt noch mal, warum? Warum hast du mich angefixt?!«

»Angefixt«, wiederholte er erneut ungläubig, erst grinsend, dann kichernd und schließlich konnte er nicht anders, er musste laut lachen.

Sie starrte ihn entgeistert an und wurde erst recht wütend: »Ich wüsste nicht, was daran komisch ist, Junkie!«

»Angefixt – ich werd nicht mehr.« Ratte hörte auf zu kichern und wurde mit einem Mal ernst, geradezu bitter: »Du warst verletzt. Hattest Schmerzen. Und *ich* schau mir so was nicht gerne an.«

Er schüttelte den Kopf und lehnte sich mit geschlossenen Augen an den Heizkörper, als könnte er so verhindern, dass sie sah, wie schlecht es ihm inzwischen ging.

*

Wenn er nicht reden wollte, dann eben nicht, hatte Charlie gedacht, und sich an die Arbeit gemacht. So, wie es in der Wohnung aussah, gab es eine Menge zu tun und damit reichlich Ablenkung von dem schwitzenden, stinkenden Kerl an der Heizung, den Sorgen um Hagen, der Frage, wie es weiterging mit dem Fall und ihrem Leben und allem anderen auch. Schade, dass das nur eine Tarnwohnung war. Die Dinge darin hatten zwar so etwas wie ihren jeweiligen Platz, aber sie hatten keinen Bezug zu ihr. Sie konnte die Quittungen vom Fußboden und vom Wohnzimmertisch aufsammeln und in die dafür vorgesehene Schublade stecken, diese dann wieder an ihren Platz im Schreibtisch bugsieren, aber sie konnte die Papiere nicht für die Steuer sortieren oder sonst was Nützliches damit tun. Aber so richtig viel am und um den Schreibtisch herum mochte sie eh nicht sein. Das war zu nah an diesem Fixer dran, und den wollte sie sich derzeit wahrlich nicht genau ansehen. Wie er da rumhing, so verkrümmt, zusammengerollt, nein, das löste Emotionen in ihr aus, auf die sie keine Lust hatte. Wut und Ekel waren noch die einfachsten, Mitleid und eine Art Neugier verkomplizierten das Ganze, und dann waren da andere Gefühle, solche ohne Namen, über die sie erst recht nicht nachdenken mochte.

Da richtete sie doch lieber die Unterhaltungselektronik wieder im Regal ein. Sie hob den Flachbildschirm vom Boden auf, stellte ihn ins Fach, fischte nach den Kabeln.

»Wie wolltest du das Zeug eigentlich abtransportieren?«, wunderte sie sich dabei. »Draußen stand kein Auto, auch kein VW-Bus, wie der, den ich in der Nacht meine gesehen zu haben.«

Obwohl sie fast mehr mit sich selbst als mit ihm gesprochen hatte, hielt sie einen Augenblick inne: Keine Reaktion. Sie zuckte mit den Achseln und fuhr mit dem Verkabeln fort. Dann waren alle Stecker irgendwo eingesteckt. Sie schaltete SAT-Empfänger und Fernseher ein. »Sie mögen die Menschen um Ihren Partner herum nicht?«, plapperte die Fernsehansagerin munter in den Raum hinein. Gut so. Sie hatte alles richtig gemacht und konnte den Bildschirm und alles andere wieder so weit ins Regal schieben, wie es gehörte. Dass aus Rattes Richtung ein paar merkwürdige Geräusche zu ihr drangen, kümmerte sie nicht. Wahrscheinlich war das alles nur Show, dachte sie, während die Ansagerin den Titel der heutigen Spätnachmittagstalkshow verkündete: »Deine Freunde sind der letzte Dreck!«

»Verdammt, ich muss … – hey …«, hörte sie fast gleichzeitig die Stimme des Fixers, darauf ein anderes, irgendwie bedrohliches, würgendes Geräusch. Das verhieß nichts Gutes, also wand sie ihren Oberkörper aus dem Regal heraus. Sie drehte noch den Ton ab, es sollte ja nicht so aussehen, als machte sie sich echte Sorgen um den Kerl.

Sie ging um die Ecke zurück in den Arbeitsbereich des Raumes. Zuerst sah sie nur ihn und den Hund. Die beiden hatten sich wieder versöhnt; das Tier hockte dicht an seiner Seite und er klammerte sich regelrecht an ihm fest. Dennoch sah sie das Zittern und das Krampfen, obwohl sie nicht darauf aus war. Der Hund winselte leise, als wolle er sein Herrchen beruhigen, oder war das ein tierischer Ausdruck von Hilflosigkeit?

Charlie wollte sich umdrehen und zurück an ihre Aufräumarbeit gehen, als sie das eigentliche Problem sah.

»Oh nein!« Er hatte sich auf den hellen Fußboden übergeben. Das durfte doch nicht wahr sein, wie ekelhaft!

»Sorry«, sagte er, und seine Stimme klang angekratzt, leise, aber durchaus ironisch, »hab's leider nicht bis zum Klo geschafft.«

Und dann hatte er die Chuzpe, mit der Handschelle zu rasseln – ja verdammt, was sollte sie denn tun?! Sie war kurz davor, zu explodieren, also stürzte sie lieber in die Küche und holte einen Lappen. Als sie zurückkam, schnüffelte der Hund am Erbrochenen. Rasch schob sie das Tier beiseite und machte sich naserümpfend daran, aufzuwischen.

»Du bist widerlich«, sagte sie, als sie so weit fertig war damit, dass sie vorsichtig den Lappen haltend vom Boden aufstand, um in die Küche zu gehen.

»Nee, auf Turkey«, hörte sie ihn hinter ihrem Rücken.

Zuerst wollte sie den Lappen auswaschen, aber der Ekel war zu groß und außerdem – verdammt, das war nicht ihre Wohnung, nicht ihr Lappen, das alles sollte nicht mal mehr ihr Problem sein und wäre es auch nicht, wenn der Mistkerl da draußen ihr nicht ihre Diskette geklaut hätte! Also warf sie den dämlichen Lappen weg und wusch sich anschließend die Hände in der Spüle. Einen Moment lang stand sie dort und starrte ins Leere. Am liebsten hätte sie sich in eine Ecke gehockt, erst geheult und dann geschlafen, einfach nur geschlafen in der Hoffnung, beim Aufwachen würde sich all das als bizarrer Albtraum entpuppen. Oder wenigstens als etwas, das sie bereits hinter sich gebracht hatte.

Sie schüttelte den Kopf. Solche Gedanken brachten sie nicht weiter. Und er, er würde das Spiel nicht mehr lang spielen, sagte sie sich, als sie mit neuem, wenngleich teilweise gespieltem Elan zum Kühlschrank rüberging und diesen öffnete: zwei Mineralwasserflaschen, eine Milchtüte und zwei angeschimmelte Tomaten, dazu eine Butterdose, an deren Inhalt sie sich nicht erinnern konnte, das war alles. Während ihres Einsatzes hatte sie jeden Abend, den sie zu Hause war, das Essen kommen lassen, um so Nachrichten mit Hagen austauschen zu können. Hagen ... hoffentlich bekamen die Ärzte ihn wieder hin. Verdammt, wer hatte geschossen – und auf wen genau hatte der Schütze es abgesehen? Sie schüttelte erneut den Kopf, versuchte so, all die Gedanken und Sorgen loszuwerden. Darum ging es jetzt nicht. Sie musste sich nur auf den nächsten Schritt konzentrieren – die Diskette. Um Hagen kümmerten sich die Ärzte. Der Fall jedoch lag bei ihr und ihr allein, und die Diskette war der Schlüssel. Hätten sie den, würde alles seinen Gang gehen, ganz gewiss, sagte sie sich und griff endlich in den Kühlschrank, vor dessen geöffneter Tür sie schon viel zu lang dumm herumstand. Sie nahm eine der nun beschlagenen Flaschen heraus und schloss die Tür.

Sie lehnte sich mit dem Rücken an die Kühlschranktür, während sie mit geschlossenen Augen trank. Dann zwang sie sich, hinzuschauen: Schräg gegenüber der Küchentür saß der Junkie mit seinem Hund. Ratte – der Name passte wirklich besser als das harmlos-unschuldige ›Florian Berger‹ – Ratte hatte seinen Kopf im Fell des Tieres vergraben, das ihm den Schweiß aus dem Nacken leckte. Charlie atmete noch einmal tief durch, dann stand sie auf und ging mit drei kräftigen, langen Schritten rüber zu den beiden.

»Hier«, sagte sie und hielt ihm die Wasserflasche hin. Er blickte aus dem Hundefell auf zu ihr, blinzelte, als könnte er nicht glauben, was er sah. Dann nahm er wortlos die Flasche, spülte sich den Mund und trank gierig.

»Warum tust du dir den Mist überhaupt an?«

Das war eine echte, keine rhetorische Frage. Er schien nicht dumm zu sein, also, was war es, worum ging es? Er schaute sie verständnislos an und wollte ihr die Flasche wiedergeben. Sie hob die Arme, schüttelte den Kopf. Den Rest wollte sie nicht mehr. Den brauchte er mehr.

Er stellte das Ding neben sich und schaute sie an, blass, fertig, aber zugleich sehr aufmerksam und nachdenklich: »Du hast echt kein Problem, ›guter Bulle – böser Bulle‹ als Solostück zu spielen, was?«

»Ich muss weder spielen noch was beweisen«, konterte Charlie ruhig, ohne Aggression oder Herablassung in der Stimme. Das hatte sie schließlich gelernt. »Also, warum machst du's dir und mir nicht leichter und sagst mir, wo die Diskette ist?«

Er schüttelte den Kopf. Einfach so, verdammt, da war sie nett zu ihm, und es änderte auch nichts! Abrupt drehte sie sich um und ging zum Bad.

»Keine Chance!«, rief er ihr hinterher.

»Du lässt mir ja auch keine«, hörte sie ihn dann noch

leise, mehr für sich murmeln, als sie die Badezimmertür hinter sich schloss.

*

Wie ein dummer, verliebter Teenager hatte er sich angestellt, wie ein Idiot, ein Anfänger sondergleichen hatte er sich von der Frau reinlegen lassen. Dabei war er mit seinen siebenundzwanzig Jahren längst kein Kind mehr, aber lang genug drauf und immer wieder dran gewesen, um zu wissen, was abging. Verdammt, warum hatte sie ihm vor die Füße fallen müssen! Wieso musste er immer alles mitnehmen? Toll: ein Junkie mit Helfersyndrom. Was für ein Loser! Erschöpft lehnte Ratte an der Heizung. Er wusste nicht mehr, ob ihm heiß war oder kalt. Für den Moment hatte das Zittern aufgehört und sogar seine Gedärme gaben Ruhe. Viel konnte da nicht mehr drin sein. Immerhin hatte sie ihm einen Eimer hingestellt, bevor sie mit Lusche losgezogen war. Ging sie wirklich einkaufen, würde sie tatsächlich wiederkommen? Oder ließe sie ihn hier verschimmeln, angekettet, mit nichts als dem verdammten Eimer für was immer aus ihm rausmusste, und der halben Flasche Wasser? Paranoia flammte auf, erfasste ihn, scheiterte an der Kälte in den schmerzenden Knochen und der Watte, dem Nebel im Hirn. Er war zu fertig, um sich Ängsten oder dergleichen hinzugeben. Zu fertig, zu müde, zu alle. Er musste ... er brauchte ... er schlief ein. Ohne es zu merken, glitt sein Bewusstsein ins Dunkel und sein Unterbewusstsein tat so, als sei nichts geschehen, als sei alles in Ordnung oder doch wie immer. Etwas Kühles tauchte im Traum auf, etwas Vertrautes auch, dann fühlte er Lusches Fell, den wedelnden Schwanz, die kalte Schnauze. Er schlug die Augen auf, sah das Tier, und setzte sich auf.

»Was ist ... Lusche, hallo!«, murmelte er schlaftrunken, desorientiert. Er wollte sich die Augen reiben, und scheiterte links an der Handschelle. »Scheiße … doch kein Albtraum.« Dann sah er die Frau mit Einkaufstüten in der Küche verschwinden. »Kannste mich nicht mal 'n paar Minuten pennen lassen?«, rief er ihr ätzend hinterher. Doch sie sagte nichts, war mit Klappern und Rumtun in der Küche beschäftigt. Klang alles furchtbar laut und höchst überflüssig in seinen Ohren, denn dass sie ihm keinen Stoff mitgebracht hatte, war ja klar.

Lusche dagegen schien ganz scharf auf die Tuss zu sein. Dass er trotzdem an Ratte klebte, war nichts als schlechtes Hundegewissen, weil er vorhin ihn, seinen Rudelführer, allein gelassen hatte. Sie dagegen hatte Lusche Wasser gegeben, war mit ihm draußen gewesen, und nun schaute das Tier immer wieder Richtung Küche, Richtung Geräusche.

»Ist ja schon gut«, murmelte Ratte, »ich bin nicht sauer. Warum solltest du die Lage besser blicken als ich – und wieso solltest du leiden, nur weil's mir beschissen geht?«

Er kraulte und rubbelte das Fell des Tiers und war froh, es so nah bei sich zu fühlen – Wärme, Leben, all diese normalen, selbstverständlichen Dinge, die der Affe vom Tisch wischte wie ein Familienkrach das Porzellan samt Tafelsilber.

»Hey, Hund – Fressen ist fertig!«, schallte es aus der Küche.

Lusche schaute ihn abwartend an, immerhin. Ratte nickte, das Tier lief zu ihr und dann machten die schlabbernden, schlingenden Geräusche klar, es hatte Hunger. Ratte dagegen drehte sich der Magen um, wenn er bloß an Essen dachte … Also besser nicht dran denken, besser nicht so genau hinhören, Augen schließen und an was anderes denken.

»Na, reicht es dir langsam?«

Erschrocken öffnete er die Augen und wusste nicht, war er weggedämmert oder ging's ihm so beschissen, dass sie es sehen konnte und er nur noch die Hälfte mitbekam? Sie stand vor ihm, schaute runter zu ihm, und ihr Blick war gar nicht mal so unfreundlich, wie ihre Worte hatten vermuten lassen.

»Oder willst du was essen? Ich hab am Büdchen nicht nur Hundefutter besorgt – obwohl, ich weiß ja nicht, ob du …«

Ganz falsches Thema dachte er, und rollte mit den Augen. Was auch keine gute Idee war, denn das verstärkte die rollende Übelkeit in seinem Innern. Er wollte die Augen schließen, sich abwenden von dieser seltsamen Frau, versuchen, seine Innereien irgendwie unter Kontrolle zu kriegen, als er aus dem Augenwinkel etwas wahrnahm und erschrak: Auf ihrer Schulter breitete sich ein hässlicher, rostbrauner Fleck aus! Ihm fielen nicht sofort die Worte ein, also zeigte mit der freien Hand auf das rote Zeug, während er seinen Hirnkasten nach etwas Passendem durchsuchte. Das schien ihr nicht zu gefallen.

»Was starrst du mich so an?« Das klang schon wieder ungehalten, kratzbürstig.

»Deine Schulter«, kam Ratte endlich zu Potte, »sieht nicht gut aus, solltest du dich drum kümmern.«

Sie schaute hin, erschrak und eilte ins Bad.

»Mist, verdammter«, rief sie aus.

*

Auf so was konnte Charlie gar nicht: Wer brauchte einen Körper, der nicht mitspielte, sondern sich gegen einen selbst wandte? Mit Müh und Not brachte sie den Pullover einhändig übern Kopf und schaffte sich das nun mit Blut versaute Ding vom Leib. Das T-Shirt darunter sah nicht ganz so schlimm aus, aber das lag nur daran, dass auf dem schwarzen Stoff Blut wie irgendein nasser Fleck wirkte. Sie griff mit der gesunden Hand in den T-Shirt-Ausschnitt und zog ihn mit Gewalt vom Körper weg. Der Stoff riss ein, aber nicht durch. Also musste sie erst umständlich einhändig herumwurschtelnd das Shirt auf der gesunden Seite ausziehen und dann über den Kopf und die schmerzende, blutende Schulter zerren. Sie unterdrückte einen Schmerzens- und Schreckenslaut – wenn sie hier fertig war, würde sie wohl oder übel eine der verfluchten Schmerztabletten nehmen müssen, die der Arzt ihr aufgedrängt hatte. Dumm nur, dass er nicht dazu gekommen war, ihr einen Ersatzverband mitzugeben. Im Spiegel sah sie überdeutlich, dass der alte nahezu vollständig durchnässt war. Sie fischte eine Schere aus dem Verbandskasten hinter sich, schnitt den Verband auf, riss sich mit einem Ruck die Kompresse samt Leukoplaststreifen vom Leib. Darunter kam ein bös aussehendes Einschussloch zum Vorschein. Drumherum schimmerte es feucht und blutrot umrandet mit jodgelb. Außerdem bildeten sich Hämatome in diversen Schattierungen. Immerhin sprudelte das Blut nicht aus der Wunde, es spritzte auch nichts. Es tropfte lediglich und das hieß, mit dem Kleinkram würde sie allein fertig. Sie wühlte im Medizinschrank herum, fand eine Kompresse, Verbandszeug und Leukoplast. Alles war da, wunderbar. Nur eines fehlte: Die dritte Hand.

»Bitte«, sagte Charlie und hielt ihm das Verbandszeug hin, wich aber seinem Blick aus. »Ich muss sonst zum Arzt, das dauert ewig, und du hockst so lang hier, und kannst sehen, wie du …«

»Okay«, sagte er und nahm ihr das Zeug aus der Hand. »Be my guest.«

Zögernd setzte sie sich vor ihn hin. Er drückte die Kompresse auf das Einschussloch: »Halt mal.«

Dann nahm er das Leukoplast in die gefesselte Linke und knibbelte mit der Rechten ein Stück ab, das er mit den Zähnen abriss. Den Vorgang wiederholte er ein paar

Mal und schuf so einen kleinen Vorrat an Leukoplaststreifen, die er auf der Haut seines linken Armes zwischenparkte. Verdammt, wieso war sie nicht auf so eine Idee gekommen? Vier Streifen dienten der Befestigung der Kompresse vorn, dann bedeutete er ihr, sie solle sich umdrehen. Sie kam dem rasch und beinahe erleichtert nach, sollte sie in der Tat rot werden oder etwas vergleichbar Dummes passieren, würde er es wenigstens nicht sehen. Musste er aber wohl nicht, um mitzukriegen, dass ihr all das furchtbar peinlich war.

»Du bist lustig«, setzte er an, während er über dem Austrittsloch die zweite Kompresse auflegte und ihr das Andrücken überließ, damit er die restlichen Leukoplaststreifen drüberkleben konnte. »Ich mein', ich kotz dir die Bude voll – gut, mach ich nicht grad, weil ich das will – und dir isses peinlich, weil du Hilfe mit dem Ding hier brauchst.«

In der Zwischenzeit hatte er ihr den Anfang des Verbands in die Hand gedrückt und los- respektive festgewickelt. Plötzlich hörte sie ein reißendes Geräusch hinter sich und schrak zusammen.

»Keine Panik«, sagte er und spuckte ein bisschen, »musste nur was zum Zusammenknoten erzeugen. Allein mit dem Klebkram hält das nicht. Nimm mal.«

Er hielt ihr die eine Hälfte des der Länge nach aufgerissenen Verbandsendes hin. Sie nahm es, wusste aber nicht so recht, was sie damit tun sollte.

»Na nun mach schon«, sagte er, »verknoten, dazu müssen wir dein und mein Ende zusammenbringen – ah – siehste, geht doch. Halb so wild, oder?« Ratte klebte noch etwas Leukoplast drüber. »Fertig.«

Charlie rutschte von ihm weg und bewegte den Arm ein bisschen. Sie spürte, der Verband saß erst mal und das Tramal tat seine Wirkung.

»Danke.«

»Dafür nicht. Und – ey, ist ja nicht so, dass ich dich zum

ersten Mal so seh. Bloß, beim letzten Mal bist du nicht rot geworden.«

Abrupt drehte sich Charlie zu ihm um: »Was – was ist passiert, als ich bei dir war?«

Nun war Ratte derjenige, der ihrem Blick auswich und peinlich berührt zu Boden starrte.

»Nichts«, antwortete er, »ich hab mich bloß um dich gekümmert. Musste dich doch wieder fit kriegen und dafür sorgen, dass du mich hier festsetzen kannst.«

Er duckte sich weg, wie um einem imaginären Schlag auszuweichen. Doch Charlies Aufmerksamkeit galt bereits etwas anderem: Im Fernsehen war das Kreiskrankenhaus Leer zu sehen – endlich wurde über die Schießerei berichtet! Sie sprang auf, um den Ton einzuschalten.

*

Diese Frau war heftiger als eine Achterbahnfahrt und unberechenbarer als ein Speedball, so viel stand mal fest. Jetzt saß sie wie gebannt auf dem Wohnzimmertisch und starrte den Fernseher an. Eine Schießerei im Kreiskrankenhaus war das Thema. Okay, das war wirklich ungewöhnlich. Zwei Schießereien innerhalb von nicht mal drei Tagen in seinem Heimatkaff Leer im ach-so-friedlichen Ostfriesland und das im Winter – nee, damit konnte keiner rechnen. Aber wenn sie tatsächlich Polizistin war – und das hatte sie nie abgestritten, obwohl er nicht wusste, wie das mit dem Lagerhaus, dem *Toutes Françaises* und der nächtlichen Schießerei dort passte –, na, dann müsste sie so was doch kennen, dachte er, und schaute vom Fernseher zu ihr. Bleich sah sie aus, bleich und angespannt, und er konnte nicht ordentlich denken, denn ihm fehlten nicht nur jede Menge Informationen, ihm fehlte vor allem jede Menge Stoff.

»Der Mann, der unbestätigten Quellen zufolge fürs Landeskriminalamt Niedersachsen arbeitete, verstarb noch auf dem Weg in den OP«, sagte die Fernsehtuss in diesem Moment, und die Frau, diese Mareen Steinberg, wurde noch blasser.

»Hagen«, flüsterte sie, und er konnte fast die Tränen fühlen, die sie runterwürgte. Verdammt schade, dass er an der Heizung festsaß, sonst hätte er sie jetzt in den Arm genommen. Wobei ... war in seinem Zustand wahrscheinlich besser, wenn er ihr nicht allzu nah kam.

»Vor wenigen Minuten ging die Pressekonferenz mit Rudolf Zweier vom 2. Fachkommissariats des Zentralen Kriminaldienstes der Polizeiinspektion in Leer, der die Ermittlung leiten wird, zu Ende.«

Passend dazu wechselte das Bild vom Krankenhaus zur Polizeiinspektion in der Georgstraße. Selbstzufrieden sah der Kerl aus, großkotzig, rechthaberisch, halt wie immer, wie man ihn sich so vorstellte, dachte Ratte, und hatte Mühe, Angst und Ekel runterzuschlucken, ohne gleich wieder zu würgen. Die Frau bekam nichts davon mit. Sie starrte so intensiv auf den Fernseher, dass man meinen konnte, sie wollte sich mit schierer Willenskraft zwischen all die Mikrofone vor KHK Zweiers Nase transportieren.

»Haben Sie schon eine heiße Spur?«, fragte einer der Mikrofonhalter den Herrn der Drogenermittler.

»Es gibt diverse Spuren, aber zum gegenwärtigen Zeitpunkt kann dazu noch nichts Konkretes ...«

»Stimmt es, dass die örtlichen Behörden nichts über eine Ermittlung des LKA Niedersachsen hier in Leer wussten?«, unterbrach der Reporter rüde den Bullen und Ratte konnte sich ein Grinsen nicht verkneifen.

»Auch dazu kann ich zum gegenwärtigen Zeitpunkt ...«

Vergebens versuchte Zweier, das Zepter wieder an sich zu reißen. Die Reportermeute war nicht mehr zu halten. Wahrscheinlich waren das alles arme Schweine, die sonst für ihre Sender Ferienberichte aus dem hohen Norden bastelten, und im Herbst und Winter in Depressionen verfielen, dachte Ratte.

»Was ist mit der Unbekannten, die bei dem Ermordeten gewesen sein soll? Ist sie eine Zeugin – oder eine
Verdächtige?«

Das war eine andere Reporterstimme und sie ließ Ratte
wie die Frau auf dem Wohnzimmertisch aufhorchen.
Zweier jedoch schien keine Lust mehr auf die Fragerei
zu haben. Im Fernsehbericht wandte er sich zum Gehen.

»Das wissen wir noch nicht. Dazu müssen wir sie erst
finden.« Er wollte an den Reportern vorbei, doch so
schnell ging das nicht. »Aber wir gehen davon aus, dass
sie durchaus etwas zum Hergang der Tat sagen kann.«

Ob der Typ dagegen noch mehr zu sagen hatte, erfuhr
Ratte nicht. Seine Gefangenenwärterin stand auf und
machte den Ton aus. Ein unwirklicher Moment, denn
als sie nun zurücktrat vom Regal, war es, als stünde sie
vor einem verzerrten Comicspiegelbild ihrer selbst. So
jedenfalls erschien Ratte das Portrait oder vielmehr die
Phantomzeichnung, die irgendein Typ bei der Polizei
nach den Angaben von irgendwem im Krankenhaus gemacht haben musste. Natürlich war Schneewittchen in
Wirklichkeit viel schöner und hatte mehr Klasse, als die
Bleistiftzeichnung hergab, aber dass diese sie darstellte,
daran zweifelte Ratte nicht eine Sekunde. Über dem Bild
war die Frage *Wer hat diese Frau gesehen?* eingeblendet,
darunter stand eine Telefonnummer.

Seine Bewacherin stand einfach nur da und starrte in
den Fernseher, als gäbe es sonst nichts mehr auf diesem
Planeten, was sich anzuschauen lohnte. Selbst als das
Bild wechselte und die Nachrichten mit anderen Themen
fortgesetzt wurden, dauerte es noch mindestens vier Sekunden, bis sie sich aus ihrer Erstarrung löste und den
Kasten abschaltete. Dann stand sie wieder nur da, mitten
im Raum, mit hängenden Schultern, so ganz verloren.
Ratte atmete tief durch.

»Der Tote, dieser Hagen, war das dein Partner?«

Statt einer Antwort schaute sie ihn an, als sähe sie ihn in diesem Augenblick zum ersten Mal. Hätte er sie nicht so genau beobachtet, hätte er das minimale Kopfnicken übersehen. Er seufzte, gut, das hatte nach ihrer Reaktion auf den Bericht nahegelegen. Aber was bedeutete es für ihn? Während er darüber nachdachte, hatte sie sich von ihm abgewandt. Sie ging zum Schreibtisch, wo über dem Bürostuhl ihre Jacke hing. Mechanisch durchsuchte sie das Ding und wandte ihm den Rücken zu.

»Und das alles ist passiert wegen ... wegen dieser bescheuerten Diskette?«

Er hielt die Luft an. Was blöd war, denn das würde nichts an ihrer Antwort ändern – die wiederum lediglich in einem kaum merklichen Kopfnicken bestand. Dabei drehte sie sich in seine Richtung, schaute jedoch in die Zigarettenpackung, die sie in der Hand hatte.

»Mist.«

Sie zerknüllte das Ding und sah sich im Raum um, als sei Ratte gar nicht da oder als fände ihrer beider zaghafte Unterhaltung auf einer anderen Ebene der Existenz statt. Sie erblickte seinen Tabaksbeutel auf ihrem Schreibtisch. Sie nahm ihn, setzte sich, fischte umständlich ein Blättchen heraus und versuchte, noch umständlicher eine Zigarette zu drehen. Es war nicht zu erkennen, ob sie das jemals zuvor gemacht hatte oder aber es ihre ersten Fehlversuche waren, bei denen sie die Blättchen in Serie zerriss.

»Gib schon her«, sagte Ratte, bemüht, freundlich und beruhigend zu klingen. Dennoch war er fast erstaunt, als sie sofort reagierte und ihm den Tabak gab. Gut, dachte er, und drehte im Nullkommanichts Turkey, Schweiß und Zittern zum Trotz zwei Zigaretten. Wortlos nahm sie die eine, die er ihr gab. Wortlos zündete sie zuerst die ihre an, beugte sich dann übern Schreibtisch und gab ihm Feuer.

Er sog den Rauch tief ein, das tat ... – verdammt, das tat gar nicht gut, merkte er, als ihn das Würgen und die

137

Übelkeit überkamen und er sich, ehe er sich's versah, ehe er auch nur zum Eimer greifen konnte, erneut übergab. Fast ebenso schnell war sie auf den Beinen. Das Adrenalin und die Wut verliehen ihr Flügel und rissen sie aus der Apathie. Noch bevor er wieder aufrecht saß und sich der Frage widmen konnte, ob ein zweiter, vielleicht nicht ganz so tiefer Zug unfallfrei zu schaffen sei, stand sie vor ihm. Sie hob die Hand, holte aus – und schnappte sich Papiere vom Schreibtisch mit der einen, den Eimer vom Boden mit der anderen Hand, und fegte so das Erbrochene notdürftig zusammen, statt ihm eine reinzuhauen.

»Du bist wirklich der letzte Dreck«, schnauzte sie ihn an.

»'tschuldigung«, versuchte er zu beschwichtigen.

»Halt den Mund!«

Sie stellte den Eimer mit einem Knall wieder hin und warf die verschmierten Papiere hinterher. Einen Augenblick lang bewegte sich keiner der beiden. Und dann war es doch Ratte, der das Schweigen brach.

»Okay, bringt ja alles nichts. Also: Woher weiß ich, ob sich der gute Bulle an 'nen Deal halten würde?«

Von ihr kam keine Antwort. Sie zuckte nur mit den Achseln und sah ihn an, abwartend, aufmerksam, ohne Eile. Verdammt, sie hatte echt nicht vor, irgendwas für ihn leichter zu machen. Ratte hielt ihrem Blick stand, nahm nun doch den nächsten, vorsichtigen – und folgenlosen – Zug, bevor er weitersprach.

»Gut, verstehe. 'n Vorschlag: Ich setz mir 'nen Schuss, und dann kriegst du die verdammte Diskette. Und danach ...«

»Das ist nicht dein Ernst.«

»Doch, isses. Und damit hat es sich dann. Ich komm auf kein Revier mit und nix. Und die Lebensrettung gab's gratis dazu.«

Er schaute sie an und sah sie nachdenken. Wieso konnte sie nicht einfach ja sagen? Er schaute von ihrem Gesicht zum Boden gleich vor sich. Sie sollte nicht sehen, dass er völlig am Ende war. Es schien ewig zu dauern, bis sie endlich nickte – oder dauerte es bloß so lang, bis er aufblickte und das sah? Jedenfalls begann sie dann sofort in ihrer Jeans nach irgendwas zu kramen.

»Okay. Aber wenn du mich verarschst, Ratte, vergiss eines nicht: Ich bin nachtragend. Und Bulle. Ich finde dich, egal, wo, wann und wie.«

Sie zog die Hand aus der Hosentasche und hatte einen kleinen Schlüssel darin. Damit löste sie zuerst die Handschelle vom Heizungsrohr. Sie zog ihn mit dieser ganz nah an sich heran: »Und dann kannst du nicht nur deine Bewährung vergessen, verlass dich drauf, dann ist …«

Doch sie kam nicht dazu, ihre Drohung zu beenden, denn in diesem Augenblick klingelte das Handy, das neben dem Computer auf der Ladestation stand. Beide zuckten zusammen, doch sie fing sich schnell: Sie ließ die freigewordene Handschelle um ihr Handgelenk zuschnappen und griff nach dem Telefon.

»Ja?«, sagte sie misstrauisch in den Hörer hinein. Ratte atmete aus. Was immer jetzt kam, sie würde ihn gehen lassen. Wahrscheinlich. Jedenfalls standen seine Chancen längst nicht mehr so schlecht wie noch vor ein paar Minuten.

*

»Charlotte Kamann?«

Die Stimme am Telefon kam ihr vage bekannt vor, nicht mehr und nicht weniger, und genau das ließ sie hochschrecken: Die Nummer dieses Handys und ihren wirklichen Namen kannten außer Hagen und Kara nur noch ihrer aller Chef beim LKA so wie der ermittelnde Staatsanwalt. Sie schwieg, die Stimme sprach weiter: »KHK Zweier am Apparat. Haben Sie die Nachrichten gesehen?«

»Ja.« Sie blieb distanziert und misstrauisch war sie sowieso. Hatte Hagen den Kerl ins Vertrauen gezogen, kurz bevor er … ? Nein, das war nicht denkbar. Hagen tat so etwas nicht – nie wieder würde er irgendetwas anderes tun. Die Tatsache von Hagens Tod fuhr krachend wie ein entgleister Zug in Charlies Gedanken. Sie musste sich zusammenreißen, musste sich auf die Arbeit, auf das was vor ihr lag, konzentrieren. Dieser Zweier, dieser Provinzbulle, der war nur im Weg. Der hielt sie nur auf.

»Hören Sie – ich habe KHK Eickborns Akte vor mir, mich aber noch nicht eingearbeitet …«

Was redete der da? Wie konnte das alles sein? Durfte das überhaupt sein? Was hatten die im Fernsehen über seine Zuständigkeit hier in Leer gesagt? Verdammt, der Kerl gehörte zum Kreis der Verdächtigen, und dank ihm war die Akte nun hier in Leer! Okay, Hagen hasste Papierkram, viel mehr als das, womit man sie auf den Einsatz vor Ort vorbereitet hatte, würde da nicht drin stehen. Dennoch hatte sie ein abgrundtief schlechtes Gefühl bei der Sache. Zu allem Überfluss wurde der Junkie unruhig und dieser aufgeblasene Kerl am anderen Ende der Strippe, dieser Laberheini, redete und redete in einem fort.

»Was wollen Sie?«, unterbrach sie ihn.

»Sie schützen.« Er verlor keine Zeit und auch nicht den Faden. Wahrscheinlich war dieser Kleinstadtbulle zu blöd und/oder zu borniert zu kapieren, dass sie ihn ganz bestimmt nicht brauchte. »Nach dem Anschlag sind Sie in höchster Gefahr. Ich schicke jemanden vorbei. Rühren Sie sich nicht von der Stelle.«

»Ja, ja«, sagte Charlie und rollte mit den Augen, »ist gut, bis dann.« Sie legte auf. Was interessierte das Geschwätz von diesem Zweier. Sie schloss die Handschellen auf, zog ihre Jacke an und schnappte sich ihren Kram vom Schreibtisch. Der Junkie rieb sich demonstrativ das Handgelenk. So schlimm konnte das gar nicht gewesen sein,

140

dachte sie, und warf ihm seine Jacke zu, die er problemlos fing. Doch mehr tat er erst mal nicht. Er stand dumm in der Gegend rum wie ein Götzenbild. Männer …!

»Was ist, brauchst du eine Extraeinladung?«

»Kein Problem«, sagte er rasch und zog seine Jacke an. Dann schnappte er sich sein Zeug vom Tisch und nahm obendrein ihren nach wie vor eingetüteten CD-Player mit. Sie wollte erst protestieren, ließ es aber. Sie hatten jetzt Wichtigeres zu tun. Der Hund hüpfte um sie beide herum, als stünde ein wunderbarer Familienausflug bevor. Bei so viel tierischem Enthusiasmus musste selbst Charlie grinsen, ob sie nun wollte oder nicht.

»Heißt der Hund wirklich Lusche?«, fragte sie, als sie unten beim Auto ankamen und sie den beiden die Beifahrertür aufschloss.

»Was dagegen?«, sagte Ratte, der den Sitz nach vorn klappte, damit der Hund auf die Rückbank klettern konnte.

Charlie legte die paar Schritte zur Fahrertür zurück und schloss sie auf. War nicht einfach, mit dem Junkie Konversation zu machen. Der Junge – der streng genommen längst keiner mehr war – brachte sie immer wieder aus dem Konzept.

»Nein – es ist nur, ich meine, der Hund ist okay, und du scheinst echt an ihm zu hängen, da kommt mir der Name so … merkwürdig … so abwertend vor.« Sie schaute ihn über das Autodach hinweg an und versuchte, sich nicht über ihr dummes Rumgestotter zu ärgern.

Er lachte, gab dem Hund ein Handzeichen, damit der sich hinten hinlegte, und schob mit der anderen Hand den Sitz in die Senkrechte. »Hallo, Erde an Bullette – ich heiß Ratte, was sollte ich da mit 'nem Hund, der Friedrich von und zu Friedrichstal der 18. heißt und womöglich Papiere bis ins neunzehnte Jahrhundert hat? Lusche war

141

'n winziges Ding undefinierbarer Farbe und Form, als ich ihn bekam. Und der Name passt. Genau wie meiner.«

Er schaute sie an, schien wissen zu wollen, ob sie verstand. Also erwiderte sie den Blick und nickte, bevor sie schließlich einstieg. Er tat es ihr nach, schnallte sich sogar ohne weitere Aufforderung an. Dann schaute er zu ihr, als erwarte er irgendetwas. Sie wusste nicht was, also fragte sie das Naheliegende: »Und wohin fahren wir jetzt?«

»Zu mir, Süße, zu mir.«

Fast hätte sie laut aufgelacht, fing sich aber. Sie wollte ihn in seiner Frechheit und Unberechenbarkeit nicht unterstützen. Leider musste sie über all der Selbstdisziplin auf eine entsprechende Replik verzichten. Stattdessen steckte sie den Schlüssel ins Zündschloss, als er sie erneut aus dem Tritt brachte.

»Bitte«, sagte er, und hielt ihr den eingetüteten CD-Player hin. Einen Moment lang starrten sie einander an und sie war sich nicht hundertprozentig sicher, über was sie nonverbal miteinander verhandelten. Schließlich seufzte sie und nahm das Ding, zog es aus der Hülle und vernichtete so wenigstens einen Teil ihrer Beweise und Druckmittel. Sie betätigte den Anlasser, setzte den Blinker und fuhr los. Lange würde sie sich nicht mehr mit diesem merkwürdigen Kerl herumschlagen müssen.

Verstohlen betrachtete sie ihn auf der Fahrt Richtung Papenburg aus dem Augenwinkel. Es ging ihm nicht gut, so viel war klar. Er war immer noch bleich und zittrig und die meiste Zeit hielt er die Augen geschlossen, als versuchte er sich wegzuträumen. Doch auch so spiegelte sein Gesicht den Schmerz und noch etwas anderes, etwas, das sie nicht zuordnen konnte, deutlich genug. An der ersten Ampel schloss sie den CD-Player an und schob den erstbesten Silberling rein. Vielleicht würde ihn Musik ablenken?

Er öffnete abrupt die Augen, als die ersten Töne des französischen Chansons erklangen: »Was 'n das?«

»Patricia Kaas«

»Nich ganz mein Fall«, sagte er, und schloss die Augen wieder.

»Hätt ich mir denken können.« Charlie bog auf die B 70 ein und hoffte vergebens, in Leer gäbe es keine Rushhour, um sich im selben Augenblick im allabendlichen Emsparkstau wiederzufinden. »Wobei – ich hätt auch nicht gedacht, dass mich mal ausgerechnet einer … einer wie du … retten würde. Wieso hast du das gemacht?«

»Na ja, wusst ja nicht, dass du 'ne Bullette bist«, knurrte er, aber seine Zurückweisung klang in ihren Ohren nicht schroff genug, um ernst gemeint zu sein. War das eine Variante des Stockholm-Syndroms? Nur: Wer war der Entführer und wer der Entführte? Hagen hätte dazu eine Meinung gehabt, dachte sie, und erschrak. Hagen, oh Gott, sie wollte nicht an ihn denken, sie durfte nicht an ihn denken.

»Jetzt mal ehrlich – wieso hast du mich gerettet? Was hast du dir dabei gedacht?«, fragte sie Ratte stattdessen.

»Och, verdammt, Frau, was soll das? Gleich willste noch wissen, warum ich angefangen hab mit Schore, was an Punk und Sprayen dran is und wer mein Sozialarbeiter ist. Ich hab da kein Bock drauf. Mir geht's beschissen und – ach, fahr lieber zu. Lass uns den Deal hinter uns bringen. Wenn du danach immer noch wissen willst, was Sache ist, machen wir 'n Date und ich erzähl dir alles bei Kerzenschein und 'ner Flasche Bier.«

*

Er hatte nicht beleidigend oder verletzend sein wollen. Aber er konnte nicht mehr, warum kapierte sie das denn nicht? Jeder einzelne Knochen in seinem Körper tat weh. Jede Faser zog oder krampfte oder machte sonst irgendwas, das schmerzte oder für Übelkeit sorgte. Er war nur froh, dass er nichts mehr im Magen hatte, sich also keine

Gedanken machen musste, wie sich die Fahrerei auf seine Gedärme auswirken würde.

Dann war auch noch Rushhour, soweit man davon sprechen konnte. Auf jeden Fall gab es für seinen Geschmack viel zu viele Menschen, die offensichtlich in Leer arbeiteten, aber irgendwo im Umland wohnten und jetzt nichts Besseres zu tun hatten, als die B 70 zu verstopfen. Er hasste sie alle, jeden einzelnen. Er wusste nicht, wie er sitzen sollte. Er wusste nicht, ob er aus dem Fenster starren oder die Augen schließen sollte, er wusste überhaupt nicht, wie er diesen ganzen verdammten Mist aushalten sollte. Am meisten hasste er es, dass die anderen – inklusive Geli – recht gehabt hatten. Er war ein Idiot. Er hätte nicht sprayen sollen, nicht klauen sollen und schon gar keine wildfremden Weiber aufsammeln sollen in dieser verdammten Nacht. Obwohl – die Graffiti, die waren so 'ne Art Deal zwischen ihm und Henry und den *Rotzgeiern*. Von wegen Werbung für jeden Gig. Und solang sie ihn dafür nicht bezahlten, wie der Papst Michelangelo bezahlt hatte, ja verdammt, da musste er nun mal klauen gehen, denn er brauchte doch die dämliche Kohle.

Blieb nur eins, was er hätte sein lassen können: Er hätte sie liegen lassen können. Er schaute rüber zu ihr. Sie sah auch nicht aus, als ginge es ihr gut. Hatte sie Schmerzen von der Schussverletzung? Oder war es der Tod ihres Partners, der für den Schmerz in ihrem Gesicht verantwortlich war? Er konnte sich weder das eine noch das andere vorstellen. Verletzung und Schmerz kannte er zur Genüge, mehr als das. Aber der Tod und ein Schuss?

Ein Schuss – das war das falsche Stichwort, dachte er, da bemerkte er, sie waren endlich auf dem Lüdweg und damit fast beim Schrottplatz angekommen. Nur noch Minuten bis zur Erlösung. Dann musste er sich nicht mehr ablenken mit all dem Rumgedenke, dann konnten ihn all diese Gedanken und Sorgen am Allerwertesten.

»Aua«, entfuhr es ihm, als der Wagen eines der zahlreichen Schlaglöcher mit etwas zu viel Schwung nahm. Sie schaute ihn an – sauer oder erschrocken? Er konnte das nicht mehr unterscheiden, das war zu weit weg von ihm, was interessierten fremde Emotionen, wenn in seinen Eingeweiden die Gier wütete? Sie erreichten das Haus. Sie hatte noch nicht den Schlüssel aus dem Zündschloss gezogen, da war er schon draußen oder wäre es gewesen, hätte er den Gurt vorher losgemacht. Er stolperte bereits hastig auf die Eingangstür zu, als ihm einfiel, der Hund war noch im Wagen. Er drehte sich um und sah, sie hatte Lusche rausgelassen. Auch gut. Er wollte den Schlüssel aus der Lederjacke ziehen und fand ihn nicht. Panik flammte auf, bis ihm einfiel, sie hatte die Jacke durchsucht, sie hatte seine Sachen durchwühlt, sie war schuld, sie … – stand inzwischen neben ihm.

Sie reichte ihm den Schlüssel: »Ich nehme an, den suchst du?«

Er nahm sich nicht die Zeit, zu antworten. Er steckte das Ding ins Schloss, drehte es um, und stürmte ins Haus, rannte den kleinen Flur lang und riss die Tür zu seinem Zimmerchen auf. Keine Sekunde länger ertrug er das mehr! Drei, vier Schritte bis zum Fernsehsessel. Noch im Hinhocken, Hinknien hatte er den Plastikbeutel darunter gegriffen und vorgezerrt. Alles war noch da. Alles war da, wo es sein sollte. Mit zitternden Händen zündete er eine der Stumpenkerzen an. Dann schüttete er den Inhalt des Plastikbeutels auf den Boden, suchte die Pumpe und die Nadel, den Stoff und nahm die beiden Fläschchen mit dem Wasser und dem Asco von der Apfelsinenkiste neben dem Bett.

Dass die Tür zu seinem Zimmer vorsichtig geschlossen wurde, bekam er nicht mehr mit. Dazu war er viel zu versunken in sein Tun.

*

Es widersprach allem, was man sie gelehrt hatte, und doch – sie konnte sich das nicht ansehen, nur um sicher zu gehen, dass er nach seinem Schuss nicht einfach verschwand. Der ganze Deal war verrückt, also kam es darauf nicht mehr an.

Den Hund schien die erneute Trennung von seinem Herrchen nicht zu stören. Er drängte sie förmlich in Richtung Küche. Keine schlechte Idee, fand Charlie, die gar nicht mehr wusste, wann sie zuletzt gegessen hatte: Doch, vorhin im Krankenhaus hatte der Pfleger für sie ein Stück Kuchen aus der Kantine geholt. Davor – davor war sie hier gewesen. Hatte er sie gefüttert? Hatte sie selbständig gegessen?

Wie auch immer, eigentlich musste es hier mehr als Hundefutter geben. Das fand sie sofort – auf dem Bord über den leeren Hundenäpfen stand eine Papiertüte mit Trockenfutter. Sie schüttete etwas in den einen Napf, füllte den anderen mit Wasser und dann schaute sie sich um: Wo war der Kühlschrank? Wo in diesem Chaos könnte menschliche Nahrung verborgen sein? Bier und Wasser standen in Kästen herum. Neben den Kästen gab's tatsächlich einen Kühlschrank, den sie bloß bislang nicht als solchen wahrgenommen hatte, weil er kunterbunt angemalt war und ihm die Hälfte des Türgriffs fehlte. Öffnen ließ er sich mit etwas Mühe dennoch, allerdings war der Inhalt nur oberflächlich interessanter als der in ihrer Tarnwohnung am Julianenpark: Was immer in dem Topf mit Deckel einst gewesen sein mochte, war in der amorphen, braun-grünen Masse nicht mehr zu erkennen. Die Kartoffeln im Gemüsefach hatten das Kunststück hinbekommen, in dunkler Kälte fröhlich auszutreiben. Die beiden Möhren fühlten sich an, als seien sie aus Gummi. Die Joghurts waren allesamt abgelaufen – gut, manche erst seit ein paar Tagen, dennoch ließ sie lieber die Finger davon. Wie die Butter wohl unter der kränklich gelben Oberfläche aussehen mochte? Sie hätte nachschauen können, zumal die verschiedenen Marmeladen wohl noch gut waren. Allein, was half das, ohne Brot oder dergleichen? Das grünliche Zeug in der Toastverpackung mochte sie jedenfalls nicht mal mehr anfassen. Doch halt – dahinter lag eine Packung Aufbackbrötchen, originalverpackt und bis übermorgen haltbar. Das war ein Anfang. Sie nahm das Taschenmesser, das in ihrer Lederjacke steckte, öffnete die Packung und roch vorsichtig dran. Prima. Das war okay. Allerdings galt diese Einschätzung nicht für den Backofen – in dem hatten die Bewohner des Hauses vor einiger Zeit Pizza fabriziert, jedoch nur die Hälfte vom Blech geholt und gegessen. Rasch schlug sie den Ofen zu und sah sich mit schwindendem Optimismus und wachsendem Hunger im Rest der Küche um. Da – in der Nähe der Tür – wo weitere Wasserkästen standen, da stand ein Toaster! Nicht mal verdreckt war das Teil.

Also nahm sie das Gerät, stellte es auf die Spüle, steckte den Stecker ein und legte die Aufbackbrötchen obendrauf. Den Hebel nach unten gedrückt, und sie konnte sich auf die Suche nach Tellern und Besteck machen. Ersteres vermutete sie im Hängeschrank über dem Herd, zweiteres in der Schublade bei der Spüle, die jedoch klemmte. Sie zog und zerrte an dem Ding und erstarrte: Qualm, schwarzgrauer, stinkender Qualm quoll aus dem Toaster! Sie griff sich die Aufbackbrötchen – doch die waren noch weiß, längst nicht fertig und garantiert nicht der Grund für den Gestank. Sie zerrte den Stecker aus der Steckdose, drehte den Toaster um und schüttelte das Ding. Heraus fiel – angekokelt, angeschmort, verbogen – die Diskette. Ihre Beweise landeten auf dem schmutzigen Küchenfußboden.

Erschüttert hockte Charlie sich hin und hob die Diskette auf. »Oh nein, das darf doch nicht wahr sein!« Am liebsten hätte sie geheult. Aber – nicht hier, nicht in all dem Dreck,

147

nicht hier, wo … – Sie schüttelte sich, schluckte den Kloß im Hals runter und kam aus der Hocke wieder hoch.

Erst jetzt sah sie, dass Ratte in der Küchentür stand und zu ihr rüberstarrte. Das Heroin hatte bei ihm ein kleines Wunder bewirkt. Er sah um Klassen besser und fitter aus als zuvor. Oder hätte es getan, hätte ihn der Schreck nicht auch um mehrere Grade erbleichen lassen.

*

Ratte hatte nie verstanden, warum im Film immer ein Glas Wasser ins Spiel kam, sobald eine Person etwas Schockierendes erlebt oder gehört hatte. Dennoch stand er jetzt an der Spüle und füllte ein frischgespültes Glas für sie. Sie saß am Tisch und erinnerte ihn an eine Marionette, bei der jemand die Fäden durchtrennt hatte. Alle Kraft, alle Energie, selbst die Kratzbürstigkeit und ihre ständige Bereitschaft zu Besserwisserei und Entrüstung war aus ihr gewichen wie die Luft aus einem lecken Luftballon. Er reichte ihr das Glas. Sie nahm es, drückte mechanisch zwei Tabletten aus der Blisterverpackung, die sie in den Fingern gedreht hatte, seit er sie an den Tisch bugsiert und sie das schwarze, verbogene, verschmorte Diskettenteil dort hatte fallen lassen. Er konnte nicht sehen, was sie da schluckte. Aber ihn brauchten momentan solche Dinge nicht zu interessieren. Er machte sich vielmehr Sorgen um sein Schneewittchen. Er setzte sich zu ihr an den Tisch, wollte zaghaft die Hand nach ihr ausstrecken, als urplötzlich Leben in sie kam.

»Soll sich doch dieser, dieser Kleinstadtbulle, dieser, dieser Zweier mit dem Mist befassen! Will er ohnehin, und mir reicht es, ich hab die Schnauze voll, das ist zu viel, ich kann nicht mehr und ich will nicht mehr.«

Sie hatte zu niemand Bestimmtem gesprochen. Ratte war sich nicht mal sicher, dass sie ihn erkannte, als sie ihn mit den letzten Worten direkt an- beziehungsweise durch ihn hindurch blickte.

»Und was ist mit mir und mit unserm Deal?«, fragte er vorsichtig. Sie sah ihn an, als hätte sie keine Ahnung, wovon er sprach. Er zeigte auf die Diskette auf dem Tisch: »Du hast, was du wolltest. Was du von mir wolltest, also ...«

»Aber die verdammte Diskette ist wertlos!«, schnauzte sie ihn unvermittelt an. »Das Ding ist im Eimer, Müll!«

»Genau wie ich.«

»Das ... das hab ich nicht gemeint.« Sie sah ihn an, fast bittend.

Er reagierte nicht, er wusste nicht wie.

Sie schloss daraus offenbar, dass mehr Erklärung und auch mehr – gespieltes – Selbstbewusstsein von ihr gefordert war. »Ich bin sicher, Zweier wird sich an den Deal halten. Muss er einfach. Ich werd's ihm erklären, er wird das verstehen. Glaub mir, ich krieg das hin.« Sie legte die Hand auf seine.

So nicht, dachte er, und stand abrupt auf, beugte sich über den Tisch zu ihr vor: »Er wird's verstehen, klar, ausgerechnet Zweier, ausgerechnet der wird's verstehen. Verdammt, *wir* hatten einen Deal. Und wenn nicht mal du dich daran hältst, wieso sollte 'n Arsch wie der da besser sein, häh?!« Er richtete sich auf, verschränkte die Arme vor der Brust, als könnte er so Angst und Wut und was immer noch in ihm tobte, zurückhalten. »Scheiße, selbst wenn der nur halb so mies drauf ist, wie sie alle sagen – du glaubst doch nicht im Ernst, ich latsch aufs Revier und mach eine Aussage?!«

»Ratte«, versuchte sie beschwichtigend dazwischen zu kommen, aber er war in Fahrt.

»Ich bin doch nicht lebensmüde. Hallo – die haben auf dich geschossen! Zwei Mal, wenn ich das richtig sehe, und beim zweiten Mal war dein Partner tot. Ein Bulle, verstehst du, da schießt jemand auf Bullen. Was meinst du, was mein Leben für so jemanden wert ist? Was wird passieren, wenn ich aufs Revier geh, wirklich 'ne Aussage mach und dann da rausgeh – vorausgesetzt, deine lieben Kollegen lassen mich überhaupt gehen?!« Er starrte sie wütend an, aber konnte nicht mal sicher sein, dass sie ihn verstand. Verdammt, in was für einer Welt lebte diese Frau?

Sie wich seinem Blick aus, Mist, das war wohl nichts, dachte er. Er schüttelte traurig den Kopf, ließ die Schultern sinken und stützte sich auf der Lehne seines Stuhls auf. »Selbst wenn – ich kann nicht. Ich geh nicht wieder in den Knast. Nie wieder.« Allein das auszusprechen, selbst halb geflüstert diese Worte zu sagen, machte ihm Angst. Also schaute er auf, zu ihr, für einen allerletzten Versuch, es ihr begreiflich zu machen. Bitter kamen die Worte aus seinem Mund, so bitter, dass er es fast schmecken konnte: »Ich hab deinen Arsch gerettet. Und du bist gerade dabei, meinen zu verkaufen. Bloß, weil du keinen Bock hast, selber weiterzumachen.« Er drehte sich um, schaute an den Stuhl gelehnt aus dem Fenster hinaus in die beginnende Dämmerung des Januarabends. Er wusste nicht mehr weiter, und das Dumme war, es gab gar nicht so viel Stoff auf diesem Planeten, um ihn von der Erkenntnis abzuhalten, wie tief er sich diesmal in die Scheiße geritten hatte.

Plötzlich war da eine Berührung. Ihre Hand an seiner. Diesmal zog er sich nicht zurück. Er reagierte gar nicht. Sie ließ ihre Hand auf seiner.

»Ratte«, hörte er sie hinter sich. Ganz sanft sprach sie, doch ihm fiel's schwer, darin etwas anderes als Manipulation zu hören, wie Wut und Angst es ihm diktierten. »Ratte – ohne die Daten fehlen mir die Beweise. Ohne die Daten bist du der einzige Zeuge, wo wann wer auf mich geschossen hat. Egal, wie vage das sein mag, was du gesehen hast, es müsste reichen, einen Durchsuchungs- und einen Haftbefehl zu bekommen. Bitte, Ratte, ich brauch deine Aussage, verstehst du das nicht?«

Langsam drehte er sich zu ihr um. Er war immer noch wütend, doch ließ es sich nicht leugnen, dass ihr Sirenengesang und der bittende Ausdruck in ihrem Gesicht Adrenalin und Testosteron ausbremsten. Er packte den Stuhl bei der Lehne, drehte ihn um, knallte das Ding mit einem Rumms auf den Boden. Und da durchfuhr ihn ein Gedanke. Er setzte sich rittlings auf den Stuhl: »Woher weißt du eigentlich, dass die Daten auf dem Ding futsch sind?« Sie sah ihn verständnislos an, meine Güte, man musste ihr echt alles haarklein erklären. Er griff sich die verbogene Diskette und hielt sie hoch: »Okay, so passt das Ding nicht mehr in 'nen Computer und damit kannste dann nicht lesen, was immer da drauf ist. Aber die eigentlichen Daten sind innendrin, die sind doch nicht in der geschmolzenen Plastikhülle hier außen, oder? Da drinnen ist noch was, und da drauf ist das, was du brauchst, richtig?«

Endlich verstand sie. Ihr Gesicht hellte sich auf.

»Gibt's etwa im Haus noch Disketten? Habt ihr so was Altmodisches noch? Bitte, sag ja!«

Er nickte.

Sie strahlte, stand auf und hätte ihn beinahe umarmt. Darauf hätte er seinen Arsch verwettet. Doch in letzter Sekunde bremste sie sich.

»Okay«, sagte er grinsend, »ich besorg das Zeug, du räumst auf.« Bevor sie dazu was sagen konnte, war er aus der Küche gegangen.

*

»Willste nicht unsere Putze werden? So sauber war das hier noch nie, nicht mal, als Henrys Bruder noch lebte.«

Charlie, die den dreckigen Lappen auswusch, dreht sich überrascht um und sah Ratte in der Küchentür stehen. Er warf seinen Fund – eine Diskette – auf den nun sauberen, wenngleich noch nicht ganz trockenen Küchentisch.

151

Charlie nahm das sauberste Geschirrtuch und beendet ihr Werk. Dafür musste sie die Diskette hochheben: »Tonschnitt 13«, las sie laut die Beschriftung, »hast du eine Freundin?«

»Wie kommste'n darauf?«

»Frauenhandschrift.«

»Minkas. Wohnt auch meist hier. Bei Geli. Der ist 'n Idiot. Sie ist okay. Und hat 'n alten Laptop zum Soundmischen umfunktioniert. Keine Ahnung wie, ich kenn mich damit nicht aus. Ich bin irgendwie mehr so Richtung Hardware und Handarbeit gestrickt.« Ratte setzte sich an den Tisch und sie sah, dass er in der anderen Hand ein Teppichmesser hatte. Er hielt ihr auffordernd die ausgestreckte, leere Hand hin. Dabei sah er ihren fragenden Blick. »Nee, das Ding hat sie dabei. Auf'm Festival. Das hier muss 'ne alte Kopie von irgendwas sein. Also?«

Sie gab ihm die Tonschnitt-Diskette. Er machte sich sofort daran, die Hülle vorsichtig mit der Messerklinge aufzuschlitzen – einmal angesetzt, einmal durchgezogen, fertig. Merkwürdig, dachte Charlie, denn sie war sicher, in seiner Akte stand nichts von Gewaltanwendung oder Messerstecherei, und auch irgendwelche Ausbildungen, die motorische Fähigkeiten erforderten, wurden darin nicht erwähnt. Außerdem war er high – konnte das gut gehen? Noch während sie mit ihren Vorurteilen rang, hatte er das wabbelige, hauchdünne Innenleben samt dem runden Metallding aus der Hülle herausgezogen.

»Okay, das war das«, sagte er befriedigt. »Wo ist deine Diskette?«

»Erstens mach ich das lieber selber«, konterte sie, »und zweitens wolltest du nicht nur eine Diskette, sondern auch Einweghandschuhe besorgen. Seh ich aber nicht.«

»Weil du keine Fantasie hast«, grinste Ratte sie an, und zog eine Großpackung Kondome hervor. »Irgendwelche positiven Fähigkeiten scheint Geli, der Depp, doch zu haben, jedenfalls aus Minkas Sicht.«

152

Charlie verstand nicht sofort. Ratte rollte mit den Augen, dann fing er an, Kondome auszupacken und sie sich über die Finger zu streifen. Charlie setzte sich rasch an den Tisch und zog die Kondompackung zu sich rüber.

»Du hast echt Ideen ….« Sie schüttelte den Kopf, lächelte jedoch. Während sie mit den Kondomen beschäftigt war, hatte Ratte ihr die angeschmorte Diskette entwendet und bevor sie begriff, was geschah, diese mit dem Messer geöffnet. Und zwar nicht nur an einer Seite, wie bei der Ersatzhülle, sondern an drei Seiten.

»Hey!«, rief sie. Er zuckte nicht mal mit der Wimper, sondern klappte die Diskette wie eine Auster auf, präsentierte ihr das Innenleben wie eine Perle. Sie konnte nur hoffen, dass auf dem schwabbeligen Etwas wirklich noch ihre Beweise waren.

*

Es hatte was, ihr zu helfen. Genau wie es etwas hatte, sie zu erschrecken oder zum Lächeln zu bringen. Verdammt, sie war eine Bullette und war kurz davor gewesen, ihn den Wölfen zum Fraß vorzuwerfen. Sie war der Feind, wenn auch in hübscher Form. Sie gehörte nicht in seine Welt und er nicht in ihre.

Daran änderte sich nichts, nur weil sie ihm gegenüber am Küchentisch saß, und im Schein der Küchenlampe den x-ten Anlauf nahm, das Wabbelding aus ihrer Schmordiskette in die Plastikumhüllung von Minkas Tonschnitt-Teil zu verfrachten. Erinnerte ihn ein bisschen an das, was er übers Klonen wusste, da wurde doch auch eine Zelle entkernt und zum Gefäß gemacht, während das Innenleben, die Seele oder wenigstens der Bauplan, sozusagen der geistige Anteil halt, aus einer anderne Zelle dorthinein transferiert wurde. Ob die Gentechniker dabei so angespannte Gesichter hatten? Sie schaute total angestrengt auf das Zeug in ihren Händen. Dabei streckte sie die

Zungenspitze so weit vor, dass die ein kleines Stückchen zwischen ihren weißen Zähnen und den leicht geöffneten Lippen vorschaute … Wenn sie nicht aufpasste, würde sie sich noch verletzen, dachte er. Wenn er nicht aufpasste, würde der Film in seinem Kopf noch zu 'nem feuchten Wachtraum mutieren, realisierte er schon fast bedauernd.

»Das muss doch endlich mal klappen«, sagte sie, und man hörte, dass es ihr langsam auf die Nerven ging. Sie presste die Lippen zusammen – ohne die Zungenspitze abzubeißen – und versuchte es erneut. Wieder nichts. »Verdammt!« rief sie aus, und war offensichtlich kurz davor, alles höchst wörtlich hinzuwerfen. Sie sah – nein, er musste aufhören, sie so anzusehen und so über sie nachzudenken. Also zog er sich die ›Kondom-Handschuhe‹, die er während der Warterei abgelegt hatte, erneut über und nahm ihr den Datenträger aus der Hand.

»Hey, was soll das?«

»Lass mich mal.«

Sie ließ los, schaute aber skeptisch. Er ignorierte das. Er atmete tief ein, beförderte das Wabbelding an den Schlitz der Hülle und hielt inne. Seine Hände waren vollkommen ruhig. Er atmete aus und schob im selben Moment beide Teile ineinander. Triumphierend grinste er sie an – und bemerkte überrascht, wie sie ihm spontan um den Hals fiel.

»Das Gift macht eben doch cool«, sagte er, da hatte sie ihn schon losgelassen. Sie sah ihn an, als wollte sie wieder irgendeinen Kram vom Stapel lassen, ihn kritisieren oder dergleichen, doch sie hielt den Mund. Er bastelte derweil die Plastikstecker ins obere Ende der Diskette, um das Teil richtig zu verschließen.

»Und was nun?«, fragte er.

»Nun fahren wir zu mir, Kleiner!«

Da war es an ihm, zu stutzen, hatte sie ihn doch tatsächlich angegrinst! Das überrumpelte ihn so sehr, dass er sich gar nicht fragte, wozu der Aufwand. Selbst, wenn sie ihm anschließend nicht umständlich erklärt hätte, dass sie erst testen müsste, ob die Diskette nun wieder lesbar sei, und dazu eben den Rechner in ihrer Wohnung benötigte, er wäre mitgekommen. Solang sie die Bullette nicht raushängen ließ, fiel's ihm verdammt schwer, sich vorzustellen, dass sie so schnell und plötzlich aus seinem Leben verschwinden könnte, wie sie dort hineingestolpert war.

April- und andere schlechte Scherze

Es fällt ihr schwer, das Gebäude des LKA in Hannover zu verlassen. Wieder und wieder dreht sie sich auf dem Weg nach draußen um, wieder und wieder bleibt sie unschlüssig stehen. Wieso hat er das getan, denkt sie, und ihr wird heiß und kalt, sie wird zornig und traurig, und tief drinnen wird ihr sogar ein kleines bisschen warm. Hat er das für sie – sie beide – getan? Sie weiß es nicht. Sie weiß nur, hier gehört sie zumindest vorerst nicht mehr hin. Und Lusche winselt, das Tier muss raus, also geht sie tatsächlich zum Eingang und durch die große Tür nach draußen.

Draußen scheint die Sonne, nach Kalender mag es April sein, doch es sieht aus wie Mai pur. Charlie blinzelt ins Licht, sucht die Sonnenbrille in ihrer Tasche und lässt dabei die Kordel los, die als Hundeleine dient. Lusche läuft von der Treppe auf den Gehsteig, schnüffelt an einem Baum.

»Lusche!«, ruft sie. Der Hund schaut sie an, wedelt mit dem Schwanz, hebt das Bein am Baum. Für das Tier ist die Welt in Ordnung. Für den Hund ist das Leben okay, solang wenigstens einer von ihnen beiden da ist. So war es jedenfalls bisher, aber da war sie höchstens mal ein paar Stunden mit dem Tier allein. Wie lang Lusche nun warten muss, bis er sein Herrchen wiedersehen wird? Wird das gut gehen? Und wie soll sie das aushalten, ihr Leben ohne ihn, ohne den verflixten Ex-Junkie, der ständig alles in Frage stellt, sie genauso oft zum Lachen wie völlig aus dem Konzept bringt?

In solche und ähnliche, trübe Gedanken versunken geht sie die Treppe runter und setzt die Brille auf. Unten erwartet sie inzwischen nicht nur der Hund, sondern auch ihre Freundin Kara. Die Frau mit den dunklen, wirren Locken und der Statur einer Miniaturathletin, die abgesehen von ihrer hellen Haut so gar nicht dem Klischee eines Nerds, eines Technikfreaks entspricht, trägt immer noch ausschließlich Schwarz. Aber das hat sie bereits vor Hagens Tod, eben schon immer getan. Zur Begrüßung umarmt sie Charlie stumm.

»Und? Wie ist das Verhör ... die Untersuchung ... gelaufen?«, fragt sie dann. Charlie macht sich los, winkt ab.

»Nun sag schon«, beharrt Kara, »was ist denn los mit dir?!«

»Er hat sich gestellt«, sagt Charlie nun doch.

Kara begrüßt derweil Lusche, der sich sichtlich gern von ihr streicheln lässt.»Ach so. Deshalb der Hund. Und deine ... aber, das ist doch gut, oder?«

»Ich weiß nicht.« Charlie seufzt, schaut unglücklich. »Ich ... ich hab Angst.«

»Haben dich die Mistkerle doch suspendiert?!«, regt sich Kara auf.

»Was? Ja, das war doch klar, so sind die Regeln nun mal. Aber das meine ich nicht. Darum geht es nicht.«

»Denk ich doch. Charlie, du wolltest noch nie etwas anderes als Polizistin sein, und genau deshalb bist du eine verdammt gute geworden. Das können die nicht einfach alles in den Ausguss werfen, wegen ... wegen ihm ... und du doch auch nicht!«

»Vielleicht. Ja, gut, mag sein, dass ich mir nie was anderes vorstellen konnte für mich. Früher zumindest. Jetzt – jetzt weiß ich nicht mehr, was ich will. Jetzt hab ich einfach nur Angst.« Sie schaut Kara unglücklich an.

Die legt ihr den Arm um die Schulter und schiebt sie weg vom Baum, weg vom Gebäude, rauf auf den Gehsteig Richtung Innenstadt. »Komm schon. Du brauchst jetzt erst mal Ablenkung und ein ganz großes Eis. Keine Widerrede!«

Fegefeuer der Eitelkeiten

Auf dem Weg zurück sprachen sie kaum ein Wort. Zu sehr waren beide in ihre jeweiligen Gedanken versunken. Dem Feierabend war die Dunkelheit gefolgt und hatte sich übers platte Land gesenkt. In der Stadt zeigten wenigstens die Lichter in den Häusern an, dass es dort Leben gab und nicht nur Reste von Durchgangsverkehr, die sich in die eine oder andere Richtung durch Leer hindurch bewegten. Am Julianenpark verließ Charlie die B 70 und schaute kurz rüber zu Ratte und dem Hund, der diesmal hechelnd im Fußraum zwischen den Beinen seines Herrchens saß und sich kraulen ließ.

»Hat Zeit«, beantwortete Ratte ihre unausgesprochene Frage, »erst müssen wir rausfinden, ob unsere Operation gelungen ist. Und zur Not geht Lusche auch allein in'n Beet hinterm Haus.«

Gut so. Besser keine Zeit verschwenden mit unsinnigen Spaziergängen unter kahlen Bäumen, die im Straßenlaternenlicht des Parks nur noch trauriger wirkten. Sie bog links auf die Friedhofsstraße ein und wollte gleich wieder nach links in den Logaer Weg, von dem der Büchnerweg abging. Stattdessen musste sie in die Eisen steigen und die Bremsen quietschen lassen, um nicht in die Straßensperre zu krachen. Dahinter stand ein Feuerwehrwagen, der den weiteren Blick in die Straße verstellte.

»Was 'n das?« Ratte schaute zu ihr, als müsste sie die Antwort kennen. Sie wollte bereits die Tür öffnen und aussteigen, als ein Feuerwehrmann in voller Montur ans Wagenfenster gleich neben ihrem Kopf klopfte. Charlie rollte das Fenster runter.

»Hier können Sie nicht durch. Ist alles gesperrt«, sagte der Uniformierte.

»Das sehe ich.« Charlie überlegte, ob sie die ›Polizeikarte‹ spielen sollte, um sich Respekt zu verschaffen, und verwarf den Gedanken wieder. Solange sie ihre Beweise nicht in Händen hielt und sie nicht wissen konnte, wer in der Leeraner Polizei für *Toutes Françaises* arbeitet, war das zu riskant. »Aber es gibt doch sicher eine Umleitung, oder? Also, wie komme ich in den Büchnerweg?«

»Gar nicht«, antwortete der Uniformierte. »Da gab es eine Gasexplosion. Deshalb sind wir doch hier.«

»Wo genau ist das passiert und wann? Ich wohne Büchnerweg Nummer 3!«

»Ihr Name?«

»Mareen Steinberg. Wieso? Beantworten Sie endlich meine Fragen, Sie Ignorant«, regte Charlie sich auf.

»Einsatzzentrale? Heiner?« Der Feuerwehrmann sprach in das Funkgerät, das an seiner linken Schulter ange-clipt war. »Steinberg kannst du von der Vermisstenliste streichen. Die Frau steht mit dem Wagen gleich neben mir.« Kaum hatte er das ausgesprochen, ließ Charlie den Motor aufheulen. Sie mussten weg hier, so schnell es ging. Verdattert schaute der Mann auf und sie durch die Windschutzscheibe an. Er gestikulierte wild, bedeu-tete ihr, sie solle stehen bleiben, aber sie ignorierte das. Sie setzte den Wagen mit Vollgas zurück, wendete, war wieder in der Friedhofsstraße und verschwand damit aus dem Blickfeld des Mannes.

»Die Justizministerin warnt: Dealer gefährden Ihre Gesundheit«, sagte Ratte und schaute zu ihr. Sie sah ihn ernst und fragend an: »Wen hast du angerufen?«

»Ich? Wen? Wann? Wieso?« Ratte begriff nicht. »Ich mein doch, wegen der Schießerei und überhaupt und wo ich dich aufgesammelt … – gefunden hab. Warum sollte ich jemand anrufen, verdammt?«

»Nicht vor zwei Nächten, jetzt, heute.« Charlie versuch-te ruhig zu bleiben und ihre Gedanken beim Sprechen zu ordnen. »Als du bei mir warst und mein Zeug klauen wolltest – die Stereoanlage, den Flachbildfernseher, das ganze Zeug halt, das du schon neben die Tür gestellt hattest – also, wen hast du angerufen, damit er dir beim Transport hilft?« Er sah sie an, sagte aber nichts. Was sollte das, wenn er so betreten dreinblickte, dass ihm die Erkenntnis der selbst verschuldeten Riesendummheit geradezu aus dem Gesicht fiel, dann konnte er das auch zugeben, oder? »Nun sag schon, spuck's aus!«

Er schüttelte nur wieder den Kopf. »Niemand, ich hab niemand angerufen.« Sie holte Luft, aber er kam ihr zuvor: »Ehrlich … ich bin nicht zu dir gegangen, um zu klauen. Darum ging's doch nicht. Das hat sich einfach so ergeben, so angeboten. Wie's weitergehen sollte damit, darüber hatt ich mir noch keine Gedanken gemacht. Echt. Ich … ich bin nicht so … so durchplant wie du!«

*

Zuerst dachte er, sie wollte zum Punkhaus auf dem Schrottplatz fahren, aber dann nahm sie den Weg in die Stadt. Und zur Polizeiinspektion in der Georgstraße, verdammt, sie hatte doch nicht etwa vor … – Nein, sie fuhr vorbei, fuhr Richtung Leda, Richtung Hafen. Er fühlte sich wie eine Comicfigur, die jemand in den Schleudergang der Waschmaschine geworfen und kurz vorm Ertrinken wieder herausgezogen hatte. Erleichtert sank er in sich zusammen und beugte sich zu seinem Hund, kraulte den, als habe der ihn gerettet.

»Na, kommt schon oder braucht ihr beide eine Extra-einladung?«

Ratte sah auf und bemerkte, der Wagen stand. Sie hatte bereits ihren Gurt gelöst und war in Begriff auszusteigen. Er sah sich um. Sie standen in der Neuen Straße am alten Handelshafen, grad ums Eck vom Rathaus und der Brücke und all dem anderen touristischen Schnickschnack. Er ließ den Verschluss des Gurtes aufschnappen und öffnete die Tür. Lusche sprang raus, lief zum Wasser, hob das Bein an einer Mauer, wartete nicht, bis Ratte draußen war und endlich begriff. Am Hafen gab's neben den Schiffen im Wasser auf dem Platz an Land doch nur ein einziges, auf den ersten Blick unscheinbares Gebäude: Quadratisch, praktisch, gut, okay, rechteckig, backsteinrot mit weißen Sprossenfenstern, noch so 'n steingewordenes Friesenklischee, aber eins mit Sternen und Hauben und Löffeln in Gold. Genau dort stand Charlie, die Klinke des noblen Restaurants *Zur Waage und Börse* bereits in der Hand, und schaute ihn aufmunternd an.

»Mach hinne. Ich muss nachdenken.« Sie öffnete die Tür und ging rein. Bevor er sich überlegen konnte, ob das eine Gelegenheit zum Abhauen wäre und er die nutzen wollte, war Lusche ihr schon nachgelaufen. Also konnte er auch nicht anders.

Drinnen gab es gedämpftes Licht, gedeckte Tische mit Blumen, Kerzen, mehreren Tischdecken und all solchem Krimskrams. Schneewittchen stand bei einem Kellner mit weißer, langer Schürze, der von ihr zu Lusche und dann zu ihm blickte: »Zwei Personen und ein Hund?«, fragte der Kerl so betont neutral, dass Ratte sich hier drinnen noch unpassender vorkam, als er befürchtet hatte. Sie ignorierte das und ließ sich einen Tisch im hinteren Bereich zuweisen.

»Ich kann nun mal nicht auf leeren Magen nachdenken«, sagte sie, als sie sich setzten und der Kellner ihnen überaus prompt, überaus zuvorkommend die Karten reichte.

»Wünschen die Herrschaften schon etwas zu trinken?«, fragte der hochnäsige Typ mit dem weißen Laken um den Bauch.

»Ein Jever«, setzte sie an, sah seinen Blick, und korrigierte sich, »zwei Jever, eines alkoholfrei. Und Wasser für den Hund, wenn es möglich ist.«

»Sehr wohl«, sagte der Lackaffe und wollte schon verschwinden.

»Moment noch«, hielt sie ihn zurück. »Haben Sie Radio gehört und etwas von dieser ... Gasexplosion in der Stadt mitbekommen? Beim Julianenpark muss das gewesen sein, ist höchstens ein, zwei Stunden her.«

»Schlimme Sache«, sagte der Kerl mit der Schürze und trat von einem Bein aufs andere, »immerhin hieß es, der Brand sei unter Kontrolle. Ob Menschen zu Schaden kamen, davon weiß ich nichts. Aber eine alleinstehende Frau suchen sie noch, in deren Wohnung das Unglück passiert sein muss.«

»Danke«, sagte sie huldvoll und nahm lächelnd die Karte wieder hoch. Der Kellner verstand den Wink und verschwand.

»Hey«, flüsterte Ratte, und schaute sich um, ob einer der anderen Gäste – allesamt Paare, wie er nun registrierte, allesamt an entfernteren Tischen – sich vielleicht nach ihm umschaute, »muss das hier alles wirklich sein?«

»Immerhin ist jetzt klar, dass das, was immer passiert ist, in meiner Wohnung passiert ist. Sonst wohnen nämlich nur Familien im Haus.« Ihre Augen klebten die ganze Zeit an der Karte. Benahmen sich alle Bullen wie merkwürdige Spione, dachte Ratte, sprach es jedoch nicht aus.

»Das mein ich nicht – oder doch auch – nur: Was wollen wir ausgerechnet hier? Können wir nicht einfach an 'ne Dönerbude gehen oder uns 'ne Pizza holen? Wie soll man hier reden? Und wer soll das bezahlen? Vor allem, angeblich gibt's hier nur homöopathische Mengen an Fisch für horrendes Geld, das ist doch bescheuert, ich hab da keinen Bock drauf.«

»Immer mit der Ruhe«, sagte sie und ließ die Karte so weit sinken, dass sie ihm in die Augen sehen konnte. »Ich zahle und reden musst du ja nicht. Ich will bloß essen und denken. Also hör auf zu zicken. Außer dir selbst stört sich hier niemand an deiner Anwesenheit. Und was essen solltest du wirklich mal.«

Damit war für sie das Thema erledigt. Als der Kellner mit den Getränken und Lusches Wassernapf kam, bestellte sie prompt Salat mit irgendeinem gegrillten Fisch für sich und eine leichte Suppe mit Weißbrot für ihn. Erst wollte er protestieren, sie führte sich wie seine Mutter auf, aber dann ließ er das. Er wollte nicht noch mehr Ärger, nicht noch mehr auffallen, sich nicht noch unpassender fühlen, hier in diesem historischen, romantischen Restaurant in der netten, niedlichen Altstadt Leers. Norddeutschen Barock, Fischkutter, blauweißgestreifte Hemden, Plattdeutsch, das Meer und das flache Land, das wollten die Leute. Dazu ein Jever, womöglich noch ein Klarer und im Winter vielleicht ein steifer Grog, das waren neben dem allfälligen Ostfriesentee die Drogen, die den meisten Menschen in den Sinn kamen, wenn sie an eine Stadt wie Leer dachten. Hier machte man Urlaub, hier wollte man nicht auch noch das verdammte Elend sehen, das es zu Hause in Düsseldorf, Dortmund, Bochum, Essen und Recklinghausen und woher sie noch alle kommen mochten, schon zuhauf gab. Und das waren immerhin größere Städte, da konnte einer wie er, ein Punker mit einem ausgeprägten Hang, sich immer schneller verblassende Träume in die Venen zu ballern, vielleicht noch in irgendeiner Masse untertauchen. Aber auch mitten im Pott, in der größten Großstadt, wäre er in einem Nobelrestaurant wie diesem herausgestochen wie ein Buckelwal im Hafenbecken der Leda.

»Das war gut«, sagte sie und schob den Teller von sich weg. »Jetzt geht es mir schon wieder besser.«

Was, so schnell, dachte er, dann stellte er fest, auch er hatte wohl Hunger gehabt, denn sein Suppenpott war so gut wie leer und vom Weißbrot zeugten nur noch ein paar Krümel auf dem Tischtuch.

Sie winkte derweil dem Kellner, deutete an, dass sie zahlen wollte. »Okay, kommen wir zum nächsten Schritt: Ich brauch einen Computer. Einen, der alt genug ist, dass er noch ein Floppy-Laufwerk hat, aber funktionieren sollte er schon. Wie wär's also mit einem Internetcafé?«

Jetzt war es an Ratte, ungeachtet der anderen Gäste und des Kellners – der natürlich die Rechnung nicht einfach rüberreichen konnte, sondern ein großes Brimborium mit kleinem Tellerchen, weißem Tuch und allem Pipapo veranstalten musste – lauthals loszulachen: Ein Internetcafé, öffentlich zugänglich, und das nach 22 Uhr an einem Mittwochabend in Leer – auf die Idee konnte nur ein Bulle kommen. Ein Bulle von auswärts, wohlgemerkt.

*

Die Ratte kicherte immer noch über ihre Frage, selbst als sie das Restaurant längst verlassen hatten und dem Hund und sich einen Verdauungsspaziergang den Hafen entlang gönnten. Friesen seien das, was Engländer *houseproud* nannten, wurde sie aufgeklärt. Klar, die Jungen, die waren schon unterwegs, es gab ja auch Kneipen, Diskotheken, Pubs, und das ganze andere Zeug. Aber die meisten Läden schlossen nicht allzu spät. Nach zehn wurde es unter der Woche und erst recht außerhalb der Touri-Saison schwer, noch irgendwas zu finden, das offen hatte. Internetcafés gäb's zwar, aber das wären mehr so 'ne Computerecken in Schulen, Altenheimen, Jugendclubs, bei der VHS oder in der Bibliothek. Einige von denen kannte er sogar – dass er sich mit der Technik nicht auskannte, hieß ja nicht, dass er die Dinger gar nicht bedienen könnte, erfuhr sie. Manchmal suchte er sich so halt 'nen Job. Oder Infos über dieses und jenes. Aber abends? Nicht dass er wüsste. Und dann bliebe da noch das Problem mit dem Laufwerk, das sie brauchte. Heutzutage war das bei den öffentlich zugänglichen Rechnern so 'ne Sache. Die hatten doch alle

Schiss vor Viren, Trojanern und andern Viechern. Also seien sie alle irre vorsichtig, was ›fremde Medien‹ und ›mitgebrachte Datenträger‹ anging.

Wie das bei den Bullen sei, wollte er plötzlich von ihr wissen. Dass *er* unter keinen Umständen vorhatte, das Trachtenvereinsheim in der Georgstraße aufzusuchen, hieß ja nicht, dass sie das auch nicht dürfte.

»Nicht so, nicht jetzt«, wich sie aus.

»Dann eben nicht.« Er zuckte mit den Achseln. Unter der übernächsten Straßenlaterne hob Lusche das Bein und verscheuchte eine Möwe, die auf dem Geländer hockte. »Moment mal – brauchst du einen Internetzugang oder einfach einen Rechner?«

»Letzteres«, sagte sie, ohne recht zu begreifen, worauf er hinauswollte. Er pfiff leise den Hund zu sich und wandte sich um, um zum Auto zurückzugehen.

»Na komm schon«, sagte er grinsend, »oder brauchst du 'ne Extraeinladung?«

Sie folgte ihm und war sich beileibe nicht sicher, das Richtige zu tun. Er wollte nicht sagen, wohin die Reise ging oder welchen Computerbesitzer sie zu fortgeschrittener Stunde aufsuchten. Seine Fahranweisungen durch die Stadt zeigten jedenfalls deutlich, dass er hier zumeist als Fußgänger unterwegs war, denn kein Autofahrer hätte sich freiwillig das Gassengewusel ums Borromäushospital angetan, um dann am Plytenberg zu stehen. Mist, mit vier Rädern konnte man nicht einfach so den Stadtring über- oder unterqueren, nein, man musste umständlich drumherumfahren, um dann von der Ubbo-Emmius-Straße zum Emsufer und von dort zum Umspannwerk zu gelangen. Aber das war nicht das Ziel, wie sie mit einiger Erleichterung feststellte. Er ließ sie hinter dem städtischen Betriebshof am Emsdeich parken – typisch, gleichnamiges Bauwerk und Fluss waren mindestens zwei Querstraßen entfernt und somit zu jeder Tageszeit außer Sichtweite, Straßennamen waren wohl reiner Zufall – und stieg samt Hund einfach aus. Sie tat es ihm nach, obwohl sie keine Ahnung hatte, was sie hier wollten. Um diese Zeit war es menschenleer. Hier wohnte niemand, hier arbeitete man nur und das auch nur am Tag.

Ihn kümmerte das anscheinend nicht im Geringsten. Er ging einfach los, und sie konnte zusehen, wie sie hinterher kam. Einmal rechts, die Straße runter, die nächste wieder rechts und da waren sie: am Großen Stein bei der Lebenshilfe Leer.

»Wohngruppen«, sagte er und deutete unbestimmt auf eines der mehrstöckigen, klotzförmigen Häuser, dann zeigte er auf einen anderen Teil des Komplexes. »Da ist die Verwaltung drin samt Behindertenwerkstätten und Tagesstätten, der Kunstwerkstatt rund und bunt und was nicht alles noch. Auch 'n Mal- und Schreiblabor gibt's hier.«

Dabei lief er weiter ums Haus herum, zwischen den Gebäuden hindurch, und schließlich standen sie vor etwas, das für sie wie ein dunkler, verlassener Hintereingang aussah. Er tastete einen blumentopfgeschmückten Mauervorsprung ab. Sekunden später blinkte etwas metallisch in seiner Hand.

»Wusst ich doch, dass sie das nicht ändert«, murmelte er und schloss die Tür auf.

Er trat ein, sie zögerte. Er verschwand im Innern. Sie zögerte noch immer. Dann hörte sie, wie ein Kasten geöffnet und wieder geschlossen wurde, und wurde neugierig. Sekunden später erfasste der Lichtkegel der Taschenlampe die Schwelle gleich vor ihren Füßen: »Nun komm schon. Ich war hier als Zivi, helf manchmal heut noch mit. Jedenfalls kenn ich mich hier drin aus und hier gibt's die Sorte Computer, die du brauchst. Denk ich jedenfalls. Im Mal-Schreiblabor stehen die.« Er machte einen gespielt tiefen Diener, wobei der Schein der Taschenlampe seine

166

Geste unterstrich. »Hier wohnt wirklich keiner. Also mach hinne. Bist du nun 'n Bulle in Not und brauchste 'nen Rechner oder nicht?«

Sie folgte ihm ins Gebäude hinein und wusste nicht, war das gut oder schlecht. Bis sie im Schein seiner Taschenlampe die beiden Rechner sah, klobige, ältere Kisten mit allem dran und drum! Sie stürzte sich darauf, nahm ihm die Taschenlampe aus der Hand, suchte und fand die Einschalter. Die Kisten rappelten und rödelten laut in der Stille des unheimlich leeren Gebäudes. Sie hoffte, er hatte recht und es gab hier weder Bewohner noch Nachtwächter oder dergleichen. Wer weiß, ob er sich wirklich hätte rausreden können oder sie die Polizistenkarte – verdammt, die hatte sie ja nicht mehr. Jedenfalls nicht hier vor Ort. Alle verborgenen Hilfsmittel aus ihrer Tarnwohnung waren verbrannt oder zumindest durch die Explosion und den Feuerwehreinsatz ihr entzogen. Und Hagen, ihr Chef, ihr Freund, ihr Exliebhaber und vor allem ihr Bürge, war tot. Plötzlich fühlte sie sich einsam, schwach, von allen verlassen. Sie ließ den Schein der Taschenlampe durch den Raum gleiten – nur Bilder und Texte an den Wänden, Bänke und Tische im Raum, Arbeitsmaterialien gab's auch, bloß, die Ratte war weg! Sie wollte sich aufregen, ihm hinterher, wohin auch immer – da war der erste der beiden Rechner endlich vollständig hochgefahren. Vorsichtig schob sie die Diskette ins Laufwerk. Dann machte sie sich auf die Suche nach dem File-Manager.

*

Rattes Suche galt etwas Handfesterem als Software. Da er die Taschenlampe bei ihr gelassen hatte – wer weiß, sonst hätte sie womöglich das Licht eingeschaltet, und gerade heute Nacht wäre irgendein Pärchen hier draußen im Nichts unterwegs, um das zu sehen –, gestaltete sich seine Suche mühsam.

Immerhin fand er auf der Ablage neben der Spüle ein Stövchen mit Teelicht, das wenigstens etwas Licht ins Dunkel der Kaffeeküche brachte. Er musste jedes Regalbrett zentimeterweise ableuchten, und am Ende fand er die gesuchte Dose bloß anhand des verräterischen Klackerns, aber was soll's. Er hatte, was er wollte: die Kaffeekasse des Mal-Schreib-Labors.

Er hatte es für 'nen Witz gehalten, als er mit siebzehn seine allerersten Sozialstunden wegen der Sprayerei ausgerechnet hier ableisten sollte. War doch verrückt, man verknackte ihn für Schriftzüge und Bilder auf Backstein- und anderen Wänden dazu, mit Behinderten zu malen und zu schreiben. Und doch … war ziemlich okay gewesen. Deshalb war er später als Zivi freiwillig hierher zurückgekehrt. Dummerweise war er damals schon auf Sendung, halt drauf, auf Droge und damit auch mittendrin im Beschaffungsstress. Lisa, die das Labor leitete, hatte ihn gedeckt, solange sie konnte. Manchmal half sie ihm heute noch, wenn sie sich trafen – ob in der Stadt, per Zufall, oder hier, weil er Arbeit oder sie suchte. Lisa würde das verstehen, dachte er, und klaubte Scheine und größere Münzen aus der Kaffeekassendose zusammen. Dann sah er sich nach etwas zu schreiben um, fand in der einen Schublade einen Stift, in einer anderen weiße Papierservietten. *Sorry, ging grad nicht anders. Hast was gut bei mir. Ratte*, schrieb er. Er rollte das Ding zusammen und steckte es in die nun fast leere Dose. Dann griff er nach dem Geld, und im selben Moment hatte sie sein Handgelenk gepackt.

»So nicht.« Schneewittchens Stimme klang so hart und bestimmt, dass die böse Schwiegermutter gewiss vor Schreck weich geworden wäre.

»Hey, verdammt!« Auf seinen Protest verwandelte sich ihr Griff um sein Handgelenk in einen Schraubstock. Er ließ los. Sie auch. Er rieb sich das Handgelenk.

»Gut so«, sagte sie, nahm die Dose, zog die Papierserviettennachricht raus und schaute ihn aufmunternd an. »Da rein. Das Geld. Alles. Na los. Mach schon.« Er tat's und sie las, während er die Dose zurück an ihren Platz im Hängeschrank stellte. Er überlegte, ob sie mitbekäme, wenn er noch einmal den Dosendeckel ... – »Lass das«, fuhr sie zwischen Denken und Handeln, und sah doch nicht, wie der eine gerettete Schein auf den dunklen Küchenfußboden segelte. »Aber vergiss deinen Liebesbrief hier nicht.« Sie hielt ihm die Serviette hin. Er griff danach, griff aber daneben.

»Mist«, sagte er und hockte sich hin, um die Serviette aufzuheben und den Geldschein aus dem Dunkel aufzusammeln. Sie ging zur Tür, drehte sich aber um und wartete auf ihn.

»Wieso bist du hier und nicht bei den Rechnern?« Eine bessere Ablenkung fiel ihm auf die Schnelle nicht ein. Ah, da lag ja der Geldschein. Er tat, als müsse er seine Docs neu zu binden und schob den Fuß entsprechend weit vor.

»Geht so nicht.«

»Was soll das heißen?« Mit einer Bewegung hatte er den Schein in den Schaft seines rechten Docs gestopft. Jetzt kontrollierte er der Show halber den Sitz der Schleife.

»Ich hab zwar mit viel Mühe auf beiden Rechnern den File-Manager gefunden und der hat immerhin so getan, als sei das eine Diskette, aber ich hab keinen Zugriff bekommen.«

»Und jetzt?« Ratte stand auf und stopfte die Serviette in seine Jeans. Bitte lass sie nicht auf dumme Ideen kommen, bitte nicht schon wieder, dachte er, und versuchte dabei, cool und unbeteiligt auszusehen.

»Abwarten. Eine Chance haben wir noch. Bloß nicht mehr heute. Also, lass uns gehen.«

*

»Versteh ich nicht«, fragte er schon wieder in diesem leicht genervten, leicht nervigen Ton, als sie zum Auto zurückgingen, »was ist das Problem mit diesen blöden Computern?«

Sie dachte bereits über andere, naheliegendere Dinge nach. »Florian – Ratte«, unterbrach sie ihn, »lass gut sein. Sag mir lieber eins: Wohin verkriechst du dich, wenn es wirklich brennt?«

Er blieb stehen und schaute sie verständnislos an. »Wieso – bei dir hat's gebrannt, meinst du das?«

»Ja, nein, ja, verdammt, wir brauchen einen Schlafplatz. Nicht einfach irgendeinen, sondern einen sicheren. Einen Ort, den niemand kennt. So was hast du doch sicher, oder?«

»Kommt drauf an, wer ›niemand‹ ist«, wich Ratte aus.

»Ich red von einem Unterschlupf, den weder irgendwelche Dealer noch meine Kollegen kennen.«

»Warum fahren wir nicht wieder zum Schrottplatz? Henry und die andern, die sind auf dem Festival in Wilhelmshaven, die kommen so bald nicht zurück. Also gibt's da sicher keine Mitwisser oder so.«

Inzwischen standen sie bei ihrem Wagen, jeder auf seiner Seite, sozusagen. Sie zögerte, wusste nicht genau, wie sie es ihm sagen sollte. Zugleich spürte sie sein Misstrauen, seine Verunsicherung – irgendetwas Glaubwürdiges sollte sie ihm schon bieten. Lusche interessierte das alles nicht. Er spazierte zur Straßenlaterne, um dort sein Bein zu heben.

»Das geht nicht«, setzte sie an.

»Wieso, was hast du gegen das Haus?«, unterbrach er sie.

»Nichts«, wiegelte sie ab, »aber die Adresse findet sich auch in deiner Akte. Und die hab ich, und das dürfte wiederum jemandem auffallen.«

Ratte war das alles zu kryptisch: »Wem?«

Charlie seufzte. »Es gibt eine undichte Stelle. Hier in Leer bei meinen Kollegen. – Ratte, ich bin nicht allein wegen des Drogenrings hier. Da steckt mehr dahinter. Und ich fürchte, nun ja, ich befürchte, das bringt uns beide in Teufels Küche, wenn wir nicht höllisch aufpassen.«

»'n Bulle.« Ratte schüttelte den Kopf und konnte sich das Grinsen nicht verkneifen. »Mein Reden: Trau keinem Bullen, haste nur Ärger mit.«

Jetzt war es Charlie, die nichts mehr begriff. Sie schaute ihn irritiert und fragend an. Er erwiderte den Blick, erst grinsend, dann achselzuckend, und schließlich zog er den Schraubenzieher aus seiner Lederjacke: »Also – wenn du mit willst, soll ich den Wagen jetzt aufbrechen oder willste zu Fuß gehen oder findest du deinen Schlüssel noch?!«

*

Um Mitternacht brauchte man von jedem Ende Leers zu irgendeinem anderen nicht mehr als ein paar Minuten. Und um vom Ufer der Ems zu seinem Schlupfloch in einem alten Schulgebäude zu gelangen, dauerte auch nicht länger. Wie sollte er sich in so kurzer Zeit über das klarwerden, was sie ihm mitgeteilt hatte? Wie die möglichen Konsequenzen überreißen? Nun ja, dachte Ratte, jetzt war es eh zu spät. Jetzt war das Kind im Brunnen und es nur noch eine Frage der Zeit, bis der neue Boss bei *Toutes Françaises* von einem Bullen erfuhr, dass ausgerechnet er, ausgerechnet ein kleiner, dummer Junkie, der Frau geholfen hatte, die seine Daten geklaut hatte. Und dann hätten sie beide alle am Hals. Verdammt, wie sollte er da wieder rauskommen?

»Ist es hier?«, platzte sie in seine Gedanken, was gar nicht mal unangenehm war. Er schaute auf, erkannte das efeubewachsene, ehrwürdige Gebäude aus rotem Backstein (woraus auch sonst), und nickte. Sie stiegen aus, wobei sie rasch ein neues Päckchen Zigaretten aus der Mittelkonsole nahm. Er stand derweil draußen neben dem Wagen und schaute Lusche beim Pinkeln an seinem hiesigen Lieblingsbaum zu. Dann war sie mit dem Wagen und der Hund mit dem Baum fertig, und los ging's. Vorbei am Hauptgebäude, quer über den Schulhof zum Nebengebäude mit den Labors, den Werkstätten und vor allem dem Keller führte er sie. Noch um zwei Ecken gebogen, und sie standen vor dem vergessenen, überwucherten Hinterausgang, der nun sein Noteingang war. Vorsichtig schob er die Pflanzen beiseite, die die schwere Stahltür verdeckten. Er hockte sich hin, tastete im Dunkel nach dem alten Eisengitter, fürchtete zum x-ten Mal, nun sei es wirklich und wahrhaftig festgerostet, um festzustellen, es ließ sich wie immer anheben.

»Was machst du da?« Flüsternd kam ihre Frage.

»Das war früher mal 'n Notausgang. Die müssen so gebaut sein, dass sie immer in Fluchtrichtung zu öffnen sind. Deshalb kann man sie von außen auch nicht einfach ab- oder aufschließen.« Er tastete weiter und fand den Mechanismus, der die Tür entriegelte. »Ah – voilà, das ist das ›Sesam öffne dich‹ für dieses alte Schätzchen. War angeblich in den Fünfzigern oder so topmodern.« Er kam aus der Hocke hoch und machte einen Schritt nach hinten. Beinahe wäre er ihr auf den Fuß getreten, aber vor ihm schwang die Tür mit leisem Quietschen nun mal nach außen auf. »Darf ich um Ihre Taschenlampe und Ihren Arm bitten?«, fragte Ratte überaus höflich und machte einen Diener. Sie lachte leise, zögerte, reichte ihm aber zumindest die Taschenlampe. Er ließ sie aufflammen und in der gähnenden Schwärze hinter der Tür wurde ein Gang mit kahlen Wänden erkennbar. Ratte trat über die Schwelle und bot ihr erneut seinen Arm an.

Sie schüttelte den Kopf: »Bin weder Fräulein noch bin ich schön«, sagte sie und betrat den Gang.

»Häh?« Ratte zog derweil die Tür wieder zu. An der Wand nebendran hing eine altmodische Taschenlampe, die er nahm und ausprobierte. Sie funktionierte.

172

»Gretchen«, sagte sie. Er drehte sich zu ihr um und schaute sie verständnislos an. Sie meinte das witzig, so viel war ihm klar. Er zuckte theatralisch mit den Achseln und hielt ihr ihre Taschenlampe hin.

»Faust«, sagte sie. »Goethe. Literatur. Deutschunterricht. Das hier ist doch eine Schule, ein Gymnasium, oder?«

»Ach so«, sagte er und ging an ihr vorbei, weiter ins Innere des Gebäudes hinein. »Aber du Gretchen, ich Faust, nee, echt nicht, das passt nicht. Wenn schon, dann ist das hier ich Tarzan, du Jane. – Kommst du oder willste hier auf dem Gang, äh, mitten im Dschungel übernachten?«

»Los, Tarzan«, sagte sie und lachte, »verdammt, ich muss total verrückt sein, hier im Dunkel mit dir rumzutappen.«

»Dann mach doch deine Lampe wieder an«, sagte er und hoffte inständig, es sei kein weiterer, womöglich fataler Fehler, sie mit hierher zu nehmen. Er führte sie an den alten, längst vergessenen Kohlelagern vorbei.

»Wo sind wir hier? Ist es hier wirklich sicher?« Neugier und Zweifel schwangen in ihrer Stimme mit.

»Das war mal der Kohlenkeller der Schule. Bis sie auf Erdgas umgestellt haben. Dann haben sie das Ding irgendwie vergessen. Ich aber nicht. Praktisch, oder?« Er deutete auf den kleinen Waschraum, dessen Tür zerbrochen am Boden neben einem Stapel Holzkisten auf einer Sackkarre lag. »Sozusagen mit allem Komfort«, sagte er und schob die Kisten mit der Karre beiseite. Dahinter war die Tür in sein Reich, seine Notfallunterkunft, die er nun für sie öffnete. Er griff nach der Schnur, die innen neben der Tür baumelte, zog daran, und eine einzelne, nackte Glühbirne an der Decke erhellte schlagartig den Raum.

*

Charlie betrat das fensterlose Kellerloch. Dagegen hatte das Zimmer im Punkhaus auf dem Schrottplatz großzügig angemutet. Heizungsrohre liefen die Rückwand hoch und an der Decke entlang, was dem Raum etwas Klaustrophobisches gab. Die restlichen Wände waren mit gemalten, gekratzten und gesprayten Bildern bedeckt – einige graffitotypisch verschnörkelte und somit für Laien wie sie kaum entzifferbare Sprüche standen neben Darstellungen von Menschen und Tieren, die an moderne Höhlenzeichnungen erinnerten. Teils erkannte sie Straßenszenen, teils war die Szenerie dschungelartig, manches waren wohl reine Fantasiegebilde. Insgesamt gaben sie dem Raum bei aller Enge einen eigenartigen Eindruck von Weite. Seltsam, dachte sie, das hier war um Klassen persönlicher als ihre abgebrannte Tarnwohnung und womöglich individueller als ihr echtes Zuhause in Hannover. Dabei gehörte der Ort niemandem und diente ihrem Gastgeber lediglich als Notunterkunft.

»Und?«, fragte der und sah sie erwartungsvoll an.

Sie nickte langsam, wusste nicht, wohin mit sich.

»Gibt's hier Ratten?«

»Glaub schon«, antwortete er, »aber andere Ratten mag Lusche nicht, also mach dir deswegen keinen Kopf. Mach's dir lieber bequem.« Er deutete mit dem Kopf auf die Matratze und nahm den Wasserkessel. Mit dem verbeulten Ding in der Hand ging er an ihr vorbei in den Waschraum. Aus den Schritten wurde Wasserrauschen.

Sie stand unschlüssig im Raum, aber als das Rauschen aufhörte, setzte sie sich schließlich vorsichtig und angespannt auf die Matratze, als handelte es sich um eine stark frequentierte, öffentliche Toilette an der Autobahn. Ratte kam mit dem Wasserkessel in der einen und einem Blechnapf in der anderen zurück in den Raum. Er stellte den Napf in der Nähe der Tür ab – der Hund lief rüber, trank gierig. Sein Herrchen war derweil bereits mit dem Kessel

174

beim Gaskocher angekommen. Er drehte die Zuleitung der Gasflasche auf, öffnete den Hahn des Kochers und entzündete die Flamme. Dann setzte er den Kessel auf.

»Was hast du vorhin damit gemeint, eine Chance hätten wir noch?« Er sah sie nicht an bei der Frage. Sie seufzte nur, dass sie damit Kara und ihre Rechner beim LKA gemeint hatte, konnte sie ihm kaum sagen. »Reicht's nicht, wenn wir morgen 'nen besseren Computer für dich finden? Oder wohl eher einen älteren, denn ich dachte, Disketten gäb's schon seit der Steinzeit nicht mehr. Jedenfalls, mir ist da vorhin noch was eingefallen.«

»Wieder so was Brillantes wie diese Zelle hier?« Den Satz hatte sie noch nicht ganz ausgespien, da bereute sie ihn bereits.

»Das Ritz isses nicht, weiß ich selber, aber du wolltest 'nen sicheren Ort. Von mir. Und besser als Knast ist es allemal, wenn du das mit Zelle meinst.« Er war fertig mit dem Wasseraufsetzen und hockte sich in gebührendem Abstand neben sie auf die Matratze.

Sie seufzte noch mal, theatralischer als zuvor, denn nun wusste sie nicht, wie sie ihm sagen sollte, dass es ihr leid tat. Stattdessen kramte sie die Zigaretten hervor, die sie extra aus dem Wagen mitgenommen hatte. Sie öffnete die Packung, schüttelte die Zigaretten hervor, nahm sich eine und bot sie dann ihm an. Nach einer Schmollsekunde griff er schließlich zu. Sie gab ihm Feuer, spielte jedoch mit ihrer eigenen Zigarette erst mal nur herum. Lusche hatte inzwischen seinen Durst gestillt und kam zu ihnen. Er legte sich zwischen die beiden Menschen, als gehörte er genau dorthin – nein, als gehörte alles genau so, wie es war, dachte Charlie, die immer noch nicht wusste, was sie sagen sollte. Ratte rauchte schweigend und schaute ab und zu ihr rüber.

»Ich – ach, es tut mir leid«, setzte sie an. »Ich weiß nicht, wie ich dir das sagen soll, aber: Ein Computer allein, egal wie alt, egal mit welcher Ausstattung – also, Technik allein wird uns nicht retten.« Sie sah, wie er beim ›uns‹ erstaunt eine Augenbraue hob. Was war denn das? Egal, dachte sie, und nahm endlich ihre Zigarette zwischen die Lippen, zündete sie an. So gewann sie wenigstens ein paar Sekunden. Doch er konnte oder wollte es ihr nicht leichter machen. Er saß einfach da, rauchte, kraulte den Hund, schwieg und wartete, dass sie weitersprach.

»Ich bin keine Computerexpertin«, sagte sie schließlich in die Stille hinein, »jedenfalls nicht wirklich. Das ist so eine Art Rolle. Teil einer verdeckten Ermittlung eben. Beim letzten Mal war ich eine Hehlerin, davor Kunstexpertin. Wenn ich verdeckt arbeite, bin ich genau das, was gerade gebraucht wird. Und was ich dafür brauche, bringt mir jemand bei, verstehst du?« Sie sah ihn an. Er erwiderte ihren Blick erstaunt, dann nickte er. Sie sprach weiter: »Das ist wie bei Schauspielern: Andere Berufe, andere Namen, eine andere …«

»Dann heißt du gar nicht Mareen?« Er sagte das, wie ein Kind ausrufen mochte ›aber dann gibt es ja gar keinen Weihnachtsmann/Osterhasen/SchwarzenMann‹, und sie konnte ob so viel Naivität nicht an sich halten. Sie lachte auf, fing sich wieder und streckte ihm gespielt förmlich, doch noch immer kichernd, die rechte Hand hin: »Charlie – also: Charlotte Kamann, aber eigentlich Charlie.«

Er nahm ihre Hand, deutete im Sitzen einen Diener an: »Erfreut«, sagte er seinerseits grinsend. »Charlie – das passt viel besser. Mareen ist ein blöder Name, viel zu spießig und so.«

»Das hab ich Hagen auch gesagt, als er damit ankam und …« Sie verstummte. Hagen war tot. Diese Tatsache hatte sich noch längst nicht in ihr Gedächtnis eingegraben. Allein der Gedanke schien obszön und überdies unerträglich schmerzhaft.

»Hagen – das war dein Partner?« fragte Ratte vorsichtig.

Sie nickte bloß. »Und hat er dir das Computerzeug beigebracht?«

»Nein. Das war Kara. Sie ist Computerspezialistin beim LKA, meine Freundin, und obendrein ist sie … war sie seine, also Hagens, Frau. Wie soll ich ihr bloß je wieder in die Augen schauen, jetzt, wo Hagen tot ist?« Sie verstummte erneut.

Dafür meldete sich der Wasserkessel. Ratte drehte die Flamme des Gaskochers aus und schüttete den feinen, fast pulverartigen Schwarztee aus einem angeschlagenen Silberfläschchen, einer ramponierten Antiquität aus dem Müll, direkt in den Kessel.

»Du hast ihn nicht umgebracht«, stellte er fest. »Selbst, wenn der Schuss dir galt und er nur versehentlich getroffen wurde, ist es doch nicht deine Schuld.«

Charlie schluckte, das war ihr alles zu nah, das ging diesen Kerl gar nichts an. Sie schaute sich um auf der Suche nach etwas Ablenkendem, etwas, das sie aus dieser verdammten Verletzlichkeit, den Schuld- und Trauergefühlen reißen könnte. Sie sah den Teekessel, das Sieb, die einsame Teetasse und meinte bissig: »Wunderbar – Tee direkt aus dem Teekessel mit nur einer Tasse … Klar, das ist nicht das Ritz. Aber muss es deshalb die Lebensart der Müllmenschen sein?«

Er zuckte nur mit den Achseln, hatte keine Lust, sich provozieren zu lassen. Vielmehr dachte er sichtlich angestrengt nach. »Wenn sie deine Freundin ist – und dir helfen könnte mit dem Fall und der Technik und dem ganzen Mist – warum bist du dann noch hier und nicht bei ihr? Was hält dich ab, zu ihr zu fahren?«

Jetzt reichte es ihr endgültig. Was bohrte der Dreckskerl in ihren Wunden herum! Was nahm der kleinkriminelle Junkie sich ihr gegenüber raus! »Wenn du bei der Lebenshilfe Zivi warst, das Kunstlabor da von einer Freundin geführt wird – warum wolltest du dann vorhin genau dort klauen, häh?!«

177

»Hätt ich schon wieder gutgemacht.« Er schüttelte den Kopf über sie, so sah es zumindest aus, als er weitersprechen wollte. »Aber was ist mit dieser Kara, deiner …«

»Du hast kein Problem damit, Freunde zu beklauen?!«, fuhr sie ihm laut und zu schrill dazwischen. Sie wollte verdammt nochmal weder über Kara noch über Hagen reden, sonst würde sie über sie nachdenken müssen, und das war das Letzte, was sie wollte.

Er war nun doch sauer: »Geht manchmal eben nicht anders. Ist wie was leihen. Was willst du eigentlich von mir? Was hab ich dir getan, dass du hier Inquisition spielst?!«

Das passte ihr auch wieder nicht. Sie brauchte ihn, um diese Nacht zu überstehen, aber auch und vor allem, um aus dem verdammten Fall heil herauszukommen, wenn die Diskette doch nicht brauchbar sein sollte.

»Nein, aber … so war das nicht gemeint«, versuchte sie einzulenken.

Er war noch nicht fertig, sondern kam gerade erst in Fahrt: »Überhaupt, was soll das? Du bist doch diejenige, die anderen was vormacht und dafür auch noch bezahlt wird!«

»Moment mal, das ist mein Job. Ich bin Polizistin!«

»Ach, und das macht's dann schon recht, ja? Bullen …« Er lachte bitter und schüttelte den Kopf.

Einen Moment lang schwiegen beide. Dann drückte er seine Zigarette in einer Coladose aus. Er nahm den Teekessel und goss den Tee durch das Sieb in die Tasse. Wortlos schob er ihr die Tasse rüber. Immerhin, er sah sie an und sie meinte, fast ein Lächeln in seinem Gesicht zu erkennen.

»Hast du Sahne? Oder Milch?« fragte sie.

Er schüttelte den Kopf: »Wird schlecht. Willst du Zucker?«

178

Nun war es an ihr, den Kopf zu schütteln. »Schwarz ist schon okay«, sagte sie und nahm die Tasse.

*

Im Wachzustand war die Frau – Charlie – echt verdammt kompliziert. Immerhin, wozu doch Ostfriesentee selbst ohne Sahne, Kluntjes und den andern Schnickschnack gut war. Zwei Kannen Tee und wer weiß wie viel Zeit später (es musste bereits mitten in der Nacht sein) schien sie endlich ruhiger, entspannter. Nach der ersten Kanne hatte sie zugelassen, dass er die knallhelle, erbarmungslose Glühbirne ausmachte und stattdessen die gesammelten Kerzen anzündete. Das war romantischer. Und es verbarg die Unzulänglichkeiten des Ortes wie auch seine zahlreichen eigenen Mängel und erst recht die langsam aber unaufhaltsam wieder aufflackernde Gier. Mist, er driftete schon wieder ab, statt ihr zuzuhören und sich zu konzentrieren. Er griff nach der Kanne, goss noch einmal Tee nach und stellte fest, außer ein paar Tropfen war da nichts mehr.

Er wollte aufstehen, frisches Wasser holen, eine neue Kanne Tee kochen, aber sie hielt ihn fest, schüttelte den Kopf: »Irgendwann sollten wir schlafen. Bei mir wird das garantiert nichts mit Nachtruhe, wenn ich noch mehr Tee in mich hineinschütte«, sagte sie freundlich. »Außerdem hast du mir noch nicht geantwortet. Und ich wüsste es wirklich gern. Bloß – ich verstehe dich einfach nicht: Für deinen Stoff klaust du, machst du so ziemlich alles, und doch …«

»Und doch was? Hallo, ich bin drauf, ich brauch's, schon vergessen?!«

»Das warst du auch, als sie dich das letzte Mal erwischt haben, bei dieser Einbruchserie. Da hättest du dir einiges erspart, denk ich, wenn du gegen deinen Komplizen ausgesagt hättest.«

179

»Dafür 'nen Freund reinreißen? Ich weiß ja nicht, wie das bei euch Bullen ist, aber – sich was zu leihen, wenn man's grad braucht, selbst ohne zu fragen, das ist verdammt noch mal was ganz anderes, als jemand zu verraten. Das ist das Letzte.«

Sie schaute ihn plötzlich an, als hätte er sie geschlagen. Oder als hätte sie sich auf die Zunge gebissen. Mist, was hatte er angestellt? Dennoch – lag doch beides auf der Hand, oder? Sucht war Sucht und Freundschaft Freundschaft. Was gab's daran nicht zu verstehen? Aber sie sollte ihn nicht so ansehen, nicht so verletzt, regelrecht gequält ins Nichts starren.

»Hey – komm schon. Hab ich nicht recht? Jeder hat andere Zwänge und andere Grenzen. Aber manche davon sind … universell. Mag sein, Sucht ist blöd oder macht blöd, okay, bringt Menschen wie mich dazu, 'ne Menge Mist zu machen und auch 'ne Menge Mist über sich ergehen zu lassen. Aber das bedeutet nicht, dass ich für das, was ich sonst tu, keine Verantwortung mehr hab oder dass ich nichts mehr steuern kann. Das ist Quatsch. Das geht auch nicht um Ganovenehre oder irgend so 'nen Scheiß. Das war ein Freund, um den's da ging. Wär's kein Freund gewesen, wären wir nicht zusammen auf Klautour gegangen. Ich hätt ihm nicht getraut und er mir nicht. So aber … – Ich hatte Pech oder hab mich blöd angestellt, jedenfalls haben sie mich drangekriegt. Ihn aber nicht, er hatte Glück oder war einfach klüger. Jedenfalls – warum hätt ich ihm das antun und ihn da mit reinreißen sollen? 'nen Freund verraten, heißt ihn verlieren, und das ist das Letzte, was ich will. Ist das echt so schwer zu verstehen?«

Sie seufzte, nickte aber immerhin.

»Ich muss aufs Klo«, sagte sie, stand auf und ging zum Waschraum. Er blieb allein auf der Matratze zurück, kraulte Lusche, rauchte sich eine und dachte nach. Darüber, dass sie vorhin so traurig ausgesehen hatte, fast verstört. Nun ja, die Sache mit ihrem toten Partner und der Freundin, die nun Witwe war, war ja auch traurig, todtraurig. Konnte einem obendrein Angst machen, wer weiß, wann das dritte Mal jemand abdrücken würde. Abdrücken ... das Wort nur zu denken, rief ein anderes Echo in ihm wach: Die Gier, die Unruhe, und die Frage, würde er die Nacht ohne einen Schuss aushalten? Überhaupt, wann wäre die beste Gelegenheit dafür? War alles gar nicht so einfach, mit ihr im Schlepptau.

Wie er so dasaß, rauchte, wartete, dass sie endlich fertig wurde mit der Pinkelei, fiel ihm ein, da war doch noch was. Etwas, das sich seltsam in der Tasche seiner fadenscheinigen Jeans anfühlte, etwas, das er noch probieren wollte, weil, nun ja, weil er schon neugierig war, wie die MST-Tabletten, die er für sie besorgt hatte, bei ihm wirken würden. Charlie hatte sie wohl nicht – mehr – gewollt, sonst hätte er sie ja nicht bei seinen Sachen in seiner Bude gefunden, nachdem sie abgehauen war. Wahrscheinlich hatten die Ärzte im Krankenhaus ihr was anderes, besseres, mitgegeben. Wie auch immer, ihm war langweilig, weil sie ihn warten ließ, und er hatte keine Lust, sich noch länger damit aufzuhalten, auf Schluckauf und Schwitzen als untrügerische Zeichen des Affen zu warten. Also fischte er den Tablettenstreifen aus seiner Hosentasche, drückte sich erst mal eine der verbliebenen Tabs aus dem Blister gleich in den Mund und griff nach der Teetasse. Mist – das Ding war leer. Und sein Mund trocken wie die Wüste Sahara. Außerdem, fiel ihm auf, waren auch gar keine Pinkelgeräusche mehr zu hören.

»Biste ins Klo gefallen?«, rief er und stand auf.

*

Charlie hörte ihn und hörte ihn nicht. Sie stand am Waschbecken und starrte auf das Päckchen in ihrer Hand. Mit Klebestreifen war es am Abflussrohr unterm Becken befestigt gewesen. Sie hatte es erst gar nicht bemerkt. Ihre Blase war kurz vom Platzen gewesen, sie war nicht mal mehr dazu gekommen, sich schamvoll auszumalen, wie sich das Plätschern nebenan wohl anhören mochte, wo diesem sogenannten WC doch die Tür fehlte … mit geschlossenen Augen hatte sie auf der Brille gehockt und sich erleichtert, wie man so schön sagte. Aber dann hatte sie die Augen geöffnet und das Päckchen gesehen. Neugier hatte sie danach greifen lassen. Was das wohl sein mochte, hatte sie gedacht, und auf heimliche Liebesbriefe von Schülern aus den fünfziger Jahren getippt. Doch schon als sie die Form in der Hand spürte, wusste sie, das war nichts Altes und schon gar nichts Romantisches. Sie hätte das Plastikding nicht aufrollen müssen, um zu sehen, es enthielt eine Spritze, Nadeln, Ascorbinsäure – merkwürdig, das war fast klinikreif, wie kam er bloß daran, dachte sie. Und dann war da noch das Päckchen mit dem hellen Pulver darin. Sie wusste nicht, warum sie dieser Fund so traf. Das war sein Versteck, der Unterschlupf eines kleinkriminellen Junkies und Sprayers. Und er erschien ihr längst nicht so unstrukturiert, wie sämtliche Klischees über Heroinabhängige suggerierten. Es machte auf eine Art Sinn, dass er auch hier einen Vorrat hatte. Dennoch, aus unbegreiflichen Gründen kam es ihr so vor, als hätte er soeben sie persönlich verraten. Sie löste sich aus der Starre, legte Spritze, Nadeln und Fläschchen auf dem Waschbeckenrand ab, behielt nur das Päckchen mit dem Heroin in der Hand.

»Charlie?«, hörte sie seine Stimme erneut von außerhalb des Raumes. Statt einer Antwort drehte sie sich zur Toilette um und riss das Päckchen kurzentschlossen über der Schüssel auf. Im selben Augenblick spürte sie seine Hand hart auf ihrer Schulter.

»Hey, was ist in dich gefahren, das ist meins, mein Gift, verdammt!«

Er versuchte vergeblich, sie zurückzuhalten. Sie schüttelte seine Hände ab, warf das Päckchen hinter dem Pulver her und betätigte die Klospülung. In dem Moment gelang es Ratte, sie beiseite zu schubsen. Wie ein Verrückter warf er sich auf die Knie und griff in die Schüssel hinein, in der Päckchen und Pulver längst mit ihrem Urin und dem Klopapier vermengt die kreiselnde Reise in den Untergrund angetreten hatten.

Er begriff, dass er verloren hatte, und sprang auf. »Du hast doch 'nen Schuss, du dämliche Schnepfe!«

»Ratte, ich kann doch nicht – ich musste das tun, verstehst du das nicht?«, setzte sie an, versuchte sie ihn zu beschwichtigen.

Doch er starrte sie an, als ob er sie nicht kennen würde, hasserfüllt, so empfand sie es, und genauso böse und gemein klang das, was er ihr entgegenschleuderte, als er den Arm hob, um sie zu schlagen: »Ich hätt dich liegen lassen sollen, Bulle!« Doch das rettete sie – professionelles Polizeitraining: Sein Angriff und ihre Abwehr geschahen zeitgleich. Nur dass ihr Gegenschlag erst seinen Magen und dann sein Kinn höchst präzise und unausweichlich traf.

*

Als er zu sich kam, hatte sie ihn schon wieder festgesetzt: Seine rechte Hand befand sich über seinem Kopf in einer Handschelle, die an eines der Heizungsrohre gekettet war. Er lag auf der Matratze und starrte die Wand an, soweit das beim Schein einer einzelnen Stumpenkerze möglich war. Ratte brauchte eine Weile, um sich zu orientieren. Wie viel Zeit seit dem Clash der Kulturen im Waschraum vergangen war, konnte er mangels Uhr und/oder Fenster nach draußen nicht beurteilen. Er fühlte sich niedergeschlagen, aber genau das war ja passiert, also hatte das möglicherweise nichts mit Entzugssymptomen und von daher mit Zeit zu tun. Es ging ihm nicht besonders gut, aber auch noch nicht richtig schlecht, und er konnte den Unterkiefer schmerzfrei bewegen. Kein Blutgeschmack im Mund, und die Wüste darin war verschwunden. Hatte sie ihm Wasser eingeflößt? Hatte er ihr gestunken? Er roch nichts, aber das musste nichts heißen, denn der Kellerraum schien mit seinen dicken Wänden und seiner Kälte nahezu jeden andern Geruch zu absorbieren und in seinen eigenen zu verwandeln. Moment – warum war ihm nicht kalt? Weil er unter dem zur großen Decke ausgebreiteten Schlafsack lag, dämmerte ihm.

Vorsichtig glitt er mit der freien Hand unter die Decke, und stellte fest, sein Bauch reagierte nicht übermäßig, als er ihn abtastete. Das war gut – aber, halt: Wieso lag er unter der Decke, die sein Schlafsack war? Wo war sie? Lusche konnte nicht weit weg sein. Das Tier lag wohl zu seinen Füßen, denn von dort hörte er es leise schnarchen und traumwinseln. Er hielt die Luft an und lauschte nach mehr. Hinter seinem Kopf waren leise Atemgeräusche. Vorsichtig, doch in einer durchgezogenen Bewegung, drehte er sich zu diesen und damit zu Charlie um. Sie lag auf der Seite, wandte ihm den Rücken zu. Still lag sie da und schlief, als sei nichts gewesen ...

*

Plötzlich war da etwas. Schlagartig riss es sie aus der warmen, wohligen Dunkelheit des Schlafes. Was war das, da, hinter ihr, in ihrem Rücken? Etwas, nein, jemand lag da, ganz nah bei ihr und schien noch näher zu rücken. Der Hund? Nein, das war ein Mensch, der immer näher an sie heranrückte, bis sich schließlich ihrer beider Körper der Länge nach berührten – ihr Rücken, sein Bauch, ihr Po, sein – verdammt, das war er, das war diese kleine Ratte. Sie wollte aufbrausen, ihn unwillig von sich stoßen, wegschieben, als sie sein Zittern fühlte. Fror er? War das der Entzug? Verdammt, was sollte sie tun? Er schien ihre

Nähe instinktiv zu suchen, wie ein Lebewesen im Sturm Schutz oder Wärme bei einem anderen sucht.

Nun ja, dachte sie schläfrig, was soll's. Ich bin selbst schuld, hätte ihn nicht mitschleppen müssen, als Zeugen oder was auch immer. Er ist nur hier, weil ich das so will. Sie entspannte sich wieder und dämmerte bereits erneut weg, glitt langsam aber sicher zurück in Morpheus' Arme. Sie nahm nur noch wahr, wie Morpheus – denn Hagen war das nicht, Hagen war ein großer Bär, kein schmal-hüftiges Wesen und außerdem wusste sie, Hagen konnte und sollte das nicht sein – noch ein Stückchen näher an sie ranrückte, seinen Kopf in ihren Nacken legte und ihre Haare beiseite schob. Wie schön, dachte sie, das kitzelt im Nacken – ist das der Atem? Atmen Götter? Ist Morpheus ein Gott? Lauter eigentümliche Gedankenfetzen krei-selten in ihrem schlaftrunkenen Hirn. Morpheus … das klang nicht nur gut, das fühlte sich vor allem wunderbar an. Und doch – hatte er tatsächlich soeben gemurmelt »Tut mir leid. Ich bin manchmal echt ein Arsch«?!

*

Rattes Finger umkreisten zart und sanft ihre Nacken-wirbel, einen nach dem anderen. Er wollte sie nicht aufschrecken oder wecken, ganz im Gegenteil. Zwischen Schulterverband und Hals war ein Stück weißer Haut zu sehen. Es leuchtete im schwachen Licht der Kerze, und er fühlte sich wie ein Vampir, als er dem Verlangen nachgab, und die Stelle küsste. Vorsichtig und unschuldig sollte der Kuss sein. Dann wollte er innehalten, aber nun rückte sie plötzlich näher an ihn heran! Er küsste erneut ihren Hals, er begann zu knabbern, riechen, schmecken, fühlen, eben seine Sinne zu benutzen, um sie in sich aufzunehmen. Seine freie Hand wurde kühner, tastete sich vor in ihr Gesicht, begann es zu streicheln, um allmählich den Hals hinunter Richtung Dekolleté zu wandern. Plötzlich griff sie nach seiner Hand – und ihm, der gerade realisierte, wie eng seine Hose wurde, blieb schier das Herz stehen. Charlie drehte sich zu ihm um, lächelte ihn an, ohne ihn jedoch wirklich zu sehen. Das nahm er jedenfalls an, denn er küsste sie auf den Mund, bevor sie irgendetwas sagen oder tun konnte. Sie wehrte sich nicht, im Gegenteil, es wurde ein langer, leidenschaftlicher, fast endloser Kuss. Sie legte ihr Bein über seine Hüfte und zog ihn an sich ran. Ihm war egal, ob sie schlief oder wachte, ob sie wusste, wo sie war und wer er war. Ihre Hand streichelte seinen Rücken, suchte und fand eine Möglichkeit, unter sein Sweatshirt zu gelangen. Er hatte Mühe, halbwegs klar zu bleiben, schließlich machte er das nicht zum Spaß und doch …

*

Sie hätte nicht sagen können, wann ihr klar wurde, dass Morpheus weder Traumgestalt noch Gott, sondern schlicht die Ratte war. Es spielte keine Rolle. Es zählte nur die Nähe, die Wärme, ja, Hitze, eben das Leben, all diese Empfindungen, zu denen so ein menschlicher Körper fähig war, wenn er es mit einem anderen zu tun bekam. Es tat so gut, nicht denken zu müssen oder um irgendwas zu kämpfen, überhaupt nichts zu müssen, sondern sich der Leidenschaft an sich hinzugeben – zu forschen und erforscht zu werden, einander nah und näher zu kommen, ohne einander zu kennen. Bloß nicht denken, dachte sie, dann müsste sie sich Rechenschaft ablegen über ihr Tun. Über ihre Finger, die seinen Rücken erforschten, sehnig, knochig, dünn, hätte sie nachdenken müssen. Was die suchten, wie die immer weiter nach unten wanderten, schließlich den Hosenbund erreichend und die Grenze überschreitend, die dort lag – nein, sie wollte nicht darüber nachdenken, was sie hier tat. Nur sein wollte sie und das Sein genießen.

*

186

Verdammt, was tat sie da? Eben noch schien seine Euphorie die Reaktion auf das kleine Stück Metall zwischen seinen Fingern zu sein, den Schlüssel, den er unbemerkt aus ihrer Hose gefischt und inzwischen in die Handschelle an seinem Handgelenk gesteckt hatte. Jetzt jedoch – das fühlte sich alles viel zu gut an, viel zu nah an den feuchten Träumen, die sie schon in der ersten Nacht in ihm ausgelöst hatte, in der Nacht, als sie noch ein schlafender Engel ohne Bewusstsein gewesen war. Ihre Finger auf seinem Rücken, in *the small of his back* (gab es dafür eigentlich ein passendes deutsches Wort?), wow, das jagte einen Schauer nach dem anderen durch seinen Körper. War ihm gar nicht klar gewesen, zu wie viel Lust sein Körper all den träge machenden Opiaten zum Trotz noch fähig war, wie viel Sehnsucht nach Nähe und Sex er in sich trug und wie viel davon er zeigen und fordern konnte. Sie war eine Bullette, der Gedanke war als mentale kalte Dusche gedacht, sie hatte ihn festgesetzt, mehrfach, ihn geschlagen, hatte ihn zwingen wollen, zu den Bullen zu gehen – und dennoch, verdammt, er konnte nicht mal jetzt, wo er den Schlüssel umgedreht und sich befreit hatte, von ihr lassen. Er brachte es nicht über sich, seine Lippen von den ihren zu lösen. Stattdessen umarmte er sie nun mit beiden Armen, hielt sie fest und sich und wünschte nichts sehnlicher, als dass dieses Gefühl niemals enden würde.

*

Charlie riss die Augen auf: Was war das? Sie fühlte die Umarmung, spürte, wie er sie hielt, den einen Arm um ihren Leib geschlungen, die andere Hand forschend im Gewirr der Umbeinung – das konnte ja wohl nicht sein! Sie wandte den Kopf nach oben und sah die leere Handschelle.

»Du verdammtes Miststück«, entfuhr es ihr laut. Er

sah sie erstaunt an, als wollte er fragen, bin ich zu weit gegangen oder stehst du auf Beschimpfungen im Bett? Sie ignorierte den Blick, ignorierte auch ihren eigenen Körper, den sie nun wieder als Werkzeug ihres Verstandes und ihrer professionellen Mission einsetzte. Mit der Hüfte holte sie Schwung, und nutzte die Umbeinung, um ihn aufs Kreuz zu legen, sich dabei rittlings auf ihn zu befördern.

»Wow«, sagte er nur, und begriff noch nicht. Erst als sie sich nicht weiter bewegte, einfach nur fest auf seinem Unterleib saß, wie ein Stein oder eine Stahlklammer, und zugleich mit ihren Händen seine Arme über seinem Kopf in die Matratze presste, verstand er. Bedauern flackerte in seinen Augen, verdrängte den Nebel der Lust und wurde zum Straßenkatergrinsen: »Sorry, konnte einfach nicht widerstehen.«

Sie holte aus. Das Klatschen der Ohrfeige war eine kalte Dusche für ihre Lust. Für seine wohl nicht. Die spürte sie deutlich unter sich.

»Du kannst doch nicht meinen Stoff entsorgen und denken, damit hat es sich!«, regte sich der Dreckskerl immer noch auf, als sie ihn aus dem Kohlenkeller raus aufs Schulgelände bugsierte. Diesmal hatte sie seine Hände mit den Handschellen auf seinem Rücken gefesselt, und, damit nichts schief gehen konnte, die sogenannte Hundeleine an ihrem Gürtel festgemacht. Mit gefesselten Händen und ohne Hund würde der durchgedrehte Junkie kaum abhauen, dachte sie sich.

Das Tier schien verstört, dennoch blieb es nach wie vor auch ihr wohlgesonnen. Sie jedoch war stinkwütend – nicht auf das Tier, das konnte ja nichts dafür. Aber er – und, okay, sie selbst wohl auch. Genau das machte sie so wütend, dass sie hätte schreien, etwas kaputt schlagen mögen: Männer und ihre Scheißgefühle, dachte Charlie, und meinte sowohl Ratte als auch Hagen. Sie zerrte den Junkie hinter sich her über den nächtlichen Schulhof und weiter bis zum Parkplatz an der nahegelegenen Seitenstraße, wo ihr Wagen stand.

»Hey, du tust mir weh – was soll der Mist! Hallo …«

»Halt den Rand«, würgte sie seine Tirade ab. »Wir fahren jetzt zu Kara, die repariert die Diskette und damit hat es sich dann.«

Einhändig schloss sie die Beifahrertür auf und verfluchte im Geist den Geiz der Behörde, die für diesen Einsatz nicht mal ein Fahrzeug mit Funkzentralverriegelung herausgerückt hatte. Doch Ratte schien an keinem Fluchtversuch interessiert. Vielmehr lachte er plötzlich laut los.

»Was bitte ist hier so verdammt komisch? Spinnst du jetzt völ…« In dem Moment sah sie, was ihn erheiterte: Statt auf Reifen stand ihr Wagen auf Backsteintürmchen! Wütend trat sie gegen einen davon. »Aua! Das darf doch nicht wahr sein. Ich hasse dieses Scheißkaff!« Sie zwang sich, ein paarmal tief durchzuatmen, um wieder ruhiger zu werden. Dann sah sie sich um und sah als Erstes, wie Ratte die Fahrzeuge, die hier noch parkten, mit geschultem Kennerblick betrachtete. Vielleicht hatte es sein Gutes, einen Autodieb im Schlepptau zu haben?

»Okay«, sagte sie leise.

»Was?«, wollte er wissen, aber sie ignorierte ihn. Sie verschloss die Beifahrertür ihres unbrauchbaren Wagens. Dann packte sie ihn am Arm und zerrte ihn zum nächststehenden Pkw, einem 3er BMW älteren Baujahres.

»Und?«

»Vergiss es«, antwortete er. »Egal wie alt, für'n BMW brauchste entweder 'nen Nachschlüssel, das Funkding oder 'nen Stein fürs Fenster.«

»Und was ist mit dem Audi dahinten?«

»Zu neu, denk ich, hat bestimmt haufenweise Elektronik samt Wegfahrsperre und außerdem dürfte das

189

Blinken von 'ner Alarmanlage kommen. Ganz vorne bei der Einfahrt, da stand 'n nicht ganz so neuer Japaner, der sollte gehen. Dir ist aber schon klar, was das heißt, oder?«

Er hatte noch nicht ausgesprochen, da schob sie ihn zu dem beschriebenen Fahrzeug. Auf dessen Beifahrerseite angekommen, zog sie die Handschellenschlüssel aus der Tasche: »Ja. Wenn du Mist baust, hast du nicht nur noch einen Wagen aufgebrochen, du hast neben 'nem Dealer-ring und mindestens einem korrupten Kollegen bei der hiesigen Kripo mich am Hals. Das und nichts anderes heißt das. Also, dreh dich um und gib mir deine Hände.«

*

Er tat, wie sie ihn geheißen hatte. Doch sie befreite ihn nicht etwa, sie nahm ihm lediglich links die eine Hand-schelle ab, um diese um ihr Handgelenk zuschnappen zu lassen. Dann zog sie seinen Schraubenzieher mitsamt durchsichtiger Plastiktüte – Scheiße, sie hatte auch das Ding als Beweis gegen ihn aufgehoben, die Frau hatte echt einen Dachschaden – aus ihrer Umhängetasche, fischte das Werkzeug aus der Hülle und gab es ihm mit spitzen Fingern. Erst wollte er protestieren, dann nahm er den Schraubenzieher.

»Na denn, für Gott und Vaterland beziehungsweise für die Bullen und meine gestrenge Herrin, die Oberbullette auf der Flucht.«

Sprach's, setzte den Schraubenzieher am Schloss an, versetzte dem Teil einen Schlag, stellte fest, gut, kein Lärm, keine Alarmanlage. Aber öffnen ließ sich die Tür nicht, war wohl nicht hundertprozentig der richtige Winkel gewesen. Oder lag es daran, dass sie ihn nervös machte? Immerhin, im zweiten Anlauf war's passiert. Er hielt ihr Schraubenzieher und die noch immer gefesselte Rechte hin.

Sie schüttelte den Kopf und steckte das Werkzeug ein: »Wieso sollte ich dir trauen?«

»Weil …«, setzte er empört an, aber sie hörte ihm nicht mal zu.

Als sei er gar nicht da oder kein Stück von Belang, beugte sie sich in den Wagen hinein, griff mit ihrer freien Hand über Mittelkonsole und Fahrersitz hinweg und öffnete die Fahrertür auf der anderen Seite. Dann wand sie sich wieder raus aus dem Fahrzeug: »Steig ein«, sagte sie, und als er nicht schnell genug reagierte, packte sie ihn am Arm, um ihn per Polizeigriff zu zwingen.

»Ist schon gut, verdammt noch mal«, knurrte er, und setzte sich. ›Klack‹ machte es neben ihm, und dann sah er, sie hatte die Gelegenheit genutzt, ihre Handschelle abzunehmen und um den Haltegriff in der Beifahrertür zuschnappen zu lassen. »Nee, nicht in echt, oder?«, protestierte er müde.

Statt einer Antwort schlug sie die Tür zu und ging mit Lusche um den Wagen herum. Sie ließ den Hund hinten einsteigen und setzte sich selbst auf den Fahrersitz. Automatisch ging ihre Hand zum Zündschloss – wo sie begriff, so einfach ginge das hier nicht.

»Oh nein«, sagte sie, und schlug mit der flachen Hand aufs Lenkrad. Dann sah sie auffordernd zu ihm.

*

»Zum Kurzschließen brauch ich beide Hände.«

Achselzuckend, grinsend hatte er ihr das mitten ins Gesicht gesagt. Und das Grinsen war nicht gewichen, als sie darauf bestand, dass er es ihr erklären sollte. Nein, stattdessen hatte er sich halb genervt, halb provozierend so weit über die Mittelkonsole hinweg zu ihr respektive dem Fußraum auf ihrer Seite gebeugt, wie es die Handschellen zuließen. Sein Oberkörper lag auf ihrem rechten Bein, als er mit seiner linken Hand den Kabelbaum unterm Lenkrad hervorzerrte. Sie machte sich steif, wollte seine Berührung nicht oder wollte doch wenigstens keine

Reaktion darauf zeigen. Er jedoch schien anderweitig beschäftigt. Er suchte und fand die Kabel, die er brauchte, fischte sie heraus und hielt sie ihr hin.

»Und jetzt?«

»Zieh sie ab, halt die blanken Enden aneinander – nein, du musst dabei schon an Kupplung, Gas und den Rest denken, ohne startest du doch auch nicht mit Schlüssel, oder?«

Er hatte sich inzwischen wieder aufgesetzt, auf seinem Sitz natürlich. Und sie war sicher rot im Gesicht, so verdammt peinlich war ihr das alles.

Das Schweigen dagegen, das der Peinlichkeit folgte, das konnte sie aushalten. Anfangs passte es gut, denn sie musste sich ja ohne Navi und ohne Karten in einem fremden Auto erst mal den Weg zur richtigen Autobahn suchen. Da sie in dem Kellerloch kaum geschlafen hatte, brauchte sie dafür Konzentration und Ruhe – oder vielmehr die passende Musik aus ihrem heißgeliebten, altmodischen Car-CD-Player, den sie hier wie in jedem anderen Wagen im Handumdrehen angeschlossen hatte. Patricia Kaas hüllte sie ein und hielt sie doch wach.

Nachdem sie die A 28 Richtung Bremen erreicht hatte, hätte sie ihren Kopf liebend gerne abgeschaltet. Da waren sie wieder, die Bilder aus dem Krankenhaus und von davor, und damit die bangen Fragen: Was wusste Kara bereits, wie hatte sie reagiert auf Hagens Todesnachricht, und würde sie Charlie helfen? Was war auf der Diskette beziehungsweise welche Informationen enthielten die Dateien, die sie vom alten Bürorechner im *Toutes Françaises* entwendet hatte? Waren das überhaupt relevante Daten, würden sie nicht nur technisch lesbar, sondern kriminalistisch verwendbar und letztlich juristisch verwertbar sein?

»Isses noch weit?«, brach urplötzlich Rattes Stimme in ihre Gedanken ein, um sogleich zu verhallen, zum bloßen Echo zu verkommen. Nein, über ihn wollte sie genauso wenig nachdenken wie über Hagen. Hagen ... ob er wirklich Kara verlassen hätte, wenn sie auf diesen Vorschlag eingegangen wäre? Wie war er nur darauf gekommen? Als ihre Affäre als One-Night-Stand auf einer Fortbildung in Bremen begann, wussten sie nichts, rein gar nichts voneinander. Das war die einzige Art, auf die man ihr näher kommen konnte, sonst wappnete sie sich oder verschwand gleich. Damals in Bremen hatte sie sich nichts dabei gedacht. Sie war davon ausgegangen, sie würden einander nie wiedersehen. Dass sie nur ein paar Monate später zum LKA versetzt wurde und dabei in seiner Einheit landete, das hatte sie nicht ahnen können. Dort wiederum lernte sie Kara kennen, klein, drahtig, chaotisch, hochbegabt im Umgang mit Technik aller Art – und mit Hagen, dem Bären, verheiratet. Was ein Glück, hatte sie gedacht, dass das nur eine einmalige Sache war. Und wieder hatte sie sich geirrt.

»Wo steckt deine Freundin überhaupt?«

Wieder unterbrach der Junkie auf dem Beifahrersitz den Film in ihrem Kopf. Sie wollte nicht mit ihm reden, sie wusste nicht, worüber. Sie blickte aus dem Fenster und sah ein Entfernungsschild. *Hannover 130 km* stand darauf.

»Hey, wo?«, fragte er erneut.

Sie deutete auf das Schild.

»Ah. Danke für das Gespräch«, sagte er ätzend und blickte aus dem Seitenfenster. Das Schweigen senkte sich über sie wie ein Tuch, ein Betttuch, ein Leichentuch ...

*

Das Schweigen lastete schwer auf ihm. Was dachte sie, was wollte sie, was hatte sie vor? Aber vor allem, was dachte sie über ihn, über das, was da vorhin im Keller gewesen war und überhaupt? Scheiße, machte sie sich immer noch Sorgen von wegen ›angefixt‹ und HIV? War er für sie überhaupt mehr als ein Stück Dreck, gerade mal gut genug, Mittel zum Ermittlungszweck zu sein? Verdammt, warum hatte er zugelassen, dass sie seinen Stoff entsorgt hatte? Das MST-Zeugs, das er unmittelbar vor dem Clash auf dem Klo mit Müh und Not und Spucke runtergewürgt hatte, mochte bei Tumorschmerzen helfen, für ihn war das nichts. Okay, es ging ihm körperlich noch einigermaßen, aber gut war anders. Hm, ob sie es merken würde, wenn er …? Sie starrte geradeaus auf die Autobahn vor sich und schien dieser französischen Heulboje andächtig zu lauschen. Er sah weiterhin aus seinem Fenster, wandte ihr die kalte Schulter zu. Stur und unbewegt saß er da, während seine Linke den Tablettenstreifen aus der Jeans vorzog. Verstohlen blickte er zu ihr rüber – sie starrte vor sich hin. Erleichtert wandte er sich dem Tablettenstreifen zu, und bemerkte, verdammt, das Ding war leer!

»Oh nein.« Er sank in seinem Sitz in sich zusammen, schloss die Augen.

»Was?« Sie nahm den Blick nicht für eine Sekunde von der Straße.

»Nichts.«

Das Schweigen schluckte alles, was nicht gesagt wurde. Klack, machte der CD-Player. Srrrr. Tschip. Die CD war zu Ende. Das Schweigen wurde tiefer. Nur noch die Fahrtgeräusche und Lusches Hecheln, so gleichmäßig, als schliefe er. Ratte dagegen – Ratte hätte am liebsten losgeheult, aufgeschrien, um sich geschlagen.

»Was sollte das eben überhaupt?«

Das war sie. Und als er zu ihr rüber sah, starrte sie nicht mehr nach draußen, sondern erwiderte seinen Blick. Dummerweise war es zu dunkel, um zu ahnen, was sie dachte oder fühlte. Andererseits, so konnte sie wenigstens nicht sehen, was in ihm vorging. Er seufzte, wollte antworten, in dem Moment schüttelte sie den Kopf, als wollte sie sagen, hat doch eh keinen Zweck, von dir ist nichts zu erwarten, nichts, aber auch rein gar nichts.

»Scheiße«, sagte Ratte leise und schaute zu Boden.

»Scheiße? Ja, genau, darin stecken wir beide bis zum Hals drin – in der Scheiße, und genau das machst du die ganze Zeit wieder und wieder.«

Hörte sie sich bitter an, wütend oder doch traurig? Was war da in ihrer Stimme? Er wollte sie ansehen, aber ihm fehlte der Mut. Und zu sagen wusste er nichts, also starrte er weiter vor sich auf den Boden.

»Ich kann damit nicht umgehen«, fuhr sie fort, »Ich versteh das nicht; ich versteh dich nicht, das läuft so nicht. Das Ganze ist schon kompliziert genug und du musst es unbedingt noch schwerer machen!«

Nun blickte er doch auf, sah sie an, ihr mitten ins schöne Gesicht, das verständnislos, wütend und verloren blickte.

»Ach, meinste, mich macht das glücklich? Denkste, du machst es mir leicht? Ich rette dich – du verpasst mir was aufs Maul und dazu Handschellen. Ich helf dir – du schmeißt meinen Stoff weg. Ich besorg dir die Karre – patsch, schon wieder Handschellen. Ich bin vielleicht bloß 'n Junkie, aber ich bin doch nicht total blöd – ich will auch nur heil aus der ganzen Sache hier raus. Genau wie du.«

»Aber – wie kann ich dir so … so vertrauen?«

»Keine Ahnung. Ich muss dir ja auch vertrauen. Schließlich bist du diejenige, die mich den Wölfen vorwerfen … mich wieder in den Knast bringen will … wollt …. will … wie auch immer.«

Sie sah ihn erstaunt an. Verstand sie endlich? Sie nickte, als hätte sie seine Gedanken gelesen, dann griff sie in ihre Jeans und warf ihm den Schlüssel für die Handschellen rüber. Er fing das Ding, zittrig vor Überraschung – das redete er sich jedenfalls ein –, dann steckte er es ins Schloss und befreite sich selbst. Automatisch, unbewusst rieb er sich das Handgelenk.

»Was is 'n das für 'n Zeug, das sie dir im Krankenhaus für den Arm gegeben haben?« Unschuldig grinsend sah er sie an.

195

Sie seufzte: »Tramal. Wieso?«

»Iiee. Hätt ich mir ja denken können. Versuch ich's halt so, okay?« Er wartete ihre Reaktion nicht ab, sondern rollte sich auf dem Sitz zusammen, so gut es ging, und versuchte zu schlafen.

*

Charlie schaute zu ihm und schüttelte den Kopf. Gut, dass er die Augen geschlossen hatte. So konnte er nicht sehen, dass sie lächeln musste. Und sie konnte sich das Lächeln gestatten, ohne es verbergen oder (weg)analysieren zu müssen. Er war ein zäher, erfindungsreicher Hund, das musste man ihm lassen.

Frühlingserwachen und Frauensachen

Die Umkleidekabinen bei der Pforte der JVA erinnern optisch an Schulsport, Turnhallen, Vereinskram. Unschuldige, verschwitzte Dinge eben. Aber hier müffelt nichts nach Schweiß und es ist kein Wasserrauschen der Dusche zu hören. Charlie ist nicht das erste Mal hier, aber das erste Mal nicht als Polizistin. Das heißt, Polizistin ist sie schon, auch und womöglich erst recht in den Augen der JVA-Beamtin, die mit dem Metalldetektor gewissenhaft über ihren Körper fährt. Charlie steht einfach so da, in Jeans und T-Shirt, die Lederjacke hängt an einem Haken unterm Fenster. Das jedoch ist so hoch und die Mauer so dick, dass sie beim Blick nach draußen den Kopf in den Nacken legen muss und sich klein, zu klein, wie ein Kind vorkommt. Von der Welt draußen sind nur die Äste eines alten Baumes – wohl einer ahornblättrigen Platane, denkt sie – und dahinter ein Stückchen Himmel zu sehen. Kein Hinweis darauf, wo sie sich befinden. Nicht zu erkennen, dass sie mitten in Oldenburg sind und draußen nordischer Frühsommer die Menschen hinaus in die Parks und Straßencafés lockt.

»Umdrehen.«

Charlie dreht sich vom Fenster weg und der JVA-Beamtin zu, die nun über Bauch, Arme, Beine mit dem Metalldetektor fährt. Bei der Jeans angekommen fiept das Gerät los.

»Entschuldigung«, sagt Charlie, und zieht Schlüsselbund, Feuerzeug und andere Kleinigkeiten aus der Hosentasche. Die andere Frau greift neben sich und stellt ihr einen Plastikbehälter hin: »Bitte alles da rein. Danke.«

Sie stellt den Behälter beiseite, fährt erneut über Charlies Oberkörper und den Hosenbund. Diesmal schlägt das Gerät nicht an. Die Frau nickt zufrieden und legt den

Detektor aus der Hand. Charlie schaut sie erwartungsvoll an, will schon nach ihren Sachen und ihrer Jacke greifen.

»Nein, tut mir leid, noch nicht«, sagt die JVA-Beamtin und schüttelt bedauernd den Kopf, »wir müssen erst noch … Das ist eben bei, äh, Angehörigen von Junkies, äh, BTMern so, Frau Kommissar. Bitte ziehen Sie sich aus.«

Charlie blickt halb genervt, halb resigniert. Die andere Frau zuckt mit den Schultern, sie kann da auch nichts machen, Vorschrift ist Vorschrift, das sollte KHK Kamann nicht vergessen haben, scheint sie zu denken. Also greift Charlie in den Saum ihres T-Shirts, um es sich über den Kopf zu ziehen. Diese kleine Ratte, denkt sie, da hat er einiges gutzumachen, wenn er wieder draußen ist.

In der Höhle der Löwin

Kurz nach sieben erreichte sie Karas und Hagens Haus am Rand von Hannover. Still und friedlich lag das Wohngebiet mit seinen Einfamilienhäusern und Vorgärten in der Winterdämmerung. Ratte musste tief geschlafen haben, denn er rührte sich erst, als sie den Motor abrupt abstellte, indem sie die Kabel voneinander trennte. Sie steckte sich eine Zigarette an.

»Was … wie … wo.« Er setzte sich auf, rieb sich die Augen, schaute sich um. »Nette Gegend, das.«

Sie rührte sich nicht, starrte das Haus an, in dem noch oder schon wieder Licht brannte. Karas Tag-/Nachtrhythmus war bereits unter normalen Bedingungen alles andere als vorhersehbar.

»Wollen wir nicht zu ihr? Ich meine, deswegen sind wir doch hier, oder?«

Statt einer Antwort seufzte Charlie nur. Normalerweise war sie kein ängstlicher Typ, ganz im Gegenteil. Und ebenso ließ sie es sonst unter keinen Umständen zu, dass persönliche Gefühle in eine Ermittlung reinfunkten. Aber jetzt – jetzt hätte sie alles gegeben, um nicht hier sein zu müssen, alles hinschmeißen zu dürfen und nie wieder …

»Hey, sie wird dir schon nicht den Kopf abreißen«, sagte Ratte und stupste sie vorsichtig an. »Sie ist doch deine Freundin.«

Charlie schüttelte unwillig den Kopf, aber immerhin, das riss sie aus ihrer gedankenschweren Lethargie.

»Na los. Bringen wir's hinter uns.« Kaum hatte sie den Satz ausgesprochen, hatte sie die Tür geöffnet und war draußen. So eilig hatte sie es mit einem Mal, dass sie beinahe den Hund, der versuchte, ihr hinterherzukommen, in der Fahrertür eingeklemmt hatte. Lusche heulte empört auf.

»Tut mir leid«, murmelte sie, und strich dem Tier flüchtig über den Kopf. »Nun mach schon«, blaffte sie Ratte an, der sich mühsam aus dem Fahrzeug wand. Sie hatte keine Lust, darüber nachzudenken, was ihn so langsam und schwerfällig machte. Sie hatte genug eigene Sorgen. Sie seufzte, vergrub fröstelnd die Hände in den Jackentaschen und stapfte, ohne sich weiter um den herumschnüffelnden, hier und dort das Bein hebenden Hund oder um dessen Herrchen zu kümmern, auf die Haustür zu.

Noch bevor sie dazu kam, die Hand nach der Klingel auszustrecken, öffnete sich die Tür. Kara, eingemummelt in einen von Hagens viel zu großen Bademänteln, stand vor ihr. Beide hatten im ersten Moment den Impuls, die andere zu umarmen. Doch Charlie traute sich nicht und Kara erblickte wohl im Vorgarten den abgerissenen Junkie samt seiner Promenadenmischung.

»Hi«, sagte der unsicher.

»Charlie«, setzte Kara an und verstummte.

»Kara – es tut mir so …«

Weiter kam sie nicht. »Wollt ihr nicht reinkommen?«, sagte Kara in den Satz ihrer Freundin, Kollegin, der Untergebenen ihres Mannes hinein. Ohne eine Antwort abzuwarten, drehte sie sich um und ging ins Haus.

Zögernd tat Charlie es ihr nach.

*

Ratte fand das Ganze eigenartig. Gut, er kannte sich weder mit Frauen- noch mit Bullenfreundschaften aus, und er wusste bei allen Dreckserfahrungen, die er im Lauf der letzten siebenundzwanzig Jahre gesammelt hatte, auch nicht, wie es war, wenn ein Partner – Kollege oder Lebenspartner – starb. Dennoch, das Ganze blieb merkwürdig. Sie nahmen einander nicht in den Arm, berührten einander nicht mal. Sie gingen einfach rein, und weil ihm nichts Besseres einfiel, lief er hinterher. Ob sie es bemerkt hätten, wenn er es nicht getan hätte?

Der Flur war schmal. An der Garderobe hingen Winter- und Regenjacken, Mäntel, Mützen, Schals und Taschen in großer Zahl, aber nur in zwei verschiedenen Größen. Demnach musste dieser Hagen ein ziemlicher Brocken gewesen sein, dachte Ratte. Vom Flur gingen verschiedene Türen ab und es gab eine Treppe nach oben. Vorne beim Eingang waren die Türen geschlossen. Am anderen Ende standen die zwei gegenüberliegenden offen – auf der eine Seite ging es in ein Wohn-/Arbeitszimmer mit Stereoanlage, TV-Gerät, Couch etc., wo ein großer Rechner und ein Laptop blinkend anzeigten, mit ihnen hatte man bis grad eben noch gearbeitet. Die andere Tür führte in die Küche.

Wenig später saßen sie alle drei dort zusammen: Kara, inzwischen in Jeans und T-Shirt einigermaßen bekleidet, einem alten, abgewetzten Holzstuhl, Charlie auf der einen Seite der Eckbank, Ratte auf der anderen. Gefrühstückt hatte kaum jemand, jedenfalls war der Brotkorb noch so gut wie voll, die Müslischüsseln kaum benutzt, und auch am Obst war niemand gewesen. Nur Kaffee war geflossen. Ratte saß in seiner Ecke, Lusche am Boden neben sich, und beobachtete die beiden Frauen, hoffend, das würde ihn von dem unausweichlichen Affen noch eine Weile ablenken.

»Das ist genau das, wovor ich immer Angst hatte: dass eines Tages nur einer von euch beiden von einem dieser verdammten verdeckten Einsätze wiederkommt.« Bemüht sachlich klang Karas Stimme, und ihre Hände waren – im Gegensatz zu den seinen, mit denen er seinen Becher umklammerte – ganz ruhig. Sie hatte keinen Tropfen Kaffee verschüttet, als sie sich nachgeschenkt hatte. Charlie streckte die Hand nach der ihrer Freundin aus, doch die zog es vor, die Tasse mit beiden Händen zu halten.

»Es … es tut mir leid.«

»Ich weiß.« Kara stellte die Tasse wieder ab.

Eine Pause entstand, die Charlie nicht aushielt.

»Kara, eigentlich müsste jetzt Hagen hier sein und ich müsste tot … – Ich war so kurz davor, den verdammten Fall zu lösen, alles lief wie geplant, nein, besser noch. Bis ich plötzlich angeschossen wurde. Danach – danach kam das reine Chaos.«

Sah sie das wirklich so, fragte sich Ratte. Kara beobachtete ihre Freundin genau, aber was sah sie? Offenbar wartete sie auf etwas, dämmerte es Ratte. Bloß worauf? Charlie geriet darüber ins Stocken und verstummte.

»Erst danach?« Fast beiläufig klang Kara, doch wie sie ihre Freundin ansah, hatte etwas Lauerndes.

Charlie nickte, anscheinend bemerkte sie nicht, dass hier etwas gewaltig stank.

»Charlie, dass der Anschlag vermutlich dir und nicht Hagen galt, weiß ich längst. Ich hab die Nacht damit zugebracht, mir vorzustellen, wie es wäre, wenn nicht mein Mann, sondern meine beste Freundin gestorben wäre. Ich kann's nicht. Ich kann mir weder vorstellen, dass du nicht mehr da bist, noch gelingt mir die Vorstellung, dass Hagen für immer weg ist.«

Sie schluckte hart, kämpfte gegen die aufsteigenden Tränen und gewann. Charlie griff nach ihrer Hand; diesmal ließ Kara es zu. Einen Augenblick lang schwiegen sie. Dann blickte Kara Charlie fest in die Augen: »Es tut weh. Verdammt weh. Aber, Charlie, ich hab immer gewusst, dass Hagen – meine Güte, habt ihr beiden wirklich gedacht, niemand bekommt es mit? Die … – all die andern Frauen, das war … – so war Hagen halt. Schon immer, denke ich. Aber mitzukriegen, wie die Kollegen tuscheln; dass meine Freundin mit meinem Mann schläft, damit sie die großen Einsätze kriegt ….« Nun war es Kara, die ins Stocken geriet und darüber verstummte.

202

»Das war es nicht, ganz sicher nicht. Kara, beim ersten Mal, als ich Hagen das erste Mal begegnete, da wusste ich nichts von dir und von ihm. Ich wusste nicht mal, dass es dich gibt. Das war ... – mag sein, dass Hagen so war, ich war's doch auch. Du kennst mich, ich hab für Beziehungen keine Zeit und auch kein Interesse dran. Das mit Hagen war ein für mich typischer One-Night-Stand auf einer Fortbildung. Punkt. Aus. Ende. Oder vielmehr, das hätte es sein sollen, aber ... – Kara, als ich dich traf und damit euch beide erst kennenlernte, da war das zwischen ihm und mir längst vorbei. Oder hätte es sein sollen. Ich ... ich wollte diesen Fall, weil ich weg wollte, Abstand brauchte. Aber Hagen ...«

Kara machte sich abrupt los, schüttelte den Kopf.

»Hör auf«, sagte sie scharf. Eine kurze Pause entstand, bevor sie leise, sanft weitersprach: »Hagen kommt nicht zurück. Und ich, ich will nicht auch noch dich, meine Freundin, verlieren. Du hast nicht mit mir geredet. Das ist eine Sache. Aber sag jetzt nichts mehr, das könnte zu viel sein. Später, vielleicht können wir's später klären. Vielleicht auch nicht. Vielleicht musst du erst mal lernen, Menschen wirklich an dich ranzulassen und uns andere nicht nur zu benutzen.« Sie hielt inne, atmete tief durch, trank noch einen Schluck Kaffee, ließ aber Charlie keine Sekunde aus den Augen. »Und nun sag schon, was du von mir brauchst.«

»Wo ist hier das Klo?«, fragte Ratte rasch. Er musste hier raus. Östrogen, das zu Adrenalin gerann, war echt nicht sein Fall. Nicht, wenn er so verflucht zittrig wurde, dass er jeden einzelnen Knochen spürte, und ihm obendrein kotzübel war.

*

Charlie war froh, als sie endlich im Wohn/Arbeitszimmer waren. Das gab ihr ein Ziel, gab der Angelegenheit Sinn, eine Richtung. Bloß nicht mehr grübeln, wie sehr sie Kara verletzt hatte. Nur nicht mehr dran denken, dass ihre beste Freundin die ganze Zeit gewusst oder zumindest geahnt hatte, was da lief zwischen ihr und Hagen. Keine Zeit darauf verschwenden, sich über die verdammten Kollegen und erst recht sich selbst zu ärgern, weil sie denen durch ihr Handeln das Futter für die Gerüchte gegeben hatte. Und schon gar nicht sollten ihre Gedanken zu Hagen laufen, wie er da in Leer am Julianenpark im Auto neben ihr gesessen hatte, nur Stunden vor seinem Tod, und reinen Tisch machen wollte, wie er das nannte. Nein, an all das wollte sie nicht denken, nicht rühren, sich nicht damit befassen.

Kara suchte etwas in ihrer umfangreichen CD-Sammlung. Auf dem Bildschirm stand nur *Laufwerk a: nicht bereit*. Genau das, was Charlie auf den Rechnern der Leeraner Lebenshilfe zustande gebracht hatte.

»Also, mit getoasteten Disketten hab ich keine Erfahrung«, Kara schüttelte den Kopf und griff sich den nächsten Karton mit CDs, »aber dieser Junge … hältst du das wirklich für 'ne gute Idee?«

»Wieso? Man kann sich seine Zeugen nicht aussuchen und seine Retter wohl auch nicht.«

Kara schob den CD-Karton beiseite, streckte die Hand zum nächsten aus, nahm sich aber dennoch die Zeit, ihre Freundin zu mustern. Was Charlie nicht angenehm war, denn entgegen landläufiger Vorurteile konnte man nicht behaupten, dass es dieser Computerexpertin an Menschenkenntnis mangelte.

»Ach, dann ist er wohl nur so eine Art Rückversicherung?«

Charlie überhörte die Ironie und nickte.

Kara zuckte mit den Achseln, und fand die gesuchte CD. Sie legte sie ein, rief ein Installationsprogramm auf und lehnte sich zurück. »So, das wird jetzt eine Weile dauern. Übrigens – was treibt der Junge so lange auf der Toilette?!«

Charlie konnte fühlen, wie sie schlagartig erbleichte: »Verdammt, nicht schon wieder!« Sie sprang auf, lief in den Flur, riss die Toilettentür auf – nichts, niemand. Der Raum war leer, das Fenster stand weit offen. Der Toilettensitz darunter wie auch das Fensterbrett zeigten Fußspuren, menschliche sowie die des Hundes.

»Na, das hätte er auch einfacher haben können.« Kara trat hinter sie und schüttelte den Kopf. »Aber wer weiß schon, was im Schädel eines Fixers vor sich geht.«

Charlie hatte sich inzwischen zur Garderobe gewandt. Seine Jacke war weg. Und in ihrer ... – Nein, die Brieftasche war noch da. Sie zog sie hervor, fast erleichtert, bis sie hineinschaute und feststellte, das Fach für die Scheine war leer.

»Ich Idiotin«, murmelte sie, während sie ihre Jacke nahm und anzog.

»Vergiss es. Das bringt doch nichts.« Kara wollte ihr die Jacke wieder abnehmen, doch sie ließ es nicht zu.

»Das kann ich nicht.«

»Dann pass wenigstens auf, okay?«

Charlie nickte und griff nach der Klinke der Haustür.

»Ich ruf dich zu Hause an, sobald ich was hab«, sagte Kara. »Und du melde dich, wenn ... Du weißt schon.«

»Danke«, sagte Charlie und trat durch nach draußen.

»Dafür nicht.« Kara stand in der Tür, winkte, schüttelte den Kopf, und sah ihr nach, fast so wie immer. Charlie schluckte und beeilte sich, ins Auto und aus dem Blickfeld des Hauses zu kommen.

*

Hannover war eine merkwürdige Stadt, dachte Ratte. Er hatte jedenfalls keinen Plan von der Bühne der Chaostage. Hatte er damals die Szene vor Ort nicht gebraucht? Jetzt jedenfalls suchte er sie dort, wo man sie immer suchte: am Hauptbahnhof. Da konnte die Bahn renovieren, restaurieren, Einkaufsmeilen ober- und unterirdisch, verglast oder offen ums Schienennetz gruppieren – was in Hannover wohl erst vor kurzem geschehen war, denn er hatte den Bahnhof als Dauerbaustelle und nicht als Glaspalast mit klassizistischer Fassade in Erinnerung –, Bahnhof blieb Bahnhof und die Szene blieb nah. Vertreibungen durch Ordnungsamt und Polizei wirkten höchstens kurz- bis mittelfristig, Treffpunkte verschoben sich vom Bahnhofsvorplatz auf die Rückseite, von dort in die U-Bahn oder in eine Seitenstraße; weiter weg verschwand die Szene selten. Ob das nur in Deutschland so war, fragte sich Ratte, als er das Reiterdenkmal auf dem Bahnhofsvorplatz erreichte. Vielleicht trafen sich britische Junkies in der Nähe von Picknickplätzen und französische Fixer bevorzugten womöglich – was … Brücken? Laufstege? – , während die Niederländer alte Kirchen anstrebten. War alles möglich. Bloß, wo waren die Jungs und Mädels hier, in der niedersächsischen Landeshauptstadt?

Ratte sah sich um, lief erst gemächlich mit Lusche über den Vorplatz (eine oscarreife Leistung, fand er, denn die Gier wurde drängender, der Affe fordernder), dann betrat er den Bahnhof. Zügig durchquerte er die Halle, ging an Gleisen wie Geschäften vorbei zum anderen Ende des Gebäudes. Auch hier hatte man renoviert und den Laden aufgehübscht, doch hier war nicht ganz so viel los wie auf der Stadtseite. Merkwürdig, dass Städte Vorder- und Rückseiten hatten, und dass die Achse, die sie trennte, häufig mitten durch den Bahnhof lief. Gut, für jemanden wie ihn – ortsfremd und verdammt suchend – war das hilfreich. Es gab hier fast alles, man konnte sich unterstellen (was nichts half, wenn Hitze und Kälte aus den eigenen Knochen kamen, und das Wasser von innen aus seinen Poren drang und nicht etwa aus dem Januargrau

206

des Himmels auf seinen Kopf fiel), und man konnte … – endlich! Nein, doch nicht, der Typ war ein Hehler, und was sollte Ratte mit einer fast echten Rolex?

Er grübelte und versuchte, das Schwitzen und den verdammten Schluckauf zu ignorieren, als er zurück zur belebteren Innenstadtseite ging. Irgendwas war in seinem Hinterkopf gespeichert, das ihn am Reiterstandbild vorbei auf die Bahnhofsstraße zugehen ließ. In der Tat, ein paar Ecken weiter, ganz in der Nähe des Straßenstrichs, fand er, was er suchte. Was ein Glück, dass sie genug Bargeld in der Jacke gebunkert hatte. Sich jetzt und hier die Kohle besorgen zu müssen, das wär echt zu viel gewesen.

Anscheinend sah man ihm das an, denn der Typ drückte ihm einen Wisch in die Hand, der ihn als Abbrecher einer hiesigen Drogentherapie ausgab: »So musst du am Fixpunkt keine blöden Fragen beantworten.« Ratte bedankte sich und latschte los, zurück Richtung Bahnhof, um über die Lister Meile schnellstmöglich zur Hamburger Allee zu gelangen. Das Bremsenquietschen, als er sich auf den Weg machte, registrierte er genauso wenig wie das Hupkonzert, das dem folgte. Er hatte nur noch ein Ziel im Kopf. Es dauerte nicht lang, da sprang ihn das Blau-Weiß des Fixpunkt-Containers aus der Ferne an. Fast friesisch kamen ihm die Farben vor, und doch war es keine Form von Heimweh, die ihn nun noch einen Zahn zulegen ließen. Er band Lusche draußen am Lattenzaun fest und ging rein, seiner temporären Genesung entgegen.

Als er wieder rauskam, einen Pappbecher mit Kaffee in der Hand und eine Kippe zwischen den Lippen, erstarrte er: Neben Lusche hockte sie, seine Nemesis und sein Traum, Charlie, die Polizistin. Sie sah auf, und lächelte ihn an. Zögernd ging er auf die beiden zu, während sie den Hund losmachte.

»Schätze, du bist mir noch was schuldig«, sagte sie.

Er konnte es kaum fassen – sie machte keinen Stress, weder wegen der geklauten Kohle noch wegen des Drucks. Sie sprach nicht mal darüber, erklärte nur, sie müssten beide noch warten, Kara bräuchte Zeit, um die Daten wiederherzustellen. In der Zwischenzeit würden sie zu ihr nach Hause fahren.

Wobei – nach Hause, zu Hause, das waren Begriffe, Wörter, interpretierbar, dehnbar wie so vieles. Das Apartmenthaus nahe der Innenstadt – »ist praktischer so, wenn ich tatsächlich mal im Büro sein muss« – war um einiges größer und unpersönlicher als das Ding in Leer, in das er eingebrochen war. Und die Wohnung selbst … nun ja, zweckmäßig war das erste Wort, was ihm in den Sinn kam, als sie in dem kleinen, kaum einen Flur zu nennenden Eingangsbereich standen. Von hier aus hatte man fast die ganze Wohnung im Blick. Links die offene Küche, rechts der große Wohn-/Arbeitsbereich, von dem aus man einen kleinen Balkon nach draußen betreten konnte. Hell, weiß, grau, beige bis gelb, das waren die Farben hier. Ein Großteil der Möbel waren Einbauelemente – nicht nur in der Küche, auch beim Eingang und im Wohnzimmer selbst –, die wahrscheinlich mit dem Apartement vermietet wurden. Dazwischen standen einzelne Möbel, die auf den ersten Blick so schlicht aussahen, dass sie auf den zweiten nur teure, moderne Designerdinger sein konnten. Viele Fenster ließen jede Menge Licht herein, das war gut, obwohl es hier drinnen nicht viel zu sehen gab. Ein, zwei große, eine Handvoll kleinere Schwarz-Weiß-Fotografien, mehr Wandschmuck gab es nicht. Und es lag nichts, aber auch rein gar nichts herum.

Charlie war im Eingangsbereich stehengeblieben und sah den Stapel Briefumschläge durch, den eine Nachbarin oder Freundin auf dem Telefontischchen für sie hinterlassen hatte. Graue, längliche Umschläge, zumeist mit

Fenster – keine erkennbar private Post darunter. Ratte wagte sich derweil in den Wohnbereich vor, und sah sich den weißen Teppich, den Glastisch, die helle Ledercouch und die ungemein aufgeräumten weißen Bücherregale an.

»Also – mein Angebot steht: Du solltest als Putze und Haushälterin bei uns anfangen. Dann würd man in Henrys Schrotthaus wenigstens mal was finden. Das hier … das hier ist einfach nur ›wow‹«, sagte Ratte, und schüttelte den Kopf. »Wie schaffst du das bloß? Lebst du mit Handschuhen oder warst du in 'nem früheren Leben mal OP-Schwester?«

Er entdeckte die CD-Sammlung in einem der Regale und wandte sich dieser mit neu erwachtem Interesse zu. Italienische Opern, Jazz, Klassik, französische Chansons – nichts davon war sein Ding.

»Ich bin nicht oft hier.« Charlie hatte die Post nach wichtig und unwichtig vorsortiert und öffnete soeben einen der wenigen als bedeutsam eingestuften Briefe. »Und wenn, selten für lange. Außerdem – ich brauch nicht viel, also hab ich nicht viel, also kann nicht viel Durcheinander entstehen. Was ich praktisch finde, denn entgegen deiner Vorstellung räum ich nicht gern auf. Ich vermeide das Chaos bloß konsequenter als du.« Ratte sah sie an, sagte aber nichts. Dafür sprach sie nach einer kurzen Pause weiter. »Also, ich würd jetzt am liebsten duschen. Letzte Nacht war so kurz, und wo Kara sicher eine Weile brauchen wird, um die Technik in die Reihe zu kriegen, wird's an der Zeit nicht scheitern.«

»Klingt gut. Wer zuerst?«

»Ähm, ja, also, ich weiß nicht so recht.« Ihrer unsicheren Reaktion nach zu urteilen hatte er irgendwas falsch verstanden.

»Ist deine Dusche kaputt? Bei uns isses heiße Wasser meist eh alle, bis ich mal drankomm. Ich muss auch nicht unbedingt, wenn das 'n Problem für dich ist, weil's ja deine Dusche ist und so …« Er sah sie fragend an, doch sie wich seinem Blick peinlich berührt aus. Endlich dämmerte ihm, wo das Problem liegen könnte. Er musste grinsen: »Zu zweit duschen ist wohl nicht drin, aber wie wär's mit Abschließen – Wohnungs- und Badtür, womöglich? Ich hab zwar, was ich brauch, und ich hau auch selten aus 'm Fenster im vierten Stock ab. Aber vielleicht ginge es so für dich?«

Nun sah sie ihn doch an, und sah nachdenklich aus. Schließlich hellte sich ihr Gesicht auf und sie nickte seinen Vorschlag ab: »Du zuerst«, sagte sie, »Ich hol dir Handtücher und ein frisches T-Shirt.«

*

Während er duschte, inspizierte Charlie ihre Küche.

Den Auftrag in Leer hatte sie unbedingt gewollt, in dem Punkt hatte sie Kara nicht angelogen. Sie hatte allerdings nicht geahnt, wie schnell sie nach Friesland aufbrechen würde und wie abrupt ihre Rückkehr käme.

Das Brot im Kasten taugte nicht mal mehr für die vierbeinigen Kollegen bei der Reiterstaffel. Schimmel bildete einen feinen Pelz und hatte sich bis tief in den Kasten verbreitet. Sie wollte Wasser in die Spüle laufen, den Brotkasten einweichen lassen, hielt aber inne, noch bevor sie den Hahn aufdrehte, und lauschte: Ja, doch, aus dem Bad drang noch immer Wasserrauschen. Nun ja, Ratte hatte es mit Sicherheit bitter nötig gehabt, auch, wenn er selbst das womöglich anders sah.

Sie öffnete den Kühlschrank, zog Fächer heraus, öffnete Plastikdosen und las Mindesthaltbarkeitsdaten. Immerhin, das meiste war noch brauchbar. Lediglich der Überrest der Spaghetti im Kochtopf war nur noch Müll und kurz davor, zu neuem Leben zu erwachen. Dabei war es gerade mal eine gute Woche her, dass sie diese Mahlzeit für sich, Kara und Hagen zubereitet hatte. Es war ein improvisiertes Abschiedsessen gewesen. Hagen hatte sie zum Essen einladen wollen, doch sie wollte zu Hause kochen. Undercover kam sie nie dazu, und sie mochte alles Italienische, nicht nur die Musik. Ein schöner Abend war es gewesen, obwohl Hagen es sonst vermied, Frau und Ex-Geliebte, beide zudem Kolleginnen und Freundinnen, zugleich privat und beruflich zu treffen. Sie hatten Wein getrunken. Die Gläser standen noch in der Spüle; das Einweichwasser darin war vertrocknet. Welch ein Glück, dass ihr Nachbar die Spülmaschine für sie gestartet und hinterher zum Lüften geöffnet hatte. Sonst hätte das wieder bestialisch gestunken. So musste sie nur aufpassen, dass sie nicht zu heulen anfing, als sie mit den Tellern, dem Besteck und dem anderen Geschirr, das sie aus der Maschine nahm, auch krampfhaft versuchte, die Erinnerungen an Hagen und Kara und die glücklicheren Tage, die ihr damals fluchtwürdig erschienen waren, wegzuräumen.

Das Telefon klingelte. Sie eilte ins Wohn-/Arbeitszimmer und nahm das schnurlose Gerät aus der Ladestation.

»Kara?«

»Nein. Zweier hier. Sie erinnern sich – Leer, die Stadt in Ostfriesland, KHK Eickborn, erschossen, KHK Zweier, ermittelnd, Ihre Wohnung im Büchnerweg Opfer einer Gasexplosion – wissen Sie noch?«

Der Provinzbulle konnte ganz schön sarkastisch sein. Verdammt, woher hatte er bloß ihre Privatnummer?

»Wieso haben Sie sich nicht an unsere Absprache gehalten? Warum haben Sie sich nicht gemeldet? Nach der Explosion hatte ich befürchtet, ich müsste in einem Doppelmord ermitteln!«

Inzwischen hatte Charlie Überraschung und Schrecken halbwegs überwunden. Sie setzte sich an den Schreibtisch, atmete tief durch, und sorgte so dafür, dass ihre Stimme fest, klar und ruhig klang. »Es ist etwas dazwischen gekommen. Es gab technische Schwierigkeiten. Die haben mich aufgehalten, sind aber lösbar, kein Problem.«

»Ach, und warum sitzen wir dann nicht gemeinsam bei der Staatsanwanwaltschaft und diskutieren dort über Ihre Beweise und die nächsten Ermittlungsschritte?«

»Sag ich doch: Technische Probleme.« Worauf wollte der Kerl raus, was wollte er von ihr? Und wie könnte sie rausfinden, ob ihm zu trauen war?

»Hören Sie, ich hab keine Zeit für Agentenspielchen. Tut mir leid, dass Ihr Partner getötet wurde; ich bin froh, dass Ihnen bei der Explosion nichts passiert ist, aber wenn Sie dem Fall nicht – oder nicht mehr – gewachsen sind, dann …«

»Was wollen Sie?«, unterbrach sie ihn nun doch.

»Ihre Beweise. Wenn Frau Eickborn sie retten kann. Oder Ihren Zeugen.«

»Sie haben mit Kara gesprochen?« Charlie war verblüfft.

»Natürlich. Ich leite die Ermittlungen. Und wir brauchen Ergebnisse. Schnell. Ich erwarte Sie noch heute Abend bei der Staatsanwaltschaft beziehungsweise in meinem Büro – mit den Daten oder mit Florian Berger. Im Notfall muss eben seine Aussage für einen Durchsuchungsbefehl bei *Toutes Françaises* reichen. Wir müssen den Drogenring festnageln, bevor die das Lagerhaus geräumt haben. Oder alle Beweise für die Anschläge auf Ihr Leben und das KHK Eickborns vernichtet sind. Allein mit der Zeugenaussage wär's nicht perfekt, aber besser als gar nichts. Und mit gar nichts geb ich mich nicht zufrieden. Erst recht nicht, wo es auch um eine undichte Stelle in meiner Behörde geht, wie KHK Eickborn mir anvertraut hatte.«

»Sie haben mit Hagen gesprochen?« Charlie hätte sich verfluchen können, das war ihr so rausgerutscht und überdies viel zu emotional. »Im Krankenhaus?«

»Nein, davor und nur kurz. Aber lang genug, um zu ahnen, es geht um viel. Zugleich dauert es mal wieder ewig, um an die offiziellen Akten zu kommen. Deshalb brauche ich Sie – Sie samt Daten oder mit dem Zeugen.«

»Mir ist das aber zu wenig«, sagte Charlie, und hoffte, dass sie souveräner klang, als sie sich fühlte. »Und zu unsicher. Was ist tatsächlich mit der undichten Stelle? Und was passiert, wenn mein Zeuge nicht aussagt?«

»Glauben Sie mir, er wird aussagen. Und Sie werden hier sein, heute Abend. Sonst schreibe ich ihn zur Fahndung aus und sorge dafür, dass man Ihnen den Fall entzieht. Verstanden?«

Charlie schwieg. Was sollte sie auch zu diesen unverhohlenen Drohungen sagen? Dann realisierte sie, dass das Wasserrauschen verstummt war. Mist, nun lief ihr auch noch auf dieser Seite der Leitung die Zeit davon.

»Sie lassen mir ja keine Wahl«, sagte sie und legte auf. »Verdammt«, murmelte sie, und starrte vor sich hin.

»Du bist dran!«, hörte sie Ratte gut gelaunt aus der Tür des Badezimmers rufen. Er durchquerte den Raum, ging am Schreibtisch vorbei und ließ sich, noch mit nassen Haaren und dampfend, aufs Sofa fallen. Sie wollte schon etwas sagen, aber dann dachte sie, später, überstürz das nicht, warte lieber ab, und ging ihrerseits ins Bad.

*

»Mist!«, hörte Ratte Charlies Stimme aus dem Bad. »Verdammt!«

Er schaute von dem Fotoband auf, in dem er geblättert hatte. Gerade rechtzeitig, denn nun flog die Badezimmertür auf, und Charlie erschien auf der Schwelle. Eingehüllt in ihren dicken, wadenlangen Bademantel hätte sie als Hollywood-Diva durchgehen können. Bloß die tropfenden, ungleichmäßig shampoonierten Haare passten nicht ins Bild: »Das geht mit einem Arm nicht«, sagte sie halb sauer, halb bittend.

Fiel ihr echt schwer, Hilfe anzunehmen, dachte Ratte, als er kurz darauf mit ihr im Badezimmer stand. Dabei lag es nahe, dass das mit 'ner Schussverletzung im Oberarm nicht als Solo funktionieren konnte. Sie hatte sich vornüber übers Waschbecken gebeugt, er stand hinter und halb über ihr und wusch ihr Haar hingebungsvoll.

»Isses okay so?«, fragte Ratte und begann, das Shampoo auszuspülen.

Sie produzierte ein bejahendes »Mhm.«

Er griff erneut nach der Shampooflasche, eine zweite Runde konnte nicht schaden. So entspannt war sie seit ihrer ›Flucht‹ aus Henrys Haus nicht mehr in seiner Gegenwart gewesen, und so nah ran an sie war er selten gekommen in den letzten Tagen. Sie schien die Kopfmassage zu genießen. Vielleicht war das Zeitpunkt, sich auch anderweitig näher zu kommen?

»Das mit Hagen und dir«, setzte er vorsichtig an, kam aber nicht weiter.

Sie richtete sich abrupt auf und sah ihn im Spiegel über dem Waschbecken wütend an: »Das geht dich gar nichts an«, blaffte sie.

»Ist ja schon okay«, bemühte sich Ratte, sie zu beschwichtigen. Wahrscheinlich wäre das nicht so einfach über die Bühne gegangen, wäre ihr nicht das Shampoo in die Augen gelaufen. So blieb ihr nichts anderes übrig, als sich erneut übers Waschbecken zu beugen, und ihn machen zu lassen. Er drehte den Wasserhahn auf und spielte mit den Fingern im Strahl herum, während er wartete, dass das Wasser die richtige Temperatur bekam.

»Das heute Nacht …«, setzte er erneut an, traute sich nicht weiter und verstummte. Dafür passte die Wassertemperatur nun und er begann, ihr gründlich den Schaum aus den Haaren zu spülen. »Okay so? Nicht zu heiß?«, fragte er, damit die Stille nicht zu groß wurde und sie am Ende auf dumme Gedanken kam.

»Alles okay, alles bestens«, sagte sie, und klang wieder sanft und freundlich. »Das heute Nacht …?«

Statt einer Antwort beugte sich Ratte so weit über sie, dass er ihren Nacken küssen konnte. Ganz vorsichtig und auf der Hut, man wusste bei ihr ja nie. Doch sie ließ es sich gefallen. Mehr noch: Sie stellte das Wasser ab und drehte sich in dem engen Raum, der zwischen seinem Körper und dem Waschbeckenrand blieb, zu ihm um. Sie schob die Haare mit der unverletzten Hand zurück, lächelte, und küsste ihn auf den Mund. Er konnte sein Glück kaum fassen, hielt stattdessen sie fest, und zog sie ganz nah an sich heran. Den Kuss unterbrach er nicht, sicher war sicher.

*

Was taten sie hier? Was tat *sie* hier? Konnte das sein, durfte das sein, musste es vielleicht sogar …? Ihr Kopf war nicht bereit, sich so schnell von Hormonen und Gefühlen ausheben zu lassen. Er ist ein Zeuge, Teil eines Falles, das ist, als ob du Beweismittel kontaminierst, sagte ein Gedanke. Aber er hat mich gerettet – ach was, angefixt – dennoch, er hat mich gerettet und außerdem fühlt sich das gut an, er fühlt sich gut an … – Hallo, der Kerl ist ein kleinkrimineller Junkie! – Na und, ich will das aber so … So oder so ähnlich hätte es sich angehört, hätte KHK Kamann ihre Gedanken ausgesprochen. Tat sie aber nicht, denn zum einen war ihr daran gelegen, den leidenschaftlichen Kuss nicht zu unterbrechen, nicht mal, als sie Ratte aus dem kleinen, engen, unbequemen Bad rausschob. Zum anderen, so sehr sie ihn wollte in diesem Moment, so wenig sie dieses Verlangen erklären konnte: Ihn an ihren Gedanken und Zweifeln teilhaben zu lassen, kam nicht in Frage.

Das lag nicht an ihm. So war sie eben. Sie wollte ihn, ob als Trostpreis oder aus der Leidenschaft des Augenblicks, ob aus einem Gefühl der Verlorenheit heraus oder schlicht, weil sie beide in der verzwickten Lage Endorphine nötig hatten, all das wusste sie nicht und wollte sie nicht wissen. In punkto Sex war Charlie so männlich, wie ihr Name suggerierte – Sex war eine Sache des Momentes, das hatte mit Beziehungen, Liebe und anderem komplexen Zeug herzlich wenig zu tun. Im taumelnden Tanz ihrer Umarmung erreichten sie das Sofa, stolperten über etwas, und fielen in die Kissen. Das hätte schlimmer kommen können, dachte Charlie, und lehnte sich mit entspanntem Lächeln und wohlig geschlossenen Augen zurück. Sollte er mal zeigen, was er drauf hatte.

*

Ratte ließ sich fallen, mit Haut und Haaren und allen Sinnen erkundete er sie. Er knabberte und küsste sich ihren unverletzten Arm entlang bis hoch zu ihrem Hals. Sie schmeckte nach etwas Fruchtigem, das war das Duschgel, aber auch ein bisschen salzig, als bräche ihr der Schweiß aus, obwohl es gar nicht so heiß war in der coolen, weißen Wohnung. Während er küsste und knabberte, schmeckte und roch, streichelte er den verletzten Arm vorsichtig mit den Fingerspitzen. Sie ließ auch das geschehen, vielmehr, es schien ihr zu gefallen. So deutete er ihren überstreckten, schutzlos und damit höchst anziehend dargebotenen Hals, die geschlossenen Augen, das entrückte Lächeln und die eigentümlichen Laute, die mehr aus ihrer Kehle, ihrem Körper als solchem, denn aus ihrem leicht geöffneten Mund zu kommen schienen. Dieser Mund zog ihn magisch an. Er konnte nicht anders, als ihn zu küssen, sich in ihn fallen zu lassen, zu hoffen, sie werde ihn essen, trinken, verschlucken und eines Tages wieder freigeben. Bloß nicht zu bald, dachte er, lass mich nicht los, fang nicht an zu denken, sprich nichts.

Der Kuss weckte sie aus der passiven Hingabe. Sie begann, seinen Rücken unterm T-Shirt mit ihren Fingern zu erforschen. Ihm wurde heißer, noch ein Teil seines Bewusstseins schaltete sich zugunsten archaischer Gefühle und Genüsse ab. Es wurde eng in seinen Klamotten, in seiner Hose vor allem, sehr eng. All dieser Stoff, all dieses lästige Zeug! Sie schien ähnliches im Sinn zu haben, jedenfalls zog sie ihm mit einer plötzlichen Bewegung das T-Shirt über den Kopf und sah ihn an. Er lächelte, wollte sie an sich ziehen, aber sie sperrte sich. Was war das? Warum schüttelte sie den Kopf? Was blickte sie so – traurig?

»Nein, bitte nicht.«

Er ließ sie augenblicklich los, obwohl er nicht verstand, rein gar nicht begriff, was hier vor sich ging. Er rückte ein Stück von ihr ab, vielleicht brauchte sie Abstand, mehr Luft, wer wusste das schon, so gut kannten sie einander noch nicht, und er – er hatte schon lange keinen Sex und gleichzeitig Zeit und Gefühl dafür gehabt. Sie setzte sich auf, berührte seine Arme mit den Fingerspitzen. Er sah hin – die Innenseite seiner Arme wie seine Handgelenke waren voller Einstiche, manche kaum erkennbar, manche frisch, einige rot entzündet, andere weiß und vernarbt.

»Ach, das.«

Was sollte er sonst dazu sagen? So sah er halt aus. Und für das, was er bei anderen gesehen hatte, die ähnlich lang und ausdauernd drauf waren, aber nicht so auf sich achteten, nicht versuchten, ›ihre‹ Dosis zu halten und obendrein keinen Freund hatten, der in 'nem Krankenhaus arbeitete – na ja, also im Vergleich zu anderen Junkies sah er noch ziemlich fit aus. Nur sah sie das wohl anders. Ihre Haltung, ihr Blick, alles deutete darauf hin, dass sie sich wieder hinter ihrer verdammten Rolle zu verschanzen begann. Nicht schon wieder, dachte er, das darf doch nicht wahr sein. Wieso war diese Frau so kompliziert? Er seufzte: »Wenn ich vergessen kann, dass du 'n Bulle bist, kannst du dann nicht dasselbe bei mir machen?«

Charlie schüttelte traurig den Kopf. »Wenn ich vergesse,

dass ich ein Bulle bin, tut es weh zu sehen, was du mit dir anstellst.« Sie stand auf und ging rüber zum Schreibtisch, wo ihre Zigaretten lagen.

Ratte zog sein – also streng genommen ihr – T-Shirt wieder an und auch das Sweatshirt.

Charlie blieb mit dem Rücken zu ihm am Schreibtisch stehen und zündete sich eine Zigarette an: »Außerdem haben wir noch ein ganz anderes Problem«, setzte sie an und drehte sich zu ihm um, »Zweier will die Daten. Noch heute. Oder dich.«

Ratte starrte sie entgeistert an: »Ist nicht dein Ernst.«

»Meiner nicht, aber seiner. Und wenn wir uns nicht dran halten, landest du auf der Fahndungsliste.«

Ratte hatte keinen Nerv, rumzusitzen und sich das anzuhören. Er sprang auf, suchte und fand seinen Rucksack in einer Ecke am Boden und begann, die paar Sachen, die er rausgenommen und im Raum verteilt hatte, hektisch einzupacken.

»Lass uns abhauen«, sagte er. »Ich geh nicht wieder in den Knast. Nie wieder, hörst du?!«

Charlie ging zu ihm, hockte sich neben ihn, packte ihn am Arm: »Nicht so schnell. Noch kann Kara die Daten retten. Und selbst wenn nicht, ich lass mir was einfallen.«

Ratte jedoch war rationalen Argumenten nicht mehr zugänglich. Er war nur noch panisch: »Wenn du nicht mitkommen willst, lass mich gehen. Du hast es versprochen, verdammt!«

»So schnell gibst du auf?«

Er reagierte nicht, machte nur den Rucksack zu.

»Nein, so geht das nicht. So will ich das nicht. Noch nicht. Noch ist Zeit. Wir fahren zu Kara und zwar jetzt.«

Die Kälte und die Bestimmtheit in Charlies Stimme waren wie ein Schlag in sein Gesicht. Aber er nickte. Was hätte er ihr auch entgegensetzen sollen, können?

*

Und wieso staute sich in dieser verdammten Landeshauptstadt immer dann alles, wenn man es wirklich eilig hatte? Zuerst hatte sie nicht schlecht gestaunt, als sie sah, das Leeraner Auto war weg. Abgeschleppt hatte man es, weil sie nicht drauf geachtet hatte, wo sie es hingestellt hatte. Und weil sie zu Hause auf so etwas normalerweise nicht achten musste. Schließlich verfügte die Wohnanlage über eine große, moderne Tiefgarage. Dort stand ihr Privatwagen – ein kleiner, wendiger Franzose, bei dessen Anblick Ratte ausgerufen hatte »Himmel, singt das Ding gleich irgendwelche Schangsongs!?«

Immerhin sprang der Renault an, der Tank war fast voll, und los ging's – bis zur Ausfahrt, vor der ein Lkw stand. Es dauerte ewig, bis sie endlich draußen waren, und dann der verfluchte Verkehr in der Stadt. All das verstärkte und potenzierte Charlies allgemein schlechte Laune, ihre aggressive Grundstimmung.

»Von so einem Provinzbullen lass ich mir nichts vorschreiben«, wütete sie vor sich hin. »Was bildet der sich ein, wer er ist?!«

Sie drückte auf die Hupe, als könnte sie damit Zweier wie auch den ihrer Meinung nach zu langsam abbiegenden Mercedes vor sich aus der Welt oder wenigstens aus ihrem Weg befördern. Ratte saß, nein kauerte neben ihr auf dem Beifahrersitz, mit dem Hund im Fußraum vor sich.

»Ein Arsch, für den Junkies Freiwild sind«, murmelte er, und doch hörte ihn Charlie, hörte auch seine Angst und noch etwas, das sie nicht greifen konnte, in seiner Stimme.

»Vielleicht«, sagte sie, bemüht sanfter, denn sie wollte Ratte nicht noch mehr verschrecken, »Und vielleicht ist er dazu noch was ganz anderes: Ein verfluchter Verräter nämlich. Nur – dafür brauch ich die Daten, eine Aussage, irgendwas halt.«

Es gelang ihr zwar, der eigenen Ungeduld und der unglaublichen Langsamkeit des zähen Verkehrs zum Trotz zu Kara zu kommen, allein: Das half nicht weiter. Betreten standen sie zu dritt im Arbeitszimmer bei den blinkenden Monitoren, den ratternden Rechnern, all den Programmen und Tools. Leider waren das keine magischen Gegenstände, nur technische Hilfsmittel, und Kara mochte begabt, ideenreich und erfahren sein, Wunder konnte sie keine vollbringen. Die getoastete Diskette mit Charlies Beweisen war Schrott. Ob das gleich beim Toasten oder erst danach passiert war, wusste sie nicht. Es hätte nichts geändert. Das wussten beide Frauen, schließlich waren sie beide lange genug dabei. Beweise hatte man oder hatte man nicht, Grauzonen gab es nicht. Also, folgerte Charlie, blieb nur ein Ausweg: Sie musste die Daten ein zweites Mal besorgen. Sie musste Karas Virus vom alten Bürorechner im *Toutes Françaises* schmeißen, die Datei aufrufen – immerhin wusste sie noch einigermaßen, wo sie sie gefunden hatte –, sie erneut entschlüsseln und gut wär's. Doch irgendwie schien Kara damit ein Problem zu haben.

»Was ist? Hast du die Programme nicht mehr?«

»Doch, natürlich hab ich die Dinger noch.«

»Aber was, Kara? Was ist los? Ich hab keine Zeit. Ich muss jetzt nach Leer zurück. Wenn ich überhaupt noch eine Chance hab, an den Rechner zu kommen, dann höchstens noch heute Nacht. Und dazu brauche ich die Programme. Lass dich nicht so bitten – mir läuft die Zeit davon.«

»Toll: Bis heute Nacht bin ich auf der Fahndungsliste«, mischte sich Ratte ein.

»Nicht nur du«, antwortete Kara und blickte von ihm zu Charlie. »Und nicht erst dann. Zweier hat angerufen. Sie suchen nach euch beiden. Ganz offiziell.«

Charlie begriff nicht sofort. Ratte dagegen schien es

die letzten Kraftreserven aus dem Körper zu saugen. Er musste sich setzen.

»Das kann er doch nicht … Dieser verdammte Mistkerl hat tatsächlich – Ich werd nicht mehr!« So brachen sich Wut und Erkenntnis Bahn bei Charlie. »Was hat er gesagt? Weswegen bin ich auf der Fahndungsliste? Was hat der Drecksack als Pseudoargument angebracht? Nun red schon, Kara – mit mir, deiner Freundin, und nicht diesem Typen, bei dem wir nicht wissen können, wie tief er möglicherweise mit drinhängt!«

»Er hat nach der Diskette gefragt.« Kara blieb sachlich, darin war sie gut, jedenfalls solang es um sachliche Dinge ging. »Was hätte ich ihm sagen sollen? Er ist immerhin der ermittelnde Beamte. Und die Diskette ist gründlich kaputt. Du hast selbst gesagt, dass du sie getoastet hast. Und du bist mit ihm unterwegs – einem Junkie, der praktisch seine Bewährung geschmissen hat, und auf eine nicht erklärte Art in diese Geschichte verstrickt ist. Du musst selbst zugeben, dass das …«

»Dass das beschissen klingt?« Charlie fuhr Kara in die Parade, doch aus der Wut wurde allmählich Verzweiflung. »Klar, das klingt beschissen. Aber nur, wenn man mich nicht kennt. Du weißt, was ich von faulen Eiern halte und wie ich über Sucht und Abhängigkeit denke. Du kennst mich, verdammt, ja, ich hab mit Hagen geschlafen. Wir haben dich beide betrogen und das war beschissen und falsch und es tut mir unendlich leid, was du mir jetzt vermutlich nicht glauben wirst. Aber, noch einmal – glaubst du, Kara Eickborn, ich, Charlie Kamann, bin bestechlich?«

Kara schüttelte den Kopf, aber Charlie war noch nicht bereit, das Wort an sie zurückzugeben.

»Nein? Gut. Denn überleg doch mal: Es gibt nur zwei Möglichkeiten: Entweder Zweier ist völlig beschränkt, ein kleiner Provinzbulle, der grad den großen Macker gibt und dabei deine, meine und Hagens Ermittlung plattmacht. Oder aber, schlimmer, viel schlimmer noch, er ist der korrupte Kollege, um den sich alles von Anfang an gedreht hat. Dann wären Hagen und ich und Ratte die idealen Sündenböcke. Also, entscheid dich, Kara, ich brauch deine Hilfe. Ich muss heute Nacht im Lagerhaus an den Rechner. Egal, wie gering die Aussichten auf Erfolg sein mögen, das ist meine letzte Chance.«

*

Endlich hielt sie inne und hielt den Rand. Ratte reichte es jetzt, er stand auf. Er konnte selbst spüren, wie fahrig seine Bewegungen waren, und dass er nicht nur ungeduldig, sondern aggressiv und gierig war.

»Klar, <u>deine</u> letzte Chance«, schleuderte er Charlie entgegen. »Deine letzte Chance, dich umzubringen. Darauf hab ich keinen Bock. Bei so einem Blödsinn mach ich nicht mit.«

»Verkriech dich doch, dich brauch ich nicht.«

Eiskalt kam das, schnitt durch seine Knochen und seine Seele. Aber er wollte nicht nachgeben und sie hatte sich bereits von ihm abgewandt, als sei er ein nicht mehr brauchbares, kaputtes Werkzeug, ein Mittel, das keinem Zweck mehr diente. Sie schaute wieder ihre Freundin an und zu ihr sprach sie ganz normal: »Kara, bitte. Wem vertraust du mehr, einem Unbekannten oder mir?«

Kara drehte sich seufzend zum Schreibtisch um, öffnete eine Schublade und nahm CDs und Disketten sowie ein Ersatzlaptop für Charlie raus: »War ja klar«, sagte sie, »aber versuch wenigstens, auf dich aufzupassen, okay?«

»Danke.« Charlie umarmte Kara kurz und nahm ihr die Sachen ab. »Du bist die Beste. Und, glaub mir, ich versuch das für uns alle gutzumachen. Wenigstens das …« Sprach's, warf noch einen abschätzigen Blick auf Ratte, und schon war sie auf dem Weg nach draußen.

Er und Kara schwiegen einen Moment. Erst nachdem die Haustür ins Schloss gefallen war und das Motorengeräusch die Abfahrt des Renault verkündet hatte, kam wieder Leben in die beiden.

»Liegt's an mir oder ist die immer so?«

Kara zuckte mit den Schultern und seufzte. Offensichtlich wusste sie genauso wenig mit ihm anzufangen wie er mit ihr. Die Stille am Ende seiner Frage dehnte sich ins Unendliche, da, wo der Affe auf ihn wartete, dort, wo Charlie sich vor ihm verbarg. Er schüttelte den Kopf, versuchte, sich nicht ins Labyrinth seiner wirren Gedanken locken zu lassen. Manchmal schien der Entzug Trugbilder zu wecken, Fratzen, hinter denen sich unangenehme Wahrheiten verbargen.

»Hör mal«, drang Karas Stimme nach einer gefühlten Ewigkeit zu ihm durch, »Ich weiß ja auch nicht, aber, wenn du verschwinden willst, mach's halt.« Sie verfing sich in ihrer Unsicherheit und verstummte.

Er schüttelte energisch den Kopf. »Nee, erst hab ich noch was zu erledigen … in Leer. Und dafür brauch ich … Also, was ist: Muss ich mir 'ne Karre klauen oder gibste mir deine?«

*

Charlie war längst auf der Autobahn Richtung Norden. Egal wie riskant oder schwierig etwas sein mochte, das Leben fühlte sich eindeutig besser an, wenn es eine klare Aufgabe und ein ebensolches Ziel gab. Die Probleme mit Zweier und der schiefgelaufenen Ermittlung waren ein Kinderspiel im Vergleich zur fälligen, echten Aussprache mit Kara oder zur Hilflosigkeit ihrer Trauer um Hagen.

Und Ratte, diese miese kleine Ratte hatte sie hängen lassen, einfach so! Na ja, wer weiß, vielleicht war das nicht nur schlecht. So musste sie nicht über ihn nachdenken und konnte all die verwirrenden Gefühle, die an seinem

Bild, ach was, an seiner Person hingen, weit weg in ihren Hinterkopf verbannen.

Musik, das wäre jetzt gut. Aber bei Höchstgeschwindigkeit den mobilen CD-Player mit dem Autoradio zu verkabeln, das war nicht leicht, um nicht zu sagen, unmöglich. Also schaltete sie das Radio ein und versuchte, den Polizeifunk reinzubekommen. Doch außer Knacken und Rauschen war da nichts – bis sie wütend mit der Hand auf die Konsole darüber schlug. Schlagartig plärrte ihr Volksmusik der grausamsten Sorte in voller Lautstärke um die Ohren.

»Ich hasse Technik!«

Noch ein Schlag gegen die Lärmkiste und erneut herrschte Stille. Jedenfalls, soweit es in einem kleinen Renault bei Höchstgeschwindigkeit auf einer bestenfalls mittelmäßigen deutschen Autobahn still sein konnte.

*

Ratte blinzelte erneut, aber die Szenerie blieb: Kara hatte ihn in die Garage neben dem Einfamilienhaus geführt, durch ein Beet wild wuchernder Pflanzen, das im Sommer sicher ein kleiner Urwald war. Und die Sonne dazu, so schien es, verbarg sich in der Garage – ein knallgelber Camaro Z28 stand darin und sah aus wie ein strahlender Stern aus Metall.

»Wow«, sagte Ratte, und das wohl nicht zum ersten Mal, denn Kara schob ihn in die Garage rein und sich dann an ihm vorbei.

»Ich häng nicht an Dingen, sie sind ersetzbar, anders als Menschen.« Sie stockte, dachte vermutlich an Hagen, ihren toten Mann, wo er an Charlie denken musste. Dann ging sie zur Beifahrerseite des Wagens und setzte ihre Ausführungen fort, als sei nichts gewesen. »Trotzdem wär's nett, wenn ich den Wagen in einem Stück zurückbekäme.«

Ratte kam zögernd näher. Anscheinend war das weder ein bizarrer Traum noch ein amerikanischer Film, sondern die sonnengelbe Realität in einer grauen Garage in einem grauen Vorort Hannovers an einem grauen Tag.

»Wow. Das da … Ist das – deiner?«

Wahnsinnig sinnvolle Frage. Aber was Besseres fiel ihm nicht ein, und zu reden war eine gute Möglichkeit, den Mund anschließend wieder zuzukriegen.

Sie öffnete derweil die Beifahrertür und begann im Wageninneren herumzukramen. Sie kam mit einem Laptop und einem Haufen loser Papiere wieder zum Vorschein und sah ihn an: »Sieht man das nicht?«

In der Tat – das Innere des edlen Geschosses war so chaotisch wie ihre Schreibtische und so voller Kram wie ihre Küche. Sie war eine eigenartige Frau, dachte Ratte, ganz anders als Charlie und doch waren die beiden Freundinnen. Na ja, Henry hatte sich auch sehr verändert, seit er – oder war er selbst es gewesen, der sich verändert hatte, seit damals?

»Hey, hörst du mir überhaupt zu?« Kara hatte ihre persönlichen Sachen aus dem Wagen genommen und auf einem Stapel Sommerreifen abgelegt. »Setz dich rein.« Sie hielt ihm den Schlüssel hin.

Er ging um den Wagen herum, während sie auf der Beifahrerseite Lusche einsteigen ließ. Vorsichtig, als handle es sich um ein rohes Ei oder die mobile Variante eines Luftschlosses, das bei Berührung verfliegen würde, stieg Ratte ein und ließ sich auf dem Fahrersitz nieder. Seine Hände tasteten übers Leder, übers Lenkrad, berührten die zugleich altmodisch wie ultramodern wirkenden Armaturen. Als er plötzlich ihren – Karas – Atem im Nacken spürte, schrak er zusammen. Er hatte nicht mitbekommen, dass sie zu ihm, zur Fahrerseite rübergekommen war.

Sie beugte sich durch die offene Tür ins Wageninnere hinein und erklärte ihm die Finesse ihrer speziellen Bordelektronik. »GPS muss ich dir nicht erklären, oder brauchst du ein Navi, um nach Hause zu kommen?«

Er schüttelte den Kopf, versuchte, sich irgendwie passend und richtig in dem Sportledersitz zu fühlen und gleichzeitig ihren Worten und ihrem Zeigefinger zu folgen.

»Tank ist voll, alles andere müsste auch okay sein. Servolenkung kennst du, Gangschaltung hoffentlich auch, na, aber du bist ja kein Ami wie die Kiste. Radio ist hier, aber wichtiger dürfte der Polizeifunk sein. Ist ganz einfach zu bedienen – da geht's ein/aus, und mit den Nummerntasten folgst du den jeweils angesagten Kanälen, falls nötig. Glaub ich aber nicht, denn wer würd schon mit dir in meinem Kanarienvogel rechnen?« Sie schloss die Fahrertür.

»Danke.« Ratte konnte es noch immer nicht fassen, dass sie bereit war, ihm dieses Geschoss anzuvertrauen.

Sie beugte sich nochmals runter zu ihm, blickte lächelnd durchs geöffnete Fenster: »Übrigens – falls du ihn nicht wiederbringst, kannst du gleich deinen Hund ins Tierheim bringen. Und auch, wenn's einfachere Aufgaben gibt: Pass auf Charlie auf, ja?«

*

Zweieinhalb Stunden Autofahrt. Das lange Nichts zwischen Hannover und Delmenhorst ließ ihre Gedanken wandern, im Nebel ihrer selbst verschwinden. Die ersten zweieinhalb Stunden alleine, seit Torbens Schuss auf sie ihren Fall versaut hatte, dachte sie, und registrierte nebenbei, wie es an Bremen vorbei Richtung Friesland ging. Die ersten zweieinhalb Stunden allein, seit sie in dem Punkhaus auf dem Schrottplatz aufgewacht war, versuchte sie ihren Gedanken fortzusetzen. Halt, das stimmte nicht, da, beim Aufwachen war sie auch allein gewesen, bloß völlig benommen und desorientiert obendrein. Sie verhedderte sich erneut zwischen Denken und Fühlen, und verlor darin ein Stück der Strecke bis Oldenburg.

Nachdenken, den Fall im Kopf ordnen, die Ereignisse

und Beweise filtern, einen neuen Zugang zu der Frage finden: War dieser Zweier gefährlich oder dumm oder beides – all das machte Sinn. Normalerweise wäre ihr das problemlos gelungen. Normalerweise gehörte es zu den absoluten Vorzügen ihrer Arbeit, dass sie dabei mit starken, durchaus auch emotionalen Reizen und ausgeprägten logischen Rätseln ausgelastet war und sich über persönliche Dinge keine Gedanken machen musste. Normalerweise ließ sie sich von nichts lieber ablenken als von einem Fall. Und verdammt, wer immer das faule Ei in Leer war, er war verantwortlich für Hagens Tod, so, wie Torben für ihre Verletzung und indirekt für das HIV-Risiko und alles andere verantwortlich war. Diese Leute festzusetzen, aus dem Verkehr zu ziehen, ihrer gerechten Strafe zuzuführen, all das war nicht nur eine Frage der Polizistenehre oder schlicht ihres Jobs, es war obendrein eine persönliche Sache. Eigentlich müsste das Ansporn sein – war es ja auch, sonst würde sie kaum alles daran setzen, so schnell wie möglich in die Höhle des Löwen zurückzukehren.

Die Ausfahrt Oldenburg-Wechloy flog vorbei. Das hieß, es waren noch gut sechzig Kilometer und der Verkehr wurde immer dünner. So müsste sie sich noch weniger auf die Fahrt konzentrieren und konnte – musste – weiter nachdenken, sich weiter all den Fragen und den Gefühlen stellen: Da war die Wut auf Ratte, der sie so schmählich hängen ließ. Die wechselte sich mit Ärger über sich selbst ab, dass sie den Dreckskerl überhaupt so nah an sich rangelassen hatte. Verdammt, wenn davon jemand erfuhr … Die Nummer oder Nichtnummer im Ex-Heizungskeller der Leeraner Schule mochte als Fiebertraum oder dergleichen durchgehen. Doch das, was in ihrer Wohnung beinahe geschehen wäre, sprach Bände. Was war nur in sie gefahren? Hatte sie völlig den Verstand verloren?! Wie konnte sie der Gedanke an ihn sowohl von ihrem Fall als auch der Trauer um Hagen ablenken?!

Sie passierte die Ausfahrt Apen – las erst Alpen, dann Aspen, das eine so unpassend wie das andere, obwohl, Winter und Kälte passten, und Schnee, nun ja, der fiel hier vielleicht nicht allzu oft vom Himmel und blieb noch seltener liegen, aber um Schnee der anderen Art ging's schließlich auch. Sie schüttelte sich unwillig, als versuchte sie so, die Verwirrung abzuschütteln. Was blieb und sogar stärker wurde, war der Schmerz in der Schulter, der immer weiter ausstrahlte. Sie seufzte, aber fischte dennoch einen Tablettenstreifen aus der Lederjacke. Sie brauchte alle Energie und Kraft für die Aufgabe, die vor ihr lag. Sie konnte nur hoffen, dass sie noch eine Chance hatte. Dieser Fall durfte keiner von denen sein, die versandeten, ohne jemals in die Nähe von Recht und Gerechtigkeit oder wenigstens einer Anklage gekommen zu sein.

Endlich erreichte sie Leer Nord und setzte den Blinker. Doch bevor sie den zum zweiten Mal betätigen konnte, sah sie den auffällig unauffälligen Zivilwagen am Rand der Heisfelder Straße Richtung Innenstadt. Sie hatte keine Lust, es darauf ankommen zu lassen, dass dies nur eine Geschwindigkeitskontrolle und kein Fahndungsposten war. Also nahm sie die Gegenrichtung, erst mal weg von Leer, und fuhr bis zur Kloster-Thedinga-Straße. Hier bog sie ab, nahm den Bölkpahl als Riesenkompassnadel aus Beton, die sie durch den flachen Patchwork-Teppich der friesischen Landschaft mit Feldern, Hammrichen und Wassergräben sicher und ganz unverdächtig in die kleine Ortschaft Nüttermoor führte. Wer brauchte schon Polizeifunk und Radarscanner?

Je näher sie ihrem Ziel kam, umso ruhiger wurde sie. Endlich. Endlich war er wieder da, ihr Profi-Modus, das Seelenkostüm der Eiskönigin im Polizeieinsatz, wie's mancher Kollege hinter ihrem Rücken nannte. Schließlich erreichte sie die Nüttermoorer Straße und bog auf sie ein. Aus Westen kommend vermutete sie hier niemand, jedenfalls begegnete ihr nichts Verdächtiges, bis linker Hand der Emspark in Sicht kam und sie ins Gewerbegebiet gegenüber abbiegen konnte. Sie fuhr am *Toutes Françaises* vorbei und riskierte einen ersten Blick: Dunkel lag das Lagerhaus an einer unbelebten Seitenstraße im Nüttermoorer Sieltief. Es sah geschlossen aus, wie der Autohandel, der Steinmetz, die Schreinerei und die anderen, kleinen Betriebe auf dieser Seite der Nüttermoorer Straße. Niemand verirrte sich an einem Winterabend hierher. Für normale Einkaufsabende gab es beim Emspark wahrlich ausreichend Parkgelegenheiten, so dass niemand hierher ausweichen musste.

Charlie drehte noch eine Runde zur Sicherheit, dann parkte sie sich im Schatten der Mauer des Steinmetzes ein. Hinterm schmiedeeisernen Tor schimmerten düster die Grabsteine, als warteten sie auf den jüngsten Tag oder wenigstens den nächsten und damit einen Kunden. Charlie schüttelte das Schaudern ab und stieg aus dem Renault aus. Auf in den Kampf, dachte sie, und nahm sich Karas Waffen, das heißt, die Tools und Daten und was man als moderne Donna Quichotte halt so brauchte.

*

Wenig später erreichte auch der gelbe Camaro das Gewerbegebiet beim Emspark. Lusche blickte noch enttäuschter als sein Herrchen. Das Tier hatte die rasante Fahrt sehr genossen. Ratte sah sich plötzlich vor dem seltsamen Problem, nun als Autofahrer gewissermaßen auf der anderen Seite zu stehen: Wo sollte er Karas gutes Stück lassen? Parkplätze gab es reichlich, denn es war die Zeit dazwischen – die Wochenendeinkäufer waren auf dem Heimweg, die letzten Geschäfte schlossen allmählich. Diskotheken und Kneipen dagegen gab es hier draußen nicht mal und für das Karaokezelt auf dem Emsparkgelände war es wohl noch zu früh.

Erst wollte Ratte den Wagen vor einem seiner aktuellen Graffitis am Straßenrand stehen lassen, doch dann erschien ihm das zu unsicher: Wer weiß, wie viele Karaokesüchtige sich heute Nacht hier noch einfinden würden. Womöglich stünden sie Stoßstange an Stoßstange – nicht auszudenken, was dann beim besoffenen Ausparken mitten in der Nacht passieren würde. Und die halbfertige Lagerhalle in der Baustelle gegenüber dem *Toutes Françaises* mochte unter normalen Umständen für Henrys Bulli das passende Versteck sein, aber galt das auch jetzt und für dieses auffällige Teil?

Ratlos kurvte er durchs vertraute Terrain und wusste nichts mit seinem fremden Blick darauf anzufangen. Bis er die Muckibude sah. War das Ding neu oder war es ihm bislang nie aufgefallen, weil diese Glas-Stahl-Klötze fürs Sprayen fast noch ungeeigneter waren als friesischer Backstein oder weil es so nah an der Heisfelder Straße lag, dass es hier zu viel Publikumsverkehr gab, um sich näher mit den abgestellten Fahrzeugen der Fitnesswilligen zu befassen? Jedenfalls standen selbst zu dieser Zeit – noch oder schon – einige Fahrzeuge auf dem dazugehörigen Parkplatz.

Ratte setzte den Blinker und bog auf das Gelände ein. Direkt vorm hell erleuchteten Eingang waren die Parkplätze gesperrt, er hatte keine Ahnung, ob das noch Schikane oder schon Training war. Vielleicht verbarg sich eine Feuerwehrzufahrt dahinter. Gut sichtbar jedoch war das Parkverbotsschild. Genau dort stellte Ratte den Wagen ab. Er stieg aus und wollte sich mit Lusche auf den Weg machen, als ihm plötzlich noch etwas Ungewohntes einfiel: Er ging zurück zum Wagen, öffnete die Beifahrertür, verriegelte die Fahrertür von innen und legte den Schlüssel ins Handschuhfach. Aussteigend betätigte er den Türriegel auf der Beifahrerseite. Anschließend kontrollierte er jede Tür noch einmal zur Sicherheit – das

230

Ding war zu, so viel war klar. Sehr gut, dachte Ratte, dann kann's ja losgehen.

Doch in der Zwischenzeit hatte man ihn entdeckt. Ein Bodybuilder, wie er im Buche stand, erschien in der Eingangstür der Muckibude und rief empört hinter Ratte her: »Hey, haste Tomaten auf den Augen? Da ist absolutes Halteverbot! Da wird abgeschleppt!«

Ratte zuckte nur mit den Achseln und ging weiter. Der Kerl schimpfte hinter ihm her, aber das kratzte ihn nicht. Erstens war so dafür gesorgt, dass Karas Auto bei ihren Kollegen in sichere Verwahrung kam. Und zweitens hatte er heute Abend noch was viel Wichtigeres vor.

*

Charlie hatte inzwischen zwei Mal das *Toutes Françaises* umkreist. Das Lagerhaus war nur scheinbar verlassen. In einem Raum auf der Rückseite des Erdgeschosses fiel Licht durch die Jalousie, und durch eines der Seitenfenster erkannte sie, dass die Halle selbst alles andere als leer war. Die kleineren Transporter, die mit dem Firmenlogo, standen in Reih und Glied. Das ließ hoffen, dass auch der Bürorechner noch im Haus wäre.

Worauf die beiden gelangweilten und vermutlich bewaffneten Schlägertypen, die zwischen den Fahrzeugen um Geld würfelten, wie lange warten würden, wusste sie natürlich nicht. Sie wusste nur: Torben hatte noch nicht seine Zelte abgebrochen und sie hatte damit noch eine Chance. Allerdings konnte sie den Weg durch den Haupteingang vergessen. Unten war tatsächlich alles verrammelt; selbst das winzige Klofenster war vergittert.

Sie musste irgendwie direkt in den ersten Stock kommen. Das Fenster, aus dem sie vor nur drei Nächten und vier Tagen und doch vor einer kleinen Ewigkeit gestürzt war, war nicht vergittert. Und soweit sie das von unten im Dunkel erkennen konnte, schien es sogar gekippt zu sein.

Genau da müsste sie hoch. Und genau dafür hantierte sie jetzt mit dem Müllcontainer, der vor der benachbarten Reinigungsfirma stand. Sie warf zwei Tramal nach, denn Belastung mochte die Schulterwunde nicht. Dann löste sie die Bremsen des Containers und zerrte ihn zum Lagerhaus – so leise das eben mit einem solchen Ungetüm auf Rollen, leichtgängig wie die eines Einkaufswagens, ging. Immer wieder hielt sie inne, doch in der Reinigungsfirma brannte kein Licht, und die beiden Kerle im *Toutes Françaises* schienen vollauf mit dem Würfelspiel beschäftigt. Endlich hatte sie es geschafft, den Container unter das Fenster des Büros zu bugsieren. Sie ließ die Bremsen einrasten und schob sicherheitshalber noch je einen Stein vor die Rollen.

Vorsichtig erklomm sie den Container. Mit der einen Hand griff sie ans Fensterbrett, mit der anderen das Abflussrohr der Regenrinne. Sie rüttelte daran, bemüht, nicht allzu viel Lärm zu machen, aber dennoch kräftig genug, um feststellen zu können, ob das Ding sie halten würde. Vermutlich, lautete die Diagnose, aber Alternativen hatte sie keine. Also nahm sie Schwung und lief das Rohr hinauf, bis sie sich auf der Höhe des Fensterbretts fast in der Waagerechten befand. Noch zwei Schritte weiter das Rohr hochgelaufen, dann griff sie um und fasste die Regenrinne überm Fenster. Die gab ein metallisch knarrendes Geräusch von sich, hielt aber Charlies Gewicht spielend. Halb stand, halb hockte sie nun auf dem schmalen Fensterbrett, hielt sich an der Rinne mit der linken Hand fest und versuchte, mit rechts – dem Schmerz und den Einschränkungen des Verbandes zum Trotz – das gekippte Fenster in ein geöffnetes zu verwandeln. Es dauerte eine Weile, bis sie den Dreh raus hatte, doch schließlich gelang es. Erleichtert, aber vorsichtig und vor allem leise kletterte sie in das dunkle Büro hinein.

*

Ratte war derweil zu Fuß unterwegs zum Lagerhaus. Zwei Straßenecken davor stieß er beim Steinmetz auf Charlies kleinen Renault. Lusche schnüffelte schwanzwedelnd um das Auto herum, als sei er dafür ausgebildet, verrückte Bulletten wiederzufinden. Ratte legte kurz seine Hand auf die Kühlerhaube. Der Motor strahlte durchs Metall noch Wärme ab. Ihr Vorsprung konnte nicht allzu groß sein. Und sonst war hier niemand, Gott sei Dank.

*

Charlie hielt die Mini-Maglite zwischen den Zähnen, um die Tastatur vor sich besser sehen zu können, aber möglichst keinen Lichtschein unter der Tür zu erzeugen. Der alte Bürorechner lief rappelnd hoch. Nur gut, dass die beiden Männer unten in der Halle Musik und sonst anscheinend nichts hörten.

Abrupt endete der Bootvorgang des Rechners. *Danke für die Beachtung aller Sicherheitsmaßnahmen. Das Gerät schaltet jetzt ab*, lautete Karas durchaus wahrheitsgemäße Virenmeldung. Charlie grinste und verlor dabei fast die Taschenlampe. Das war so typisch für ihre Freundin, die technikbegeisterte Liebhaberin alter Sportwagen und ebensolcher Science-Fiction-Filme. Sie fingerte eine der Disketten, die Kara ihr mitgegeben hatte, aus der Jacke, schaute extra nach, dass oben oben und unten unten war, von vorn und hinten ganz zu schweigen, dann schob sie das Ding ins Laufwerk. CDs waren entschieden einfacher zu handhaben, aber was sollte sie machen? Sie musste nun mal an die Daten des paranoiden Buchhalters eines Drogenrings ran.

*

Ratte konnte nur den schwachen Schein einer fast auf der Stelle tanzenden Taschenlampe im Büro im ersten Stock des Lagerhauses ausmachen. Doch zusammen mit dem Müllcontainer unterm Fenster schien die Sache klar: Charlie hatte es geschafft. Okay, sie hätte das Fenster wieder richtig einhängen und/oder schließen können, dachte er, doch man musste genau hinsehen, um das zu bemerken, und wahrscheinlich obendrein das eine oder andere von Einbrüchen verstehen, um zu begreifen, was geschehen war. Ratte war fast zufrieden mit ihr und mit sich selbst auch. Jetzt hieß es abwarten – hoffentlich nicht zu lange. Mit dieser Frau im Schlepptau kam man echt zu nichts. Nur, dummerweise würde es nicht mehr lang dauern, bis er etwas sehr dringend und immer dringender brauchen würde.

Nun ja, das konnte er jetzt nicht mehr ändern, also würde er das gefälligst zum zigsten Mal, diesmal jedoch definitiv für einen guten Zweck aushalten. Im Schatten der Baustelleneinfahrt gegenüber dem *Toutes Françaises* ließ er sich auf einem Poller nieder und kramte seinen Tabak hervor. Lusche lief zu ihm, setzte sich neben, ihn, wollte gekrault werden, während sie beide hoch zum fast dunklen Bürofenster im ersten Stock gegenüber blickten.

*

Charlie dagegen war höchst konzentriert und ebenso beschäftigt. Sie hatte nun immerhin einen blinkenden DOS-Prompt vor sich: *a:* meldete ihr, dass sie tatsächlich aufs Diskettenlaufwerk zugreifen konnte. Sie tippte *start comphiv.med* dahinter und drückte *Enter*. Das Laufwerk begann geräuschvoll zu arbeiten und sie hielt die Luft an, als würden die Dinge dadurch leiser.

Sie stand auf, legte das Ohr an die Tür: Musik, das Klappern der Würfel und das Palaver von Torbens gelangweilten Wachen im Erdgeschoss, mehr war da nicht. Erleichtert ging sie zum Schreibtisch zurück und setzte sich. Das Schlimmste an all der veralteten Technik war, dass alles ewig zu dauern schien. Da konnte Kara ihr x-mal widersprechen, darauf hinweisen, dass die alten Programm viel eleganter und kompakter waren, also viel effizienter die einst begrenzten Ressourcen nutzten, ihr kam es nun mal so vor. Und hier, im Dunkel, in der Höhle des Löwen, hier und jetzt verrann die wenige Zeit, die sie hatte, noch viel schneller und endgültiger, während die alte Kiste von einem Bürorechner sich abmühte.

*

Auch Ratte kämpfte inzwischen mit dem Vergehen der Zeit und den Folgen. Er hockte auf seinem Poller und zündete sich seine dritte Zigarette mit bereits zittrigen Fingern an. Ihm war kalt und zugleich brach ihm der Schweiß aus. Nichts davon war ein gutes Zeichen. Lusche nahm das nicht zur Kenntnis. Er hatte das Stöckchen gefunden und kam damit zu seinem Herrchen zurück, als er es plötzlich fallen ließ, den Kopf hob und einmal leise, kaum hörbar bellte. Ratte blickte auf und verbarg die Glut der Zigarette in seiner hohlen Hand. Da war ein Motorengeräusch und es kam zweifellos näher. Dann bog ein großer, dem Anschein nach neuer BMW in die Straße ein und parkte gleich vorm *Toutes Françaises*.

»Oh nein«, murmelte Ratte, »die ham echt grad noch gefehlt.«

Dem Wagen entstieg der Boss Torben persönlich, und seine rechte Hand Lukas folgte ihm auf den Fuß. Der Lakai beeilte sich, an seinem Herrn und Meister vorbeizukommen, um ihm die Tür zum Lagerhaus zu öffnen. Das sah so albern aus, dass Ratte fast losgekichert hätte. Dann erst bemerkte er, wie das Rolltor sich öffnete und eine kleine Kolonne aus großen Lieferwagen ohne Firmenlogo hineinfuhr. Was auch immer die vorhaben mochten, gut sah das nicht aus. Weder für ihn noch für Charlie, darauf würde er wetten.

*

Auch Charlie blieb das nicht verborgen. Auf den Pkw hatte sie nur gelauscht, aber als sie das Rolltor hörte, war sie aufgesprungen und zum Fenster gestürzt. »Mist, verdammter«, zischte sie, als sie begriff, das war wohl der große Ab- und Aufbruch, dem sie unbedingt zuvorkommen musste. Nur – was war diese Bewegung, die sie aus dem Augenwinkel wahrgenommen hatte, da unten, im dunkel gähnenden Nichts der gegenüberliegenden Toreinfahrt? Egal, keine Zeit für Ablenkung, ermahnte sie sich, und eilte zum Schreibtisch zurück. Dort gab es inzwischen immerhin wieder eine normale Benutzeroberfläche. Im File-Manager gab sie den Namen der Datei ein: *sauber.**, und dann hieß es wieder beten und abwarten, während sich unten im Gebäude und damit wohl bald auch um sie herum Geräusche, Menschen, Leben – nein, Gefahr breitmachte.

*

Ratte stand am Bauzaun und schaute gebannt aufs Lagerhaus. Das Licht schien von Fenster zu Fenster und Raum zu Raum zu wandern. Es konnte nicht mehr lange dauern, bis es in das Büro kam, in dem Charlie hockte und am Rechner ihre ach-so-lebenswichtigen Beweise zu besorgen versuchte.

»Verpiss dich, Töle«, sagte er freundlich zu Lusche, der sich ins unübersichtliche Dunkel der Baustelle verzog. Ratte warf seine Kippe weg und ging rüber zu Torbens BMW. Er zog den Schraubenzieher aus seiner Lederjacke und grinste, als er das verräterische rote Blinken der Alarmanlage im Innern des Wagens sah: »Na bitte, passt doch.« Sprach's und knallte den Schraubenzieher ins Schloss der Fahrertür. Augenblicklich ging die Alarmanlage mit Höllenlärm los. Ratte kümmerte das nicht, er beschäftigte sich weiterhin mit seinem Werkzeug und ramponierte das Schloss endgültig mit seinem von vornherein zum Scheitern verurteilten Versuch, es einzudrücken oder auszuhebeln. Wo blieben sie? Sie würde ihn hoffentlich nicht lang genug hier rummachen lassen, dass er am Ende doch eine mechanische Methode entdecken würde, mit dem man auch so ein Bayern-Teil aufbekäme?

*

Der Lärm hatte Charlie aufgeschreckt und ans Fenster gelockt. So erlebte sie mit, wie Lukas unsanft Ratte stellte. Der kleine Irre war ihr tatsächlich gefolgt und versuchte, sie todesmutig mit seinen beschränkten Mitteln zu retten. Sie schüttelte den Kopf über so viel … – was auch immer. Da drückte Lukas Rattes Kopf seitlich aufs Dach des BMW, und es war Charlie, als träfen sich ihre Blicke für einen Moment. Dann zerrte Lukas Ratte hoch und schleifte ihn zum Eingang des Lagerhauses, in dem Torben stand und dem Treiben amüsiert zuschaute. Er schloss das Tor und die Straße davor lag wieder dunkel und still.

Charlie eilte erneut an den Schreibtisch zurück und legte einen Zahn zu. Jetzt ging es nicht mehr nur um ihre Beweise und ihre Sicherheit, nun stand auch Rattes Leben auf dem Spiel. Immerhin, der Rechner hatte *sauber.dat* gefunden und war bereit, die Datei auf Diskette zu kopieren. Ratternd schob das Ding ihre Beweise ein zweites Mal auf so ein merkwürdiges, altertümliches und leider hitzeempfindliches Teil.

*

Was genau im Erdgeschoss der Halle passierte, hatte Ratte nicht ausmachen können, so, wie Lukas ihn dort durchzerrte. Aber eine Menge Leute verbreiteten eine Menge Hektik und es roch nach Aufbruch, geradezu nach Flucht. Das war für ihn nun nicht mehr drin. Lukas schubste ihn in Torbens ›Glaskastenbüro‹ auf dem Umgang im ersten Stock, so dass er gegen die Wand knallte.

Dann zog der Gorilla ihn am Sweatshirt wieder hoch und nagelte ihn mit einem harten Griff am Hals knapp unterm Adamsapfel regelrecht an die Wand. Blöderweise half ihm die Schwitzerei kein Stück weiter, und dass ihm die Knochen schon vom Affen allein schmerzten, sich die Sehnen und Bänder und Muskeln wie verzwirbelt und verknotet, halt wie die völlig verwirrten Strippen einer weggeworfenen Marionette anfühlten, machte die Sache nicht besser.

Torben kam gemächlich in sein Büro, wobei er mit Rattes Schraubenzieher herumspielte. Er schloss die Tür hinter sich, dann sah er Ratte an, als sei der ein Stück Vieh und er müsste den Preis schätzen. Natürlich blickte der Typ sofort durch ihn hindurch und wusste, was Sache war.

»Mach's dir doch nicht noch schwerer«, sagte er schließlich so freundlich, dass die Drohung hinter den Worten umso deutlicher zu hören war.

Gerade wollte Ratte über eine Antwort nachdenken, da erwischte ihn Lukas' Haken in die Nieren. Er hörte sich selbst aufschreien, und es brauchte nicht viel Fantasie, sich den erbärmlichen Anblick seines wehrlosen Junkiekörpers vorzustellen, der sich so weit vor Schmerz krümmte, wie es Lukas' Hand zuließ, die ihn nun an der Schulter hielt.

»Du weißt, dass ich weiß, dass du ihr Komplize bist.« Torben sprach weiter, als sei nichts geschehen.

»Das is …« setzte Ratte an, bevor ihn Lukas' Rückhand unterbrach, die klatschend und krachend in seinem Gesicht landete.

»Scheiße!«, schrie er auf.

»Also, wo ist sie?«

Torbens Worte drangen wie von Ferne durch das Klingeln in Rattes Ohren, das Brennen in seinem Gesicht, das seltsame, gar nicht gute Gefühl in seiner Nase. Er wollte etwas sagen, da sah er, dass Lukas erneut ausholte.

»Woher soll ich das ...«, war alles, was er rausbekam, bevor die Faust ihn unausweichlich zum zweiten Mal in die Nieren traf.

*

Charlie sprang auf, als sie Rattes Schmerzenslaut hörte. Sie hatte die Hand am Türgriff und zog sie widerstrebend zurück. Noch nicht. Noch konnte, durfte sie ihm nicht helfen, obwohl sie wusste, er hatte sich den Ärger eingehandelt, um sie zu schützen. Doch erst einer der beiden Kopiervorgänge auf dem Rechner war so weit beendet. Der Virus wartete nun erneut auf der Festplatte auf ihr Kommando, doch die Daten, um die es ging, die schleppten sich in quälender Langsamkeit von der Platte auf die Diskette. Charlie konnte nichts tun. Sie konnte den Rechner nicht beschleunigen und auch sonst gab es herzlich wenig, das in ihrer Macht stand. Ganz vorsichtig öffnete sie nun doch die Tür einen Spalt breit und lauschte.

»Ich weiß es wirklich nicht«, hörte sie Rattes Stimme, die atemlos und schwach klang vom Schmerz. »Sie hat mich fallen lassen. Einfach so.«

Torbens tiefes Lachen erklang, dann wurde er erneut ernst: »Wundert mich nicht. Wo hat sie dich überhaupt aufgegabelt?«

Charlie schaute zum Rechner: achtzig Prozent von *sauber.dat*, mit der sie den Fall hoffentlich in der Tasche hätte, waren kopiert. Wie lange konnte es bei den restlichen zwanzig Prozent dauern? Zu lang für Ratte, sagte sein nächster Schrei, bevor er atemlos vor Schmerz die Worte ausspie: »Verdammt, muss das sein? – Schon gut, okay? – Ich – sie hat mich erwischt. Als ich bei ihr eingestiegen bin.«

*

Ratte konnte sich kaum mehr auf den Beinen halten und ihm fehlte die Energie wie die Muße, darüber nachzudenken, ob die Prügel oder der Affe ihn so sehr mitnahmen. Dass er noch aufrecht stand, hatte er hauptsächlich Lukas zu verdanken, der ihn nach wie vor mit eisernem Griff an die Bürowand nagelte. Torben lachte über seine letzte Antwort. Wenigstens was. Solange der Chef lachte, würde der Lakai ihn nicht schlagen, hoffte er.

»Und dann hat sie dich fallen lassen?« Torbens Stimme triefte vor ironischem Mitleid.

»Würd ich sonst Autos knacken?«, rutschte es Ratte raus. Falsches Stichwort. Diesmal traf die Faust seinen Magen. Zeitgleich mit dem Schmerz kam das Würgen, und bevor sein Gehirn die Informationen sortieren und verarbeiten konnte, hatte er hustend über Lukas' teure Lederschuhe gekotzt.

»Kannst du nicht aufpassen, Junkie?!«, herrschte der ihn an und wollte gleich ein weiteres Mal zuschlagen.

Diesmal gelang es Ratte jedoch, auszuweichen und loszureden, das heißt, die Worte statt seines Mageninhaltes herauszuhusten: »Sag dem Gorilla, er soll aufhören, okay?«

Erstaunlicherweise schien das zu helfen. Lukas prügelte jedenfalls nicht gleich wieder auf ihn ein.

»Verdammt, tut mir echt leid, das mit deiner Karre.« Er duckte sich sicherheitshalber, aber Lukas schaute zu Torben und der schüttelte kaum merklich den Kopf. »Aber, Scheiße, ich brauch was. Dringend.«

Torben sah Ratte nachdenklich an und gab Lukas ein Zeichen. Der Gorilla ließ seinen Gefangenen los. Ratte richtete sich mühsam auf, als müsste er jeden seiner Knochen einzeln neu ausrichten. Lukas zog ein Stofftaschentuch hervor, um sich seine Schuhe abzuputzen.

*

Charlie hatte die Festplatte ›geputzt‹ – der Bürorechner gab erneut nichts mehr als Karas lapidares *Danke für die Beachtung aller Sicherheitsmaßnahmen* von sich.

Die Disketten mit den Tools hatte sie, ebenso wie die Taschenlampe, in die eine Innentasche ihrer Lederjacke gesteckt, die Scheibe mit den Daten verschwand soeben in der anderen. Sie ging zur Tür, um diese zu schließen, und hörte Torbens Stimme aus dessen Büro: »Wenn ich dir glaube, dass du tatsächlich nichts weißt, warum sollte ich dich dann leben lassen, hm?«

Charlie schloss die Tür und eilte zum Fenster, um den Raum so zu verlassen, wie sie ihn betreten hatte – bloß diesmal noch eiliger.

*

Ratte starrte Lukas entgeistert an, der in der einen Hand das dreckige Taschentuch, in der anderen eine bedrohlich große Pistole hielt, die auf seinen Kopf gerichtet war. Torben beobachtete das alles, als sei Ratte nichts als ein Labornager im Labyrinth, Teil eines Versuches, darüber hinaus ohne jeden Wert.

»So viel zum Thema ›Der Kunde ist König‹«, sagte Ratte, denn jetzt war sowieso alles egal.

Lukas schaute halb sauer, halb fragend zu Torben, der nach einem elendslangen Sekundenbruchteil schallend zu lachen begann. Und dann war da plötzlich dieses laute Klopfen am Tor draußen, und Charlies Stimme rief: »Torben! Mach auf, Torben, wir haben zu reden!«

Torben stellte das Lachen genauso abrupt ein, wie er scheinbar davon überwältigt worden war. Mit einer ungeduldigen Kopfbewegung dirigierte er Lukas zur Tür. Ohne Waffe – die nahm der Boss persönlich an sich, was ihn kein Wort, sondern lediglich die universelle Geste des Nehmens, ausgestreckte Handfläche nach oben, kostete. Ratte konnte sein zweifelhaftes Glück kaum fassen.

*

Kein Schuss war zu hören. Und Lukas war unbewaffnet, als er die Tür neben dem Tor für sie öffnete. Es bestand noch Hoffnung, dachte Charlie, ohne genau zu wissen, worauf. Denn sie hatte keinen Plan, war nur ihrem Gewissen und ihrem Instinkt gefolgt, wie sie jetzt hinter Lukas herlief, der sie zu Torbens Glaskasten führte. In der Tür erstarrte sie: Ratte sah furchtbar aus. Lukas hatte ihn übel zugerichtet, der Junge konnte sich kaum noch auf den Beinen halten. Torben erblickte Charlie und legte die Pistole auf den Schreibtisch vor sich.

Charlie warf Ratte einen kurzen, flehentlichen Blick zu, bevor sie sich an den Boss wandte: »Wie ich sehe, hast du meinen Ex-Partner ausgegraben.«

»Ist der wichtig?«

Statt auf Torbens Frage zu reagieren, ging sie auf Ratte zu und ohrfeigte ihn. Nicht zu fest, hoffte sie, aber immerhin so, dass es hoffentlich ernst- und schmerzhaft aussah. Sie zog ihn am Kragen an sich ran, schirmte ihn von Torbens wie Lukas' Blicken ab. Unbemerkt ließ sie ihre Autoschlüssel und die Diskette mit den Beweisen in seine Jackentasche gleiten. Dabei zischte sie ihn an: »Das war ich dir noch schuldig. Für meine Kreditkarte. Und mein Lieblingszigarettenetui.«

Sie holte ein zweites Mal aus. Er spielte mit und duckte sich weg. Sie zuckte mit den Schultern, ließ ihn los, ging zum Schreibtisch und zu Torben zurück: »Wo wir gerade bei Ex-Partnern sind …«

»Was soll ich mit zwei Partnern – erst recht, wenn beide Bullen sind?«

»Kann er … Zweier …«, sie machte eine Pause, als müsste sie nachdenken, und verkniff sich das befriedigte Grinsen über Torbens ertappten Gesichtsausdruck, der den Verdacht gegen den Leeraner Kriminalhauptkommissar bestätigte. »Kann er dir die Daten besorgen? Momentan scheint er ausschließlich damit beschäftigt, seine eigene Haut zu retten und Schadensbegrenzung zu betreiben. Ich fand's unverschämt, nicht nur den Junkie, sondern auch mich zur Fahndung auszuschreiben.« Sie machte wieder eine Pause.

Torben nickte, war also interessiert. »Dein Angebot hat was für sich. Was soll's kosten? Den alten, ausgehandelten Preis?«

Charlie lachte heiser. »Du kennst doch den Spruch von wegen Angebot und Nachfrage. Und dann – Computerspezialistinnen mit Polizeimarke sind natürlich teurer als solche ohne. Konkret: der alte Preis und dazu Zweiers Anteil.«

Torben zögerte, dann stand er vom Schreibtisch auf.

»Hart, aber fair«, sagte er zu ihr, und schaute von Ratte zu Lukas: »Mach den Dreck weg.«

»Der alte Preis, Zweiers Anteil und die Ratte kann gehen.«

Lukas, der Ratte schon gepackt hatte, und Torben schauten sie überrascht an. Ratte blickte zu Boden.

»Teil des Honorars«, fuhr sie fort, »Und zugleich *sein* Anteil – womit wir quitt sind. Ich zahle meine Partner immer aus.«

Lukas wollte protestieren, aber ein Blick seines Chefs ließ ihn verstummen. Der gab sich galant: »Wer wollte einer Dame widersprechen? Also – hau ab, Junkie, bevor ich's mir anders überleg.«

Ratte ging eilig zur Tür. Charlie warf ihm einen verstohlenen, bittenden Blick zu, war sich jedoch unsicher, ob er den erwidert hatte. Er verschwand auf der Treppe nach unten. Torben blickte ihm amüsiert nach.

»Muss schrecklich für ihn sein, so wie er's grad braucht. Sozusagen die Vertreibung des Junkies aus dem Paradies. Lukas – sorg dafür, dass das so bleibt.« Lukas nickte grinsend, als er sich auf den Weg ins Erdgeschoss machte.

Charlie erstarrte. Wie hatte sie das übersehen können:

Rattes Blässe, sein Zittern, der fahrige Ausdruck seiner Augen, all das war nicht nur der Prügel geschuldet. Sie hatte es doch selbst gerochen, den Angstschweiß gemischt mit dem Dreck, den so ein Körper sofort auszuschwitzen begann, wenn der Pegel im Blut sank. Oh Gott, was hatte sie getan?! Und was würde Ratte mit ihren Beweisen und ihrem Leben, das sie ihm mit der Diskette auch in die Hände gelegt hatte, tun?

*

Ratte verschwand im Dunkel der nächsten Seitenstraße. Am liebsten wäre er gerannt, hätte er nur gewusst, wohin, und die Kraft dazu gehabt. Sein Herz hämmerte wie wild, und ihm war kalt trotz oder wegen des Schweißausbruches. Er lehnte sich an eine Mauer, versuchte, Atmung und Herzschlag und die Panik darunter zu beruhigen. Vorsichtig tastete er seine Rippen ab – nichts, also wohl nichts gebrochen. Die Bauchdecke würde morgen alles andere als hübsch aussehen, aber auch hier konnte er nichts erspüren, das auf Schlimmeres als üble Hämatome deutete. Immerhin etwas, dachte er, und wunderte sich, was ihm gleichzeitig mit der wummernden Angst und dem immer drängenderen Entzug durch den Kopf ging. War vielleicht doch was dran, dass rationales Denken auch eine Art Schockwirkung sein konnte. Im nächsten Augenblick hätte er fast einen Riesensatz zur Seite gemacht, denn das Kalte, das er plötzlich an der rechten Hand spürte, identifizierte er erst im zweiten Anlauf als Lusches Schnauze.

»Brav«, sagte er, und hockte sich hin, umarmte das Tier, froh über die Wärme und das Leben, das es ausstrahlte. »Braver Köter.«

Dabei fiel ihm etwas aus der Lederjacke – die Diskette, verdammt, ja, Charlie hatte ihm das Ding zugesteckt. Das mussten ihre Beweise sein. Rasch hob er sie auf und steckte sie wieder ein, wobei er den Autoschlüssel fand, den sie ebenfalls in seiner Jacke deponiert hatte.

»Oh Mann, oh Frau«, sagte er zum Hund und kam aus der Hocke hoch, »sei froh, dass du mit sowas nix am Hut hast: Mir geht's megascheiße, aber nichts da, Mylady braucht mich. Kann sie das nächste Mal nich 'nen Ritter mit weißem Pferd statt 'ner Ratte mit nem struppigen Hund dafür aussuchen?!«

So motzte und moserte er vor sich hin, und war doch auf dem Weg zu ihrem Wagen in der übernächsten Seitenstraße. Lusche trabte neben ihm her, glücklich, bei seinem Herrchen zu sein, und dann noch glücklicher, wieder Auto fahren zu dürfen, selbst, wenn's nur Charlies kleiner Renault statt Karas Camaro war.

*

Charlie war inzwischen wieder im ersten Stock des *Toutes Françaises*. Sie stand mit Torben, der nicht vorhatte, sie nochmal allein zu lassen, vor dem Bürorechner mit Karas seltsamer Virenmeldung auf dem Schirm. Charlie hatte die Diskette mit den Rettungstools in der Hand und schaute Torben an: »Wenn du mir nicht traust, mich nicht an den Rechner lässt, wie soll ich dir dann helfen? Außerdem – hast du 'ne Alternative? Mein Virus ist noch auf deinem Rechner. Und hier ist meine Medizin. Soll ich oder soll ich nicht?«

Torben seufzte und trat einen Schritt beiseite. »Mach schon. Aber schnell. Wir haben nicht die ganze Nacht Zeit.«

*

Ratte hasste moderne Technik zutiefst. Weil jeder Depp heutzutage mindestens ein Handy hatte, gab's kaum mehr Telefonzellen. Er wusste, irgendwo in der Nähe stand so ein Teil, nur wo? Er gurkte um die nächste Kurve –

und da war sie, die magenta-silber-weiße Kreuzung aus Parkscheinautomat und futuristischer Straßenlaterne. Er hielt den Wagen direkt davor an und sprang raus. Natürlich – das Ding war nur mit EC-Karte oder einer anderen Plastikscheibe zu bedienen. Egal, dachte Ratte, und betätigte den Notruf, der ohne Geld, sei es virtuell oder real, funktionierte, weil er musste.

»Notrufzentrale Leer, wie kann ich Ihnen helfen?«

»Im Gewerbegebiet beim Emspark – also, die Firma heißt *Toutes Françaises* – da ist, da ist eine Polizistin in Gefahr. Sie müssen da unbedingt eine Streife, am besten die Kripo, alles was da ist, müssten Sie da hinschicken.«

Ratte hielt einen Moment inne. Es klackte und klickte in der Leitung und plötzlich war die Stimme eine andere. Keine junge Frauenstimme mehr, sondern eine tiefe, ältere männliche Stimme meldete sich nun.

»Polizeiinspektion Leer, guten Abend, mit wem spreche ich?«

»Ist doch scheißegal«, brüllte Ratte in den Hörer. »Wir brauchen Hilfe. Charlie – Charlotte Kamann, sie ist Ihre Kollegin, und sie ist in Gefahr, was tut es da zur Sache, wer ich bin?!«

»Nun regen Sie sich mal nicht auf, Herr Berger.«

Ratte wurde kalt und heiß zugleich, er vergaß, was er sagen wollte, weswegen er hier war, denn er erkannte die Stimme. Das war Zweier, ausgerechnet der!

»Wir tun, was wir können. Sie warten am besten ab, bis Sie der nächste Streifenwagen aufliest. Alles andere wird sich finden. Oder auch nicht. Gute Nacht.«

Zynisch und kalt war das rübergekommen. Dann war die Leitung tot. Das Arschloch hatte einfach aufgelegt. Nachdem er ihm die Informationen geliefert hatte, die er brauchte, um Charlie fertigzumachen. Was war er für ein Idiot. Was sollte er jetzt bloß tun?

Er setzte sich wieder in den Wagen, verschränkte die

Arme überm Lenkrad, ließ den Kopf nach vorne sinken. »Scheiße, Scheiße, Scheiße«, murmelte er und war kurz davor, mit der Stirn ins Lenkrad zu schlagen. Stattdessen atmete er tief durch und richtete sich wieder auf. Lusche saß auf dem Beifahrersitz und sah ihn mit grenzenlosem Hundevertrauen an. Manchmal hatte er den Eindruck, das Tier ignorierte es bewusst, wenn ihm der Affe im Nacken saß und es ihm nur noch dreckig ging.

Sein Blick wanderte durchs Auto und landete bei Charlies CD-Player, den sie auf der Mittelkonsole hatte liegenlassen. Verdammt, warum tat sie das? Das Ding wäre leicht loszukriegen, vielleicht sogar nicht nur bei Bernhard eins zu eins gegen einen Schuss einzutauschen. Dann könnte er endlich wieder klar denken. Dann müsste er sich nicht mehr mit dem schmerzenden Schrotthaufen von einem Körper beschäftigen. Dann ginge es ihm wieder gut – bloß, sie wäre wahrscheinlich tot.

Entschlossen öffnete er das Handschuhfach, griff nach dem CD-Player und stopfte ihn in das gähnende Dunkel vor Lusches Brust. Er knallte die Klappe zu und schloss sie mehrfach ab, um sicher zu gehen. Dann öffnete er die Fahrertür und ließ den Handschuhfachschlüssel – nein, verdammt, bevor er den rausgewurschtelt hatte, war ihm der ganze Autoschlüsselbund in den Gulli gefallen. Damit war der CD-Player vor ihm sicher, keine Frage. Blöd nur, dass er das Auto jetzt kurzschließen musste.

»Guck nicht so«, sagte er zu Lusche, als er in den Kabelbaum griff, um endlich weiter, endlich erst ihrer Rettung und dann seiner ›Heilung‹ näher zu kommen.

*

Im Hinterzimmer des *Toutes Françaises* wurde Torben ungeduldig. Charlie startete den Rechner zum zweiten Mal neu, und obwohl sie nichts anderes tun konnte, als auf Zeit zu spielen, wusste sie, nun musste sie einen sichtbaren Schritt weiterkommen. Also ließ sie den Büro-rechner diesmal tatsächlich hochfahren.

»Na endlich«, sagte Torben, als er sah, wie sich die ge-wohnte Benutzeroberfläche aufbaute. »Ich dachte schon, dein Virus sei mutiert oder sowas.«

Charlie ignorierte den Kommentar, fuhr mit der Maus auf das Icon des File-Managers, rief ihn auf. *Chkdsk* tippte sie ein und wollte *Enter* drücken, als Torben ihre Hand festhielt.

»Was soll das?« Sie sah ihm in die Augen und versuchte es mit einem weiteren Bluff: »Willst du sichere Daten oder nicht?«

»Ich will schnelle Daten. Wir müssen hier raus.«

»Wie du willst«, seufzte Charlie. Er ließ ihre Hand los und sie löschte die Befehlszeile. Stattdessen startete sie die Suche nach *sauber.**. Hoffentlich würde das so lange dauern, wie sie brauchte, sich einen neuen Plan B auszudenken.

*

Ratte erreichte den Parkplatz der Polizeiinspektion Leer. Er kuppelte aus, schaltete das Licht ab, rollte die letzten Meter nurmehr. Das hier sollten Charlies Kollegen nicht zu schnell bemerken. Schließlich brachte er den Wagen dicht beim Gebäude zum Stehen. Er stieg aus und be-deutete Lusche, es ihm leise nachzutun. Dann legte er die Diskette mit Charlies Beweisen in die Mitte des Fah-rersitzes. Vorsichtig bemüht, kein Geräusch zu machen, schloss er die Wagentür. Er sah sich um und ging los. Auf in den Kampf, Torero, dachte er, und grinste in sich hinein. Wenn schon Showdown, dann richtig.

*

Charlie hatte die plötzliche Unruhe im Lagerhaus gespürt, aber sehen konnte sie nichts. Sie wollte aufstehen, doch

Torben ließ es nicht zu. Er wich nicht mal von ihrer Seite, um selbst nachzusehen.

»Weitermachen«, sagte er. Der alterschwache Rechner hatte die gesuchte Datei gefunden. Sie startete das Dekodierprogramm auf der Diskette. Wieder ratterte der Computer los, als sei er eine ausrangierte Lokomotive am Berg.

Nur Augenblicke später wurde die Tür aufgerissen. Sie wandte den Kopf und erkannte KHK Zweier auf der Schwelle des Büros: »Komm ich etwa ungelegen?«

*

Ratte war auf dem Teil des Parkplatzes angelangt, wo die Einsatzfahrzeuge parkten. Wahllos entschied er sich für irgendeinen Streifenwagen. Er griff in die Innentasche der Lederjacke – und fluchte: Seinen Schraubenzieher hatte Torben behalten. Er atmete tief durch, schaute sich um: niemand zu sehen. Okay, was sein musste, musste sein, dachte er, und schlug mit dem Ellbogen die Fensterscheibe des Wagens ein. Der Alarm schrillte sofort los und die bis dato stille, beinahe dunkle Wache erwachte urplötzlich zum Leben. Ratte kümmerte das nicht. Er öffnete die Tür, ließ den Hund reinspringen und griff in den Kabelbaum unterm Lenkrad, während er selbst noch einstieg. Er fand die gesuchten Kabel, der Funke sprang über, der Motor heulte auf. Ratte kam hoch, zog die Tür zu und fuhr hoppelnd los. Dann löste er die Handbremse und einigte sich mit der Kupplung.

Kurz vor der Ausfahrt des Parkplatzes blickte er in den Rückspiegel. Uniformierte liefen aus dem Gebäude, sprangen in ihre Einsatzfahrzeuge. Als er sicher war, dass mindestens zwei oder drei Verfolger in spe es sahen, fuhr er vom Hof und bog gut sichtbar ab. Er grinste in sich hinein, als er nun Gas gab und davonbretterte, quer durchs verschlafen-schlafende Leer. War gar nicht einfach, so zu flüchten, dass die Verfolger hinterherkamen.

*

Wie ertappte Schulkinder hatten Charlie und Torben zur Tür gestarrt, in der KHK Zweier mit seinem für den Dienst viel zu eleganten langen Kaschmirwintermantel stand. Doch das Erschrecken dauerte nicht lang – Torben jedenfalls schien nicht allzu beunruhigt über das Auftauchen seines Ex-Partners: »Sieht so aus, als müssten wir die Verteilung der Anteile in dieser Partnerschaft erneut überdenken«, sagte er.

Charlie hatte sich bereits von den beiden Männern ab- und dem Rechner zugewandt. Von der Tür aus konnte Zweier nicht sehen, was auf dem Bildschirm stand. Verdammt, der Balken des Dekodierprogramms näherte sich gefährlich der 90-Prozent-Marke! Automatisch ging ihre Hand zur Maus, um das Programm mit einem Doppelklick abzubrechen.

»Hände weg vom Rechner«, hörte sie in dem Augenblick Zweier. Schon der Tonfall verriet, was ihre Augen aufblickend lediglich bestätigten – der Lauf seiner Dienstwaffe war auf sie gerichtet. »Erst müssen wir ein paar Dinge klären: Du glaubst doch nicht wirklich, dass sie die Seiten gewechselt hat.« Er blickte zu Torben.

Charlie kam dessen Reaktion zuvor: »Wer wann welche Seite gewechselt hat, und wer jetzt warum wo steht, halte ich für zweitrangig. Ich sehe jede Menge interessante und lukrative Möglichkeiten. Fragt sich bloß, für wen sich was wie auszahlen wird.«

Sie lehnte sich im Bürostuhl zurück, verschränkte die Arme vor der Brust und schaute in aller Seelenruhe von Torben zu Zweier und wieder zu Torben: »Ich richte jedenfalls keine Waffe auf irgendwen. Dafür bin ich die

Einzige, die weiß, wie man dieser Antiquität von einem Rechner das entlockt, was alle haben wollen.«

Zweier hörte ihr aufmerksam zu, das sah sie deutlich. Torben wurde immer nervöser. Er rutschte mit seinem Stuhl hin und her wie ein Schulkind, das von einer Missetat ablenken wollte. Schließlich hielt er den Blicken nicht stand und das Schweigen nicht mehr aus: »Wir brauchen die Daten«, sagte er zunächst zu Zweier, »wir alle, oder? Also, warum einigen wir uns nicht?«

*

Die wild gewordene Karawane von Polizeifahrzeugen passierte die Abzweigung von der Heisfelder auf die Nüttermoorer Straße. Ratte sah rechts neben sich die Lichter rund ums Karaokezelt beim Emspark. Noch war es recht früh für die große Fete dort, dennoch blockierten bereits die ersten Besucher die Abbiegespur dorthin. Ratte rauschte an den verdatterten Vergnügungssuchenden vorbei, gefolgt vom rasenden Polizeiaufgebot, das mit Blaulicht und Sirenengeheul für Aufmerksamkeit sorgte. Ratte bog ins Gewerbegebiet ein, weiter Richtung Lagerhaus, weiter zum *Toutes Françaises* – und musste urplötzlich in die Eisen steigen, als ein Einsatzfahrzeug aus der Seitengasse vorschoss und in einem aberwitzigen Vorstoß versuchte, ihm den Weg abzuschneiden.

»Verdammt!« Ratte riss das Steuer herum und trat zugleich wieder aufs Gas. »Noch nicht, bitte, jetzt noch nicht!« Lusche war durch die Notbremsung aufjaulend vom Beifahrersitz in den Fußraum davor gerutscht. Besser war das, wer weiß, wo er sonst beim Rumgeschleuder des Ausweichmanövers gelandet wäre. Das Einsatzfahrzeug, das ihn zu stellen versucht hatte, sah Ratte im Rückspiegel mit der vollen Breitseite in den nicht ganz ordnungsgemäß abgestellten Wagen eines parkgebührunwilligen

251

Karaokezeltbesuchers krachen. Ein, zwei Kollegen hielten bei dem Unglücksraben an, die anderen schlängelten sich einzeln an der selbstgemachten, blechernen Straßenverengung durch und folgten Ratte weiter.

»Sch, ist gleich vorbei, ich versprech's dir, das schaffen wir, das dauert nicht mehr lang, ist ja nicht mehr weit – und dann – dann«, so sprach Ratte dem Hund und noch mehr sich selbst Mut zu. Die Zeit wurde knapp und knapper.

*

Das ging Charlie nicht anders. Zweier hielt immer noch die Waffe abwechselnd auf sie und auf Torben gerichtet, und ihr Dekodierprogramm arbeitete munter weiter. Selbst langsame Uralttechnik hatte nicht verhindern können, dass bereits die 95-Prozent-Marke überschritten war. Verdammt, was sollte sie nur tun?

Zweier dachte sichtlich angestrengt nach. Torben schien inzwischen wieder entspannter. Wieso bloß, fragte sie sich. Torben konnte doch nicht so blöd sein und ausgerechnet Zweier, dem Kerl mit der Knarre, vertrauen. Okay, sie würde ihn in den Knast bringen, wenn sie könnte, dennoch … – Moment, endlich dämmerte ihr, was schon vor Zweiers Erscheinen in der Tür so merkwürdig gewirkt hatte: Die Geräusche im Lagerhaus! Noch bevor Zweier – der Hagen auf dem Gewissen haben musste –, die Tür aufgerissen hatte, hatten sich die Geräusche verändert. Aus dem geschäftigen, hektischen Treiben war etwas anderes, etwas strömendes, sozusagen etwas mit einer einzigen Richtung geworden. Und jetzt war es still, als sei außerhalb des Raumes keine Menschenseele mehr.

»Torben«, setzte sie an, da krachte der Schuss neben ihr. Einen Augenblick nahm der Knall ihr den Atem. Torben starrte dümmlich nach oben zu Zweier, bevor er nach hinten wegsackte und sich dabei zur Seite drehte.

Das Einschussloch in der Stirn hatte etwas von einem dritten Auge. Dann drehte der tote Körper neben ihr sich weiter, ließ sie einen Blick auf die klaffende, triefende, mit weißen Knochensplittern, grauer Hirnmasse und viel Blut verschmierte Austrittswunde werfen und brachte schließlich den Stuhl aus der Balance. Krachend kippte er um. Dieser zweite Knall ließ sie zusammenzucken. Sie fing sich, zwang sich, zu Zweier zu blicken, der mit der Waffe in der Hand nach dem Schuss einen Schritt auf den Computer zu gemacht hatte.

*

Auch Ratte näherte sich, hoffend, er sei noch nicht zu spät. Er bog um die letzte Kurve, dann lag die Straße zum Lagerhaus des *Toutes Françaises* schnurgerade vor ihm. »Bleib da unten, Lusche!«, rief er und vergewisserte sich mit einem Blick in den Rückspiegel, dass seine Verfolger noch an ihm dran waren.

*

Zweier schickte sich an, um den Schreibtisch herumzugehen, an dem sie saß. Draußen kamen die Martinshörner der Polizeiwagen näher. Charlie räusperte sich, sie musste das hier durchziehen, koste es, was es wolle: »Da haben Sie also heldenhaft den bösen, bösen Drogenboss außer Gefecht gesetzt«, überlegte sie laut.

Zweier schluckte den Köder: »Und dann haben wir gemeinsam die Daten gerettet, die KHK Eickborn als das schwarze Schaf in unseren Reihen entlarven, den wiederum der böse Drogendealer …«

Sprach's, und trat neben Charlie, so dass er sah, was sie schon eine Weile vor sich auf dem Monitor hatte: Das Ergebnis der Arbeit des Dekodierprogrammes. Zwischen vielen anderen ›schmierigen Informationen‹, leicht erkennbaren Kombinationen aus Namenskürzeln,

Bankdaten und beträchtlichen Euro-Summen und anderem Material war der Name ›2er‹ kaum zu übersehen. Für Zweier selbst blieb dies ein außerordentlich kurzer Moment der Erkenntnis, denn bevor er sich versah, sprang Charlie auf und warf den alten Monitor vom Schreibtisch.

Krachend zerbarst das alte Röhrengerät. Zweier versuchte, einen Satz hinterher zu machen, rutschte jedoch in Torbens Blut aus. Charlie hob die Tastatur und schlug sie ihm mit aller Kraft auf den Hinterkopf. Während er über der Leiche des Dealers zusammenbrach, machte sie einen Schritt zur Seite, um ihr Werk besser betrachten zu können: »Datenmanipulation im Blindflug ist schwierig.«

In dem Moment krachte es erneut, bloß viel, viel lauter – und diesmal unten in der Lagerhalle. Charlie stürzte aus dem Büro auf den Gang und sah, wie ein Streifenwagen durchs Rolltor krachte und zwischen zwei der Lieferwagen, die noch nicht davongekommen waren, verschwand. Scheppernder Lärm machte deutlich, es war nicht die Bremse oder jedenfalls nicht sie allein, die den Wagen dort zum Stehen brachte. Dann hörte sie ein vertrautes Jaulen, sah im selben Augenblick weitere Streifenwagen beim Rolltor und dazu eine solche Menge an Polizisten, wie sie es nie im an sich doch idyllischen, kleinstädtischen, eben ostfriesischen Leer erwartet hätte.

»Hilfe! Er will mich umbringen! Hier oben!«, schrie sie. Was Besseres fiel ihr auf die Schnelle nicht ein. Wirksam war's trotzdem, hoffte sie. Denn als sich nun alle Augen fragend auf sie richteten, wusste sie, mehr konnte sie momentan für ihre beiden Retter auf sechs Beinen nicht tun.

Jetzt brach der Tumult erst richtig los: »Da ist – das ist sie – Ist sie das nicht? Die Frau, auf die angeblich geschossen wurde – diese Charlotte Kamann – die Partnerin von dem ermordeten Eickborn – die Computerspezialistin – die vom LKA – die Abtrünnige – die Gesuchte.«

Ein Bienenschwarm von Worten, von Vor- und anderen

Urteilen traf sie und erwischte sie kalt, ganz unvorbereitet. Seltsam, als seien Worte gefährlicher als Kugeln.

»Hände hoch – stehen bleiben – Sie sind festgenommen – keine Bewegung – bleiben Sie stehen«, diese und mehr Dienstfloskeln flogen ihr, die den Fall gerettet hatte, von ihren Kollegen, ihren eigenen Leuten um die Ohren.

Plötzlich stand ein jüngerer Kollege vor ihr: »Müller mein Name, KHK Zweiers Assistent – äh, Kollege. Sie sind Charlotte Kamann?«

Sie nickte und hielt ihm ausgestreckt beide Hände hin. Er schaute irritiert von ihren Handrücken hoch in ihr Gesicht und bekam rote Ohren.

»Das wollten Sie doch – mich festnehmen, oder?«

Er nickte, brachte kein Wort heraus, und doch gelang es ihm, die Handschellen um ihre Handgelenke zuschnappen zu lassen. Aus dem Büro im Hinterzimmer hörten sie beide ein Stöhnen, dann Geräusche, als versuche jemand aufzustehen, aber ohne Erfolg, wie das anschließende Fluchen und das Gebrüll zeigte.

»Müller! Verdammt! Müller, wo stecken Sie denn, wenn man Sie mal braucht!«

Der Angesprochene oder vielmehr Angebrüllte sah verschreckt drein. Charlie konnte nicht anders, sie musste loslachen. Das war alles absurd – oder wäre es gewesen, ohne die beiden Toten und die beiden Überlebenden, von denen sie nicht wusste, waren sie noch hier, im Lagerhaus? Hatten sie überhaupt eine Chance, zu entkommen, um – ja, um was eigentlich?

*

Ratte wusste sehr genau, was er brauchte. Denn was er so dringend, so bitter, so schmerzhaft nötig hatte, gab es hier zuhauf. Wie ein Schlafwandler, wie ein Mensch im Fieberwahn und doch so klar wie ein Bergsteiger, der nach einer schweren Tour den Gipfel bereits sehen kann, bewegte er sich zwischen Paletten mit französischen Delikatessen, friesischen Polizisten und dem ganzen Chaos der Lagerhalle, als hätte all das nichts mit ihm zu tun. Zielstrebig ging er auf die geöffnete Schiebetür eines der zurückgebliebenen Lieferwagen zu, den ein Teil seines Unterbewusstseins als Bernhards Gefährt erkannt hatte. Er bahnte sich seinen Weg durch die verstreute Ladung, bis er fand, was er suchte, ohne dass sein Hirn registrierte, was er tat: Ein eingeschweißter Sack, der laut Aufschrift Großküchenpackungen von Kräutern der Provence enthielt, war beim Sturz von der Ladefläche aufgerissen. Lauter durchsichtige Plastikpäckchen, jeweils mit etwa 1000 Milliliter Füllmenge, prall gefüllt mit feinem, weißem Pulver, lagen auf dem Boden. Ratte ging in die Hocke, um sich das näher anzusehen.

*

»Eine Unverschämtheit ist das!«

Nur mit Mühe war es Müllers uniformierten Begleitern gelungen, Zweier aus dem Büro im Hinterzimmer im ersten Stock hinunter in die Halle zu bringen, wo bereits der Rettungswagen wartete.

Charlie, die man zuerst dort hineingebracht hatte, hatte erst die Behandlung ablehnen wollen, es dann aber zugelassen, dass die Sanitäter einen Blick unter ihren Schulterverband warfen und ihr anschließend etwas gegen die Schmerzen gaben. Nun machte sie Platz für den Wüterich in Handschellen.

»Diese Frau sollten Sie verhaften – ach, haben Sie ja schon … – Müller, aber mich doch nicht!«

»Doch«, sagte Müller. Er lief einen halben Schritt hinter Zweier her, der selbst in Handschellen zwischen den Uniformen noch mehr wie der Chef wirkte als der verhuschte Jungspund.

Los, mach schon, raff dich auf, dachte Charlie, die lieber nicht an Ratte denken wollte, und doch im Augenwinkel mitbekam, er hockte nur ein paar Meter entfernt, notdürftig durch Fahrzeuge verborgen am Fußboden und testete den schneeweißen Stoff mit den Fingerspitzen.

»Doch«, sagte Müller noch einmal, und schaffte es, seine Stimme beinahe fest und männlich klingen zu lassen. »Ich muss es sogar tun, und sei es nur zur Sicherheit. Sie haben mich doch selbst gelehrt: Traue niemandem!«

Diese Replik raubte Zweier vorübergehend Worte und Widerstandswillen, was die Uniformierten nutzten, ihn in den Rettungswagen zu bugsieren, wo der eine Sanitäter sofort die Platzwunde am Kopf inspizierte, während der andere eine Beruhigungsspritze hob und Müller fragend anschaute. Der nickte, was Zweier missverstand.

»Müller! Das werden Sie bereuen!«, brüllte er los, bis er die Spritze im Oberarm spürte, die der Sanitäter ungerührt durch Mantel, Anzug und Hemd gejagt hatte.

»i.m.«, sagte der Sanitäter. »Sehr praktisch bei Tobenden. Vor allem solchen mit blutigen Kopfwunden. Oder glauben Sie, wir wollen hinterher den ganzen Wagen rot streichen, weil Sie alles vollgesaut haben?!«

In der Zwischenzeit hatte Müller, der vor der Tür des Rettungswagens stand, den beiden Uniformierten ein Zeichen gegeben. Sie stiegen in den Wagen ein und schlossen von innen die Türen. Zweiers Verbalausfälle nahmen abrupt ein Ende. Kurz darauf setzte sich der Rettungswagen in Bewegung. Ohne Blaulicht fuhr er relativ gemächlich aus der Halle.

Charlie und Müller blieben allein zurück. Einen Augenblick schwiegen beide. Müller zog ein Taschentuch hervor und tupfte sich die Stirn ab. Charlie sah, wie hinter seinem Rücken Ratte neben dem Lieferwagen aus der Hocke hochkam und etwas einsteckte. Er ging weiter in die Halle hinein, kam an einer Palette Wasserflaschen vorbei und nahm sich eine, ohne innezuhalten oder auf irgendetwas, irgendwen zu achten. »Traumzeit«, dachte

257

Charlie, es war, als ob er gar nicht in Kontakt war mit der Welt um ihn herum oder als ob alles andere, sie eingeschlossen, schlicht eine Illusion war.

»Wo waren wir stehen geblieben?« Müller steckte das Taschentuch ein und sah Charlie an.

»Sie hatten angefangen, mir die Rechte vorzulesen, als Zweier aus dem Büro raus wollte, über die Leiche des von ihm ermordeten Mannes stolperte ... – Sagen Sie, ist das das erste Mal, dass Sie alleinverantwortlich einen Einsatz in der Größe leiten?«

»Ja. Ärgerlich, dass man das merkt.«

Charlie zuckte mit den Schultern, was Müller als Aufmunterung verstand. »Na ja, ich dachte anfangs, es ginge nur um einen verrückten Autodieb. Konnte ja nicht ahnen, dass der Kerl uns hierher, sozusagen in die Opiumhöhle des Löwen, führen würde. Wo steckt er überhaupt? Haben die Kollegen ihn festgenommen?«

Charlie zog erneut die Schultern hoch und hob so weit fragend die Hände, wie die Handschellen es zuließen. Dabei versuchte sie, unauffällig Ratte im Auge zu behalten. Der setzte sich derweil neben einem Lieferwagen auf eine leere Palette. Lusche war an seiner Seite, aber so still wie ein Hundegeist. Eine kleine Welle zärtlicherer Gefühle stieg in ihr auf – bis sie sah, dass Ratte sein Besteck aus seiner Jacke zog.

»Äh, keine Ahnung, ich hab ohnehin von der Sache nur den Knall mitbekommen, also, wo der Kerl steckt, weiß ich wirklich nicht.« Charlie bemühte sich, Müllers schweifenden Blick samt seinen Gedanken auf sich zu konzentrieren. »Wichtiger scheint mir ohnehin die Frage: Haben Sie endlich mit Staatsanwalt Hergens gesprochen? Der hat schließlich den verdeckten Einsatz genehmigt.«

»Oh nein«, rief Müller aus und bekam erneut rote Ohren. »Einen Augenblick bitte.« Er zog sein Handy aus der Manteltasche und wandte sich halb von ihr ab, so, wie man es halt machte, wenn man als wohlerzogener Mensch in der Öffentlichkeit einigermaßen ungestört und möglichst wenig störend telefonieren muss.

Charlie konnte nicht einfach abwarten; noch während er umständlich die Nummer der Staatsanwaltschaft raussuchte und wählte, hatte sie zwei, drei Schritte zur Seite gemacht, um bessere Sicht auf Ratte zu haben. Doch – wo war er hin? Die Palette lag verwaist zwischen den Lieferwagen. Dafür patrouillierten uniformierte Polizisten nun hier unten. Was war geschehen? Im Augenwinkel sah sie etwas aufflackern. Sie drehte den Kopf, blickte nach oben in die Galerie im ersten Stock. Was war das, dort oben, in Torbens Glaskastenbüro? Dieses Flackern – war Ratte so verrückt oder so am Ende, dass er dort oben …?

»Staatsanwalt Hergens, bitte«, hörte sie Müller neben sich telefonieren. Konnte er von seiner Position aus den Glaskasten sehen? »Oh, ja, Entschuldigung. Kommissar Müller mein Name. Es geht um Charlotte Kamann und eine LKA… – Ja, danke, ich warte.« Er schaute zu ihr, fragend, wartend, entschuldigend, sie konnte seinen Blick nicht deuten. »Ist der Rechner dort oben?« fragte er sie, und meinte den Glaskasten, in dem Ratte …

»Nein«, sagte sie rasch und deutete in die andere Richtung, »gegenüber. Dort oben, da, wo Zweier vorhin … – Sie wissen schon.«

Automatisch war Müller ihrem Blick gefolgt und wandte damit Rattes Position den Rücken zu. Dann tat sich was auf Müllers Handy.

»Staatsanwalt Hergens? Danke, dass Sie so prompt … – können Sie zum *Toutes Françaises* kommen, dem Lagerhaus? – Ja, allerdings, man könnte in der Tat sagen, dass der Einsatz nun – abgeschlossen ist. Jedoch, nun ja, das müssten Sie sich am besten selbst ansehen. Danke. Wir warten hier, kein Problem.«

Während er sprach, war Ratte wohl fertig geworden

mit ... – sie geriet ins Stocken, wusste nicht, wie sie das nennen sollte, was sein Leben so sehr beherrschte, dass es für ihn ein Teil davon war wie Schlafen, Essen und Trinken. Jedenfalls, Ratte verließ während Müllers Telefonat den Glaskasten. Vorsichtig spähte er hinunter und machte gleich wieder einen Schritt zurück. Er hatte sie gesehen, und registriert, dass sie ihn sah. Er zog die Schulter hoch wie um zu sagen, ich weiß auch nicht, dann hob er die Hand zum Abschiedsgruß, setzte eine angedeutete Verbeugung hinterher und verschwand mit Lusche in der Toilette neben dem Glaskastenbüro.

»Wollen wir hochgehen? Frau Kamann? Nach oben, ins Büro? Vielleicht ist die Spusi ja schon so weit?«

Charlie schaute verwirrt, dann begriff sie und nickte. Sie ging zur Treppe, auf der ihr die Träger mit Torbens Zinksarg entgegenkamen. Auf einmal war sie unendlich müde, so müde, dass sie gern mit Torben getauscht hätte.

*

Mit nichts von all dem hatte er je gerechnet. Er hatte die Bullen zu ihrer Rettung geholt, und was taten ihre dämlichen Kollegen? Sie verhafteten sie! Immerhin, auch Zweier, das Arschloch, bekam Handschellen verpasst. Doch das hatte ihn damals nicht mehr wirklich interessiert. Nachdem er aus dem ramponierten Streifenwagen geklettert war und festgestellt hatte, an Lusche wie an ihm selbst war noch alles dran, und die Bullen waren alle plötzlich mit ihr und dem geschmierten Oberdrogenbullen Zweier beschäftigt, wusste er im ersten Augenblick nicht, was tun? Er war sich sicher, es konnte nur Sekunden dauern, bis die Handschellen klickten. Aber nichts geschah, es war, als wäre er gar nicht wirklich da. Genauso fühlte er sich – er war froh, sie gerettet zu haben, froh auch, dass sie ihn in Ruhe ließen. Dennoch, die Gier steckte in jeder Faser seines Körpers und in jedem Winkel seines Kopfes. Er war so verdammt müde, doch alles tat weh, und zur Ruhe kommen würde er so garantiert nicht. Er musste etwas unternehmen. Unbedingt musste er das. Und dann begriff er, er war an der Quelle. Das war das Paradies, vielleicht nicht die Variante mit den gebratenen Tauben oder singenden Engeln, aber allemal die mit seinem Heilmittel, dem Stoff, den er zum Leben, wie er es kannte, nun mal brauchte. Okay, hier gab es nicht nur Stoff zuhauf, auch Bullen gab's in rauen Mengen. Allerdings – was tat es schon? Gerade, weil er damit rechnete, dass sie ihn früher oder später bemerken und festnehmen würden, dachte er sich, was soll's? Dann wäre er sowieso dran, ob wegen des geklauten Streifenwagens, Zweiers Fahndung, der Autoradios oder der offenen Bewährung, das spielte keine Rolle mehr, und ob obendrauf noch ein klitzekleiner Schuss mit höchst reinem, wunderbar weißem Schnee der noch kaum verschnittenen Sorte kam, wen interessierte das? Wenn sie ihn einkassierten, käme der Entzug, das komplette Programm von A bis Z eh auf ihn zu. Nur dass er das rauszögern könnte, wenn es ihm gelänge, ein bisschen, nur ein kleines bisschen von der irdischen Köstlichkeit hier zu naschen. Der Hölle danach, so dachte er, der entkäme er kaum. Grad deshalb war der Griff zum Himmel in diesem Moment das einzig Logische.

Traumwandlerisch fand er, was er suchte. Erst wollte er gleich unten in der Halle loslegen, doch dann sah er sie mit diesem anderen Bullen, dem, den alle immerzu fragten, dem, der der unwillige, unbeholfene Boss dieser verrückten Aktion war. Sie versuchte alles, damit der Typ nicht in seine Richtung sah, und konnte es zugleich sichtlich nicht ertragen, ihm zuzusehen, wie er … – Also stand er auf und wollte sich verziehen. Doch wohin? Den Weg nach draußen versperrten jede Menge geschäftig wuselnde Uniformierte. Er konnte nur die Treppe nehmen und hochgehen. Beinahe wäre er oben mit einem Gespenst zusammengestoßen, das sich als Frau im weißen Spurensichereroverall erwies. Ein Schritt zur Seite, eine Tür geöffnet und er war im Inneren eines Büros. Niemand da. Hier konnte er … – Hier kochte er auf, wollte er die Pumpe klar machen. Bis er begriff, das Ding hier, der Raum hatte keine Mauern, sondern Wände aus Glas. Und Charlie starrte schon wieder hoch zu ihm, todunglücklich, so schien es jedenfalls. Er steckte die fertige Pumpe ein und schlich sich erneut nach draußen.

Merkwürdig. All die Bullen drumherum hielten ihn nicht von seinem verrückten Tun ab. Henrys Anwesenheit hatte ihn noch nie bei einem Schuss gestört, obwohl er wusste, dass sein Freund das nicht gut sehen konnte, seit er selbst clean war. Aber diese Bullette, diese Frau, die er gerade drei oder vier Tage kannte, die änderte alles. Er zitterte vor Gier, als er begleitet von Lusche auf den Gang trat, und sich umsah, erleichtert feststellte, nur wenige Meter entfernt waren die Toiletten. Sie stand unten, neben dem Typen, der mit seinem Handy rummachte. Plötzlich schaute sie hoch und sah ihn direkt an. Bittend war ihr Blick oder kam ihm doch so vor. Er zuckte mit den Achseln, sie wussten beide, dass er zwar sie nicht mehr retten, wohl aber sich selbst aus der Affäre ziehen konnte. Er winkte ihr zum Abschied zu und dachte, das war es jetzt. Nicht einmal der unglaublich reine Stoff, der mit einem Kick kam, wie er ihn seit Ewigkeiten nicht mehr gefühlt hatte, konnte den Schmerz, sie von nun an vermissen zu müssen, auslöschen. Er musste sich hinterher regelrecht zwingen, das Oberlicht, das von der Toilette zum Flachdach führte, als Fluchtweg für sich und Lusche zu nutzen.

Und als das gelang, als er sogar zurück zu Henry und den andern konnte, ohne dass dort versprengte Gefolgsleute Torbens oder Bullen welcher Art auch immer auf ihn warteten, hatte die Freude über das Entkommen noch immer den bitteren Beigeschmack des Verlustes.

*

Sie wusste nicht, womit sie gerechnet hatte, aber Handschellen und ein halbes Verhör in Anwesenheit des Staatsanwaltes, der sie und Hagen hierher geschickt hatte, hatten garantiert nicht dazugehört. Natürlich verstand sie die Kollegen. Alles musste seine Ordnung haben, alles musste korrekt abgewickelt werden, sonst stand man hinterher ohne verwendbare Beweise da.

Ihre Rolle in dem bösen Spiel zu erklären, war nicht leicht. Das wurde nicht leichter, indem sie versuchte, Ratte, soweit es ging, aus allem rauszuhalten. Dass er den Streifenwagen nur gestohlen hatte, um ihr zu helfen, begriff der Staatsanwalt durchaus. Und mit Torbens Tod war seine Aussage, was dessen Schuss auf Charlie anging, unwesentlich geworden. Tote klagte niemand an.

Doch Tote klagten an – dass Zweier auf sie gezielt, aber Hagen getroffen hatte, daran zweifelte niemand, obwohl man natürlich noch Hausdurchsuchungen, ballistische Untersuchungen, Obduktionen und Verhöre abzuwarten hatte. Aber – was war mit diesem Florian Berger? Erst brach er ihr Auto auf, dann rettete er ihr Leben, nur um es im nächsten Augenblick mit einem Schuss Straßenheroin zu gefährden.

»Das war nun mal das erste und beste Schmerzmittel, das er zur Hand hatte«, hörte sie sich ihn rechtfertigen und staunte über sich selbst. »Er ist ein Junkie, und so gesehen war seinen Stoff mit mir zu teilen sogar eine heroische oder wenigstens altruistische Tat seinerseits.«

Und wenn er doch HIV-positiv wäre, die Spritze zuvor gebraucht hätte, was wäre dann, fragte ausgerechnet Müller besorgt.

Dann werde sie sehen, wie sie damit umzugehen habe. Das werde sich finden, wenn sie etwas aus dieser verfluchten Ermittlung gelernt habe, dann, dass alles Planen nichts half, wenn die Dinge plötzlich aus der Bahn gerieten. An der Stelle verstummten sie, dabei konnten weder Staatsanwalt Hergens noch KHK Müller, der allmählich in seine leitende Funktion hineinwuchs, ahnen, wie groß ihre Verluste waren. Und dann nahmen sie ihr auch noch ihre Arbeit. Sicher meinten sie es nur gut. Wahrscheinlich hatten sie sogar recht, sowohl was die Behandlungsbedürftigkeit ihrer Schusswunde als auch ihre mentale Erholung anging. Und natürlich waren sie allein in der Lage, mit ihren Beweisen weiterzuarbeiten. Nein, sie wurde im Moment nicht gebraucht, sie sollte nach Hause nach Hannover – als ob ihr das eine Hilfe wäre! Was blieb ihr denn noch, jetzt, wo Hagen tot war und sie nicht wusste, was war mit Kara? War Kara noch ihre Freundin? Wo konnte sie hin, wenn nicht mal mehr die Arbeit sie von ihren eigenen Gefühlen abschirmte? Und was tat sie mit dem Gebrodel in sich, das Ratte ausgelöst hatte?

Also fuhr sie zu dem Haus auf dem Schrottplatz, um sich wenigstens von ihm zu verabschieden. Doch er war nicht da, und sein Freund Henry, der ihr die Tür öffnete, war nicht gut auf sie zu sprechen.

»Du? Willst du Ratte mal wieder verhaften?«

Es gelang ihr, ihn vom Gegenteil zu überzeugen, allein, es nützte nichts. Ratte war untergetaucht, wie Henry es nannte. Zu viel Ärger im sonst so friedlichen Ostfriesland, und zugleich Stress mit den Bullen wie der Gegenseite, das war selbst für das Phlegma seines Freundes zu viel. Charlie hörte sich das alles an. Dann bat sie Henry, Ratte ihren Dank auszurichten, und machte sich, nun noch schwereren Herzens, auf den Rückweg.

Und da geschah, womit wirklich keiner der beiden so gerechnet hatte: An der Autobahnauffahrt stand Ratte mit seinem Rucksack und Lusche und einem selbstgebastelten Schild. *Hannover* stand darauf.

Summer in the City oder Oldenburg im Juli

Kara will sie begleiten, doch Charlie lehnt ab. Sie braucht die Fahrt von Hannover nach Oldenburg, um sich zu sortieren. Ist jetzt wirklich alles gegessen? Sämtliche Ermittlungen sind abgeschlossen. Zweier wartet auf die Anklage, ebenso wie Lukas und ein paar andere Helfers-helfer des Drogenrings. Dafür hat sie eine Belobigung und Hagen eine posthume Ehrung erhalten. Kara hat ihr verziehen. Die Ermittlung gegen sie selbst – wegen Gefangenenbefreiung und Vorschub etc. – fanden mit einem Vermerk in der Personalakte ihr Ende. Man hat sie nicht kündigen lassen, lediglich unbefristet freigestellt hat sie der Chef: »Machen Sie Urlaub, Frau Kamann. Mei-netwegen auch mit dem – mit Ihrem – mit dem Jungen halt. Aber denken Sie noch einmal nach. Gründlich. Und werfen Sie Ihre Karriere nicht einfach weg. Nicht dafür.«

Nicht dafür! Ihr Chef hat nicht ausgesprochen, was fast alle denken – dass sie durchgedreht ist, dass sie wahlweise nymphoman ist oder ein Helfersyndrom entwickelt hat. Anders können sie sich ihre Beziehung zu Ratte nicht vorstellen. Vielleicht war es ein Fehler, die geheim zu hal-ten. Das hat die Kollegen misstrauisch gemacht und ihn isoliert. Nach dem schwierigen Auf und Ab des Entzuges (zu Hause, kalt, wie verrückt war das denn?!) war das sicher nicht hilfreich gewesen. Aber sie will sich bessern, will lernen, zu ihm zu stehen. Und sie vertraut ihm. Er hat bei jedem ihrer Besuche in der JVA gesagt, wie sehr er sie liebt und sie vermisst.

Dann ist sie endlich da. Sie hält vor der JVA, nahe dem kleinen Tor, durch das man die Insassen gewissermaßen heimlich wieder in die Freiheit entlässt. Sie steigt aus, lässt Lusche raus, der gleich herumläuft zwischen den paar Autos, überall schnüffelt und gelegentlich das Bein hebt. Plötzlich schlägt er schwanzwedelnd an, dabei tut sich doch noch gar nichts da drüben, beim Tor. Dann sieht sie den Bulli mit dem Rotzgeier-Logo, *der auf dem Parkplatz gleich neben ihrem Auto hält. Henry, Rattes bester Freund, steigt aus und mustert sie. Inzwischen ist ihr das nicht mehr unangenehm, dass auch er sie nach dem doppelten Schuss so hilflos gesehen hatte, dass sie auf ihn angewiesen gewesen war, ohne es zu wissen.*

»Du auch hier?«

Gespielt überrascht klingt das, aber es ist eine Begrüßung, zu der er ihr sogar die Hand reicht. Sie nickt, will etwas sagen – doch in dem Moment wird Lusche erneut unruhig und es geschieht, worauf sie alle warten: Die Tür im Tor öffnet sich. Ratte tritt nach draußen. Er sieht sie warten und bleibt erst mal stehen.

»Verdammt, der ist wieder drauf«, seufzt Henry neben ihr. Lusche ist nicht mehr zu halten, er fliegt über den Platz, stürmt auf sein Herrchen zu. Ratte beugt sich runter, hockt sich hin, umarmt das Tier, das ihn abschleckt, von oben bis unten.

»Glaub ich nicht«, sagt Charlie.

»Aber drauf wetten würdest du nicht, oder?« Henry schaut zu Charlie, die Ratte weiter im Blick behält. Der steht wieder auf und kommt nun auf die beiden zu. Erst unsicher und langsam noch, dann immer schneller und grinsend.

»Ich wette nicht. Ich liebe ihn.«

»Bullen«, sagt Henry und schüttelt den Kopf. Damit hat er nicht gerechnet. Nicht so jedenfalls. Aber das ist eine ganz andere Geschichte.

ENDE

MISCHA BACH

alias Dr. Michaela Bach, geboren in Neuwied am Rhein, lebt in Essen. Sie ist Filmwissenschaftlerin, (Drehbuch-)Autorin, Dramaturgin, Dramatikerin, Journalistin, Übersetzerin und Dozentin. Geschrieben und gemalt wurde schon immer, veröffentlicht seit 1982. Zu den journalistischen Anfängen kommen ab 1992 TV-Krimis (u. a. *Polizeiruf 110*) hinzu, ab 2000 folgt die (Kurz)Prosa. 2002 wird *Vollmond* für den Kurzkrimi-Glauser nominiert. Ihre Kriminalnovelle *Der Tod ist ein langer, trüber Fluss* wurde 2005 für den Friedrich-Glauser-Preis in der Sparte Debüt nominiert; zugleich feierte ihr erstes Bühnenstück *Das 13. Opfer* (gemeinsam mit J. Schade) in Reutlingen Premiere. 2006 erschien mit *Stimmengewirr* ihr zweiter Kriminalroman im Leda-Verlag, der sich wie *Die Türen* (UA 2007 in Reutlingen inkl. Gemäldeausstellung »Innenwelten/Zwischenwelten«) mit dem Thema »Multiple Persönlichkeiten« befasst. Mischa Bach ist Mitglied bei den *Mörderischen Schwestern* und im *Syndikat*.

Die griechische Vase, die Cäcilia-Josephine Greschke ihrem zudringlichen Doktorvater über den Schädel zieht, enthielt überraschenderweise dreißigtausend Euro, die nun zwischen den Scherben liegen. Mit diesem Startkapital verlässt die junge Frau den Ruhrpott und ihr Jura-Studium und bewirbt sich um einen Job in einer Münsteraner Detektei. Denn diese Anstellung öffnet Türen – und Cäcilia-Josephine ist auf der Suche nach der eigenen Vergangenheit.

Sie ist mehr als »eine Frau mit vielen Gesichtern«, sie ist »Jo & co.«, eine multiple Persönlichkeit. Jetzt will sie endlich Klarheit haben: Was hat es auf sich mit dem angeblichen Unfalltod ihres Vaters? Was ist passiert bei dem vom der Staatsanwaltschaft angesetzten Ortstermin in der Druckerei der Greschkes in Oldenburg? Und was weiß ihr Bruder Mike, der im Gefängnis sitzt?

Mischa Bach lüftet mit raffinierter Delikatesse den Schleier und enthüllt Stück für Stück die perfide Struktur eines Familienbetriebs der besonderen Art. Und zeigt nebenher, wie das ist, wenn mehrere Persönlichkeiten in einem Körper, einem Gehirn wohnen, sich den Alltag teilen, Freundschaften schließen, gemeinsam Entscheidungen treffen, sich streiten, sich lieben, weinen und lachen.

Stimmengewirr ist ganz sicher einer der Krimihöhepunkte des Jahres.   *Ostfriesen-Zeitung*

Eine faszinierende Heldin, eine außergewöhnliche Perspektive und ein perfider Fall machen diesen Kriminalroman zu einem besonderen Erlebnis.   *Edith Nebel*

Wolke de Witt
Sturm im Zollhaus
Ostfrieslandkrimi
Leer
978-934927-77-3
224 Seiten; 8,90 Euro

Barbara Wendelken
Berbertod
Ostfrieslandkrimi
Leer
978-3-939689-25-6
208 Seiten; 8,90 Euro

Peter Gerdes
Fürchte die Dunkelheit
Kriminalroman, Leer
978-3-934927-60-5
272 Seiten; 11,90 Euro

Peter Gerdes
Der siebte Schlüssel
Ostfrieslandkrimi
Leer/Emden
978-3-934927-99-5
320 Seiten; 9,90 Euro

Peter Gerdes
Ein anderes Blatt
Thors Hammer
2 Oldenburgkrimis
978-3-939689-11-9
ca 352 S.; 9,90 Euro

Peter Gerdes
Ebbe und Blut
Ostfrieslandkrimi
Leer
978-3-934927-56-8
224 Seiten, 8,90 Euro

Peter Gerdes
Sand und Asche
Inselkrimi
Langeoog
978-3-939689-11-9
240 Seiten; 9,90 Euro

Peter Gerdes
Solo für Sopran
Inselkrimi
Langeoog
978-3-934927-63-6
208 Seiten; 9,90 Euro

Ulrich Hefner
Das Lächeln der toten Augen
Frieslandkrimi
978-3-939689-17-1
464 Seiten; 9,90 Euro

Ulrich Hefner
Der Tod kommt in Schwarz-Lila
Inselkrimi
978-3-939689-04-1
392 Seiten; 9,90 Euro

Ulrich Hefner
Die Wiege des Windes
Inselkrimi
978-3-934927-69-8
336 Seiten; 9,90 Euro

Ulrich Hefner
Das Haus in den Dünen
OstFrieslandkrimi
978-3-939689-07-2
352 Seiten; 9,90 Euro

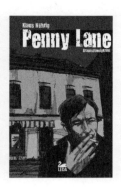

Maeve Carels
Zur ewigen Erinnerung
OstFrieslandkrimi
978-3-939689-08-9
400 Seiten; 9,90 Euro

Mischa Bach
Stimmengewirr
Kriminalroman
352 Seiten
978-3-934927-79-7
9,90 Euro

Klaus Nührig
Penny Lane
Braunschweigkrimi
978-3-939689-19-5
272 Seiten
9,90 Euro

Andreas Scheepker-
Tod eines
Häuptlings
Ostfrieslandkrimi
978-3-939689-16-4
208 Seiten; 8,90 Euro

Andreas Scheepker-
Tote brauchen keine Bücher
Ostfrieslandkrimi
978-3-939689-16-4
208 S.; 9,90 Euro

Andreas Scheepker
Morgen kommt der
Weihnachtsmann
Ostfrieslandkrimi
978-3-934927-841-8
272 Seiten;9,90 Euro

 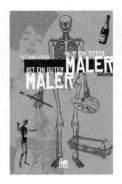 

Tatjana Kruse
Wie klaut man eine Insel?
Inselkrimi – Borkum
978-3-934927-96-4
176 Seiten, 8,90 Euro

Tatjana Kruse
Nur ein toter Maeler ist ein guter Maler
Inselkrimi Norderney
978-3-939689-26-3
208 Seiten; 8,90 Euro

Regula Venske
Bankraub mit Möwenschiss
Inselkrimi – Juist
978-939689-18-8
208 S.; 8,90 Euro

Regula Venske
Juist married oder Wohin mit der Schwiegermutter?
Inselkrimi – Juist
978-934927-85-8
224 S.; 8,90 Euro

Ulrike Barow
Dornröschen muss sterben
Inselkrimi – Baltrum
978-939689-14-0
224 S.; 8,90 Euro

Ulrike Barow
Endstation Baltrum
Inselkrimi – Baltrum
978-939689-09-6
208 S.; 8,90 Euro